植物园的恋情

陈武 著

山西出版传媒集团

北岳文艺出版社
BEIYUE LITERATURE & ART PUBLISHING HOUSE

图书在版编目（CIP）数据

植物园的恋情 / 陈武著 . — 太原 : 北岳文艺出版社，2016.9
ISBN 978-7-5378-4861-9

Ⅰ . ①植… Ⅱ . ①陈… Ⅲ . ①长篇小说－中国－当代 Ⅳ . ① I247.5

中国版本图书馆 CIP 数据核字 (2016) 第 183187 号

书名：植物园的恋情
著者：陈　武
策　　划：续小强
责任编辑：刘文飞
书籍设计：张永文
印装监制：巩　璠

出版发行：山西出版传媒集团・北岳文艺出版社
地址：山西省太原市并州南路 57 号　邮编：030012
电话：0351-5628696（发行部）　0351-5628688（总编室）
传真：0351-5628680
网址：http://www.bywy.com　E-mail：bywycbs@163.com
经销商：新华书店
印刷装订：山西人民印刷有限责任公司

开本：880mm×1230mm　1/32
字数：258 千字　印张：9.375
版次：2016 年 9 月第 1 版
印次：2016 年 9 月山西第 1 次印刷
书号：ISBN　978-7-5378-4861-9
定价：36.00 元

流水它带走光阴的故事改变了我们
就在那多愁善感而初次回忆的青春
——罗大佑

目　录

上 班

我父亲骑着笨重、结实的永久牌加重自行车，跑了三十多里尘土飞扬的乡间土路，从他上班的平明供销社来到我念书的石湖中学。看得出，我父亲骑得很急，满头大汗地出现在我们班教室的窗口。

父亲把脸贴在玻璃上，跟我招手。

许多同学都看到我父亲焦急的样子了。

在操场的单杠下边，我用屁股一下一下地撞击着单杠的支腿，听我父亲问我学习的情况，问我语文考了多少分，数学考了多少分，英语考了多少分，还有物理和化学；又问我能不能考上大学。我不说话。我不说话就说明一切了。接下来，我父亲带着一种诱惑的眼神和口气问我，这样吧，你是想当工人，还是想继续念书？

这是一九七九年秋天，我刚刚读高中一年级。我成绩不好，可以说很差，是我父亲托人走后门才勉强继续读书的。对于父亲在我厌倦读书的时候突然抛出的诱惑，我几乎想都没有想，就毫不犹豫地说，想当工人。

就这样，我来到了植物园。

我父亲如法炮制，是托人走关系才把我安排进植物园的，之后又托人送给植物园崔园长一桶蜂蜜和二斤狗肉。我父亲说，崔园长外号叫崔大个子，是个不错的人，肯帮忙，很会当园长。我知道不错的人就是好人，很会当园长就是很会当官，肯帮忙就是对我会有关照。我父亲的话还有一层意思，就是让我放心去做一名园艺工人。

我记住了父亲的话。

但是一照面，对崔园长印象最深的还是身高，他大约有一米九吧，皮肤油光闪亮，像山芋皮一样红里透紫。他给我另外的印象，就像我们植物园生活区大院里那座高大的锈迹斑斑的水塔，或者说，他和水塔如同亲兄弟一般。他一边喝着黑红色的水（后来我才知道，那是他自制的一种药饮，长年饮用，可以强身健体），一边眯着眼看我，他费力地眯眼，似乎把目光聚小，聚成一条坚硬的线，来穿刺我的心脏。他就这么盯着，看了我一小会儿，我都被他盯得发虚了，腿上的肉抽搐了，他才点点头，露出黄斑牙齿，跟我一笑。接着，他便端起那只超大的玻璃杯，摇摇，晃晃，喝口黑水，喉咙里夸张地发出“嗯嗵”声。这是他认可我了吗？

我父亲的一桶蜂蜜没有白送——崔园长心里还是有数的，他一边挖鼻屎，一边喝水，“嗯嗵”几声之后，说，待着也待着，来了，就上班吧。行李先放这儿——就这一个包吧？走，我带你去找老丁。坐我“二等车”去。

“二等车”，就是自行车的后座。就这样，崔园长把我安排在相对轻松的药材研究所。老丁，就是药材研究所的所长。

我在一天之内，由一个中学生摇身变成了一名园艺工人。

好吧，还是让我先介绍一下我们的植物园吧。

植物园在我们县城的西南方向，县城和植物园中间，隔着碧波浩渺的西双湖。从湖的这一边到湖的那一边，沿着高大的湖堤骑车半小时，就是我们植物园的地盘了。植物园的面积有两千多亩，水洼、坑塘、高岗遍布其间，除了种植各种稀有树木，如麻栎、水杉、广玉兰、楸树等等以外，还有许多金银花、凌霄花、木瓜、丹参、赤芍、柴胡、无患子等药用植物，当然，各种便于人工种植的草类、藤木类药材，我们植物园也是应有尽有。植物园一共二十几个人，分两个研究所，即园艺研究所和药材研究所。园艺研究所负责培植雪柏、扁柏、竺柏、月季、玫瑰、牡丹、海棠等观赏树木花卉。而我所在的药材研究所，其实并不负责研究，所谓研究，只是干一些种植、收割和晾晒中草药的工作。我们的所长，也只是相当于一个生产队长的角色。

而事实上，我们的所长丁家干此前也的确干过生产队长，还干过大队的民兵营长，这个脑袋上和腿上分别有五处枪伤的家伙，第一次见到我，就觉得我非常的不顺眼。他一条腿半跪着蹲在地上，用一只白眼睛看着我，另一只白眼睛看着一片益母草，嘴上噢一声，对领着我去的崔园长不卑不亢地说，来了好，多一个人多双手，干活儿呗。

这是我上班第一天，工作项目是收割益母草。益母草，只有很小的一块，丁家干他们已经干了一会儿了。崔园长把我交给丁家干就走了，并没有特别关照地交代几句，仿佛我是个老园艺工。丁家干不像崔园长那么打量我，他把镰刀往我脚下一扔，说，割吧。

我们五六个人，一会儿就割完不到一亩的益母草了，还把附近岗堆和杂草里的益母草也找了出来。

益母草，我们乡间也有。我们不叫它益母草，叫它香蒿。为什么叫香蒿，我不知道。为什么叫益母草，我也不知道。可能和人的名字差不多吧，有乳名和学名。益母草有股清香味，我们在几棵枫杨树下休息时，香味就在我们四周飘散，隐约的，似有若无的，让人神清气爽。

休息片刻之后，丁家干把烟屁股扔到地上的草窠里，踏上一只脚，碾一下，指着我面前的一块地，对我生硬地说，这是你割的茬？太高了，根部也是药，也是钱，浪费了。以后多学着点，人咋做你咋做。

我嘴上答应着，心里觉得不好意思。

一个头上顶着红方巾、鹅蛋脸的下巴上有一块红胎记的女园工（她一直盯着我看）为我抱不平了，她说，人家还是小孩子，刚下学堂，要求那么严干吗？第一次割成这样，不孬了，是不是老杨？

那个叫老杨的，笑眯眯地点点头。

但是丁家干并不赞成他们的话，丁家干又检查一下草窠里的烟头，确认熄灭后，强调地说，还小啊？多大叫大？裤子脱了我看看，有没有毛，有毛就是大小伙子了。上班了，就是工人。我像他这么大，都上朝鲜打美国鬼子了，身上中了好几枪，死都死过好几回了，哪像现在的青年，屁事儿都做不好！

那是你，老杨说，你上过朝鲜，上过战场，还能让人家现在的青年跟你学啊？

丁家干歪着头，还是气咻咻的。

不过，他们的话还是起了点作用，影响了丁家干。他说，好吧，老杨小胡替你讲情，我就不说你了，以后，多带点眼，勤快点就行了，下午我们去东园收白蒺藜、地肤子、黄花蒿和小鬼针，你呢？你干什么啊？丁家干用镰刀指着我，一只白眼望着我，另一只白眼望着别处，声音突然提高了说，小陈，就是你，叫你小陈哩，还不习惯不是？你就不去东园了，那里蛇多，水老鼠也多，这样吧，下午你来翻晒两遍吧，益母草是好药材，要勤翻勤晒，带着一股太阳味装包才是好药，好不好？

我点点头，表示明白了。

叫小胡的女园工提醒我说，不要翻乱了，翻乱了，往后就不好打捆了，也不好铡成药材了。

我又跟她点点头。

小胡对我笑一下，牙齿在阳光下白闪闪的，声音温和，目光也很友善，我心里立即就对她有了依附感，觉得她比姓丁的好。还有老杨，他也比姓丁的好。

然后，我们就下班了。一路上，他们都不说话，老杨走在前边，他身后是小胡，小胡身后是我，还有两个男园艺工人在我后边，最后走着丁所长。我偷偷看看这支队伍，大家都懒懒散散的，都心事重重的，又都无所事事的，一副互不相干、老死不相往来的样子。但我后边的两个人互相递烟，我看见了。他们并没有递烟给最后边的丁所长。而丁所长是抽烟的。小胡紧跟着老杨，也能说明一点问题，就像我跟在小胡的身边一样，我觉得小胡是我觉得亲近的人。

这是植物园里的路，其实就是一条踩踏出来的小道，两边是茂密的秋草和杂树，还有水塘和蒲汪。蚂蚱、草婆等昆虫在草丛里跳跃——大约也活不了多久了，我想，秋后的蚂蚱嘛——虽然才是秋天，还不算秋“后”，也该是他们的末日了。倒是几朵蓝色的野秋花，不知叫什么名字，在老气横秋的青青杂草里开着，格外的艳丽。有一大群麻雀，从我们头顶飞过，飞向远处的丛林，能听到它们呼啸的声音。中午的秋阳，还是有些热度，有人把外套拿在手里。小胡更是把她的军便装披在头上，手里的镰刀偶尔在路边的草蕙上钩一下，削掉的半棵草头，飞起来，精灵一样，总算给行进中的队伍增添了一点生气。远处有一只兔子，不知为什么狂奔。我看到老杨把镰刀担在胳膊上，像枪一样向兔子瞄准。兔子跳跃着，一会儿就被草丛淹没了。

大家的脚下发出不同的声音，有的嚓嚓的，有的噗噗的，有的踏踏的。我注意到小胡的脚下没有任何声响，她的小白鞋轻盈而有弹性地踩在枯黄的草上，屁股撅起来，提得高高的，很做作地一摇一摇。我们穿过一丛低矮的杂树丛，才望见前边机关的大院子。我松口气，崔园长送我来时，没觉得有多远，可能是刚参加工作，还处在兴奋中吧，也可能是他骑着自行车驮着我来的。没想到这回程是越走越远，我的小腿肚子都累得又酸又胀了，嘴里也干渴起来，咽唾沫都有些费劲。我望着被高大的树木遮掩的建筑，心里想着，快到了快到了，感觉那里就像家一样亲切。

走回园部大院，他们散开，转眼不见了。没有人再关心我。我孤零零地站在花坛边的沙石路上，无助地四下张望。几排红砖黑瓦的平房，一个高耸的水塔，都冷冰冰的。就连房前屋后那些高大的树木，也毫无生机。我正不知要怎么办时，园部办公室的门口突然闪出一个女孩，她小跑着过来了。我也迎着她走去。快到一起时，她伸出长长的胳膊，对我说，小陈，这是你宿舍钥匙，你宿舍在那边，过来，我指给你望望。

我知道这个伶牙俐齿的漂亮女孩姓张，崔园长叫她张会计，早上在办公室时，我就见过她了。崔园长在领我去找丁家干的时候，我听到崔园长安排她帮我腾出一间宿舍。现在，这个充满青春气息的女孩一准儿是帮我把宿舍收拾好了。我真要感激她，不仅是因为她帮我腾了宿舍，还因为她让我觉得自己是一名有组织的园艺工人了。

不知为什么，我在接过张会计给我的钥匙，看到她洁白而细腻的手时，感到不好意思，她的指甲饱满好看，泛着光泽，修剪得齐齐整整的。也许是她年龄比我大不了多少的缘故，也许是我的手又黑又脏，也许是因为她太漂亮了。总之，我觉得脸上有些火辣辣的，觉得丢了面子，甚至脸都红了。

我对我的失态有些不知所措，低着头，跟着张会计，从园部办公室拐过来，向北走了二三十米，抑或是更远。在我们正前方，有一排平房。

张会计身上散发着一种好闻的香水味。我从未闻过女孩身上的香水味。以前在教室里念书，都是臭烘烘的。我突然想到，改天换地了，不一样了，上班的感觉和上学的感觉大相径庭——上班的地方，有香水味，有中草药味，而上学的教室里是没有这种味的。我低头走着，不时偷偷看张会计的腰身。她背后没有眼，不会知道我在偷看她。她突然停住了，吓了我一跳，她指着北边的那排红砖瓦房，说，看到没有，从东边数，第三间，就是你的宿舍，我帮你拾掇差不多了，还帮你找了碗和筷子。食堂在那边，看没看到？那是水塔，水塔前边就是食堂，十二点开饭，晚饭是六点，早饭我没在这里吃过，可能是七点到七点半吧，反正，你听到打铃声就可以去吃了。你等会儿来我这里买饭菜票，要是没钱，我先借给你。对了，崔园长要我告诉你，你工资是二十六块钱一个月，试用期三个月，以后就能拿三十五块钱了，星期天正常休息，要是加班，工资另算。哎呀，我说多了，能记住吧？你慌什么？感冒啦？是不是我说多啦？

我接连地点头，又接连地摇头。

嘻嘻嘻……莫急，我刚上班时也这样，记住记不住都行的，我就在办公室，有什么事问我就行了。她说，眼睛盯着我，很安抚的眼神。

我躲开她的目光，慌张地说，记住了。

我确实记住了她的话，特别是她说的工资，二十六块钱已经很多了，已经是大钱了，何况，要不了多久，就能拿到三十五块了呢。我父亲工作了大半辈子才拿四十八块钱，我上班不久就能拿三十五了。我的心怦怦跳起来。

张会计跟我粲然一笑，还略略地侧一下脑袋，带点调皮的口气说，好了吧？

我忘了说好，也忘了说谢谢，我有些激动，也有些想入非非，我觉得张会计很像我的同学侍红。待我想起来要谢谢她时，她已经转身走了。

张会计的笑，真的让我想起我们班的女同学侍红了。侍红也会这样笑，无端的，粲然又平静，很美好。她的脸形、嘴角、眼睛，包括她的身高，和侍红简直别无二致，只是她比侍红要大几岁吧。大几岁呢？我看着张会计的背影，看着她走路的样子，那摆动的手臂，那轻微晃动的腰和臀，那轻盈的步履，觉得生活真是有意思，让我在这里见到另一个侍红，或者说见到一个像侍红的张会计。

侍红不仅是我同学，她还和我妹妹是好朋友，不久前的暑假里，我喜欢在隔壁邻居家的瓜棚下纳凉。邻居是个勤劳人家，喜欢在清明前后，觅得几株羊眼豆秧，种在家前屋后，闲空地边，还拿几根木棍，搭个棚子，搓些草绳，横竖扯几道，到了夏天，这些豆秧顺着树枝、草绳攀爬，青枝绿叶，形成一个天然的凉棚，又透气又凉快。周围人家的男男女女，都喜欢在中午或傍晚时，或拿个板凳，或拽张椅子，或铺张凉席，随高就低坐在下边，一边摇着扇子，一边讲一段薛仁贵征东的故事，或唱一出《周法乾杀妻》的小戏，嘻嘻哈哈其乐融融。

我和妹妹初中毕业在家等高中的录取通知书。我知道我考得不好，但还是满心希望有奇迹发生。没事时也会躲在瓜棚下听他们东扯西拉。有时也会心不在焉，耳朵似乎在听，心却在想别的事。想什么呢？想我妹妹的好朋友，也是好同学，那个叫侍红的女孩。对，比我小两岁的妹妹跟我同届，她是二班，我是一班。她们二班比我们班还奇葩，年龄相差四五岁的都有。比我妹妹大一岁的侍红经常到我家来玩。她个子不高不矮，或者说偏高一点点吧，还略略地偏胖。我不知道我喜欢她什么，洁白的皮肤和亮亮的眼睛自然是不用说的，关键是她身上的衣服很得体，蓝色的筒裤，白色的短袖衫，服帖，干净、自然，清清爽爽的。她每次来，都站在我家屋后，喊我妹妹。有几次，我在邻居家的瓜棚下看着她，当然是偷偷的了。她戴着大草帽，把一辆大桥牌轻便自行车扶在手里，喊两到三声，就掏出手帕，在脸上擦汗。我能看到她的手帕是白色的，叠得方方正正。我妹妹会在她擦汗时，从后窗里伸出手，跟她一边招手一边说，过来，过来过来，侍红你到我家来，来呀。

侍红就跑过来了。

侍红会和我妹妹躲在屋里小半天，嘀嘀咕咕不知说些什么。瓜棚下的人会说，这两个小孩，也不出来凉凉，不怕中暑吗？

我也希望她们能出来乘凉，这样我就能更近地看到侍红了。其实，我和侍红有过一次很近的相遇，还说过一句话。那是在我家水井边，我在那里洗水萝卜吃，妹妹的房门突然开了，侍红端着脸盆刚迈出一步，又退回去，还做了一个羞涩的表情。我听到她小声地对我妹妹说，你二哥。我妹妹跑过来打水。侍红也跟过来了。侍红端着盆，妹妹压着水。那天的水井好像故意跟她们作对似的，压不上水来了。我妹妹抱怨地说，二哥你光看，看啥啊？你帮帮我呀。

我就帮妹妹打水。在压水时，侍红离我只有小半步远，她双手端着盆，略略倾斜的身姿十分的优雅，丰盈的脖颈里细绒绒的汗毛清晰可见。我用力压水，分了神，没有很好地控制手上的感觉，让水突然喷了出来，喷得很高，洒到了侍红的脸上和肩膀上。侍红虽然侧一下身，做了一个躲闪的姿势，但还是把手里的盆稳稳地端住了。我还没来得及说对不起，我妹妹就又抱怨地说，二哥你小心点啊，你看侍红身上，都是水。我赶忙说对不起。侍红笑着说一声，没事哩。我妹妹又替侍红把盆端住了。侍红站在一边，掏出手帕，在脸上和身上擦拭着。我看到侍红抖开的手帕是白的，只在角上有一朵小蓝花。我见过妹妹的手帕，都带着花花绿绿的图案，像侍红这么素雅的手帕我还头一回见。

有一天中午我从外边回到家里，看到妹妹在洗手帕。其中一块洁白的手帕不像妹妹平时用的，我望一眼她的房门，问，谁来啦？妹妹说，没人啊……噢，这是侍红的手帕，她忘记带走了，我帮她洗洗。妹妹好像知道我的心思似的，一边往绳子上晾一边说，人家的手帕你不能拿噢。我说我才不爱要了。又说，那你得给我一个。妹妹说，我才不了，你自己不会买啊。

在中午的大太阳下，手帕一会儿就干了。我妹妹出来收手帕时，对我说，二哥，要不侍红的这块手帕给你吧，她可能不要了。

就这样，我有一块侍红的手帕了。

一直好多天，侍红的手帕装在我的口袋里，心里总有一种异样的感觉，仿佛和侍红很亲近地相处了。侍红的手帕上有一种淡淡的味儿，似乎也不完全是香味，就是那种淡淡的女孩儿味，好闻，亲切，让人心醉神迷。

暑假里，大家都在焦急地等待着录取通知，也有人到石湖镇上去打听。记得在那几天里，我妹妹天天关在屋里不出来，侍红偶尔还从她们村骑车过来玩一两次，也和从前一样，和我妹妹嘀嘀咕咕有说不完的话。就是在这段日子里，我和侍红又一次不期而遇了。那天我到公社的水泥制品厂找我一个远房亲戚，骑一辆长征牌加重自行车，慌慌张张地赶路。半道上，迎面看到了侍红也骑着自行车。她显然也看到了我，在我们即将擦身而过时，她突然从车上跳下来。我也急忙刹车，跳下来。这时候，我们已经错过了大半辆自行车的距离了。我们一齐往后退两步，站在树荫下。侍红的脸红红的，有许多汗水。侍红说，上哪里啊？我说，水泥制品厂，去玩的。侍红一手扶车，一手拿出手帕擦汗。侍红的手帕还是洁白洁白的，只是角上的小蓝花变成小红花了，也只有一朵。我的口袋里也有一块手帕，那是侍红的。我想拿出来还给她，但是我没好意思。主要是，手帕被我弄脏了，我在挤脸上的粉刺时，沾染了一点血迹。侍红又问我妹妹在干吗。我告诉她妹妹一直在家里。侍红嗫嚅着，才说，你收到通知了吧？我说，怎么会呢？侍红很不好意思地说，我收到了，我考上高中了，石湖中学高一二班……你真没收到？我看到侍红的脸更红了，仿佛她收到录取通知而我没收到是她的错一样。我噢一声，心想，我早就预料到了，我肯定没有考上，而我妹妹也没有考上。侍红说，我走了。侍红在推车走了两步之后，又转头说，这两天我不去你家玩了，我要先去镇上，我爸调到石湖粮管所了。我噢一声，心里十分的失落，不是因为她父亲是粮管所的所长，也不是她不要上我家来，而是因为她接到了录取通知书。我看着侍红推着车，助跑两步，跳上了车骑走时，这样的失落在心里不断地扩大。

然而，意想不到的是，开学仅两三天，我父亲从平明供销社赶回家了，他让我收拾一下，到石湖中学报到。我父亲特意说，是他找一个朋友帮忙，才给了一个指标。我太开心了，一下就想起了侍红。但我想不起来那天侍红说她是几班。要是一个班就好了。我这样想。

我妹妹知道我要继续读书那天，一直关在她的小屋里没出来。她一定很难过。

真是巧得很，我插班报到那天，看到侍红了，她就在我前排。

我还没来得及跟侍红怎么说话，一个月后，我就成了一名园艺工人。

让我欣慰的是，张会计居然和侍红有着同样的眉眼和笑容。我不知道是生活故意在折磨我还是安慰我，总之，看到张会计，我便想起侍红，我心里既失落又欣喜。

我站在属于我的宿舍里，好好地发了会儿呆。

我的宿舍只有一间屋，却很大，净深足有八九米，后边有一个大窗户，窗户外就是一片我叫不上名目的药材（或者灌木），隔着这片药材地，就是一道高大的院墙。我知道，院墙外还是我们植物园的地盘，那里有荒地，有水洼，有坑塘，有沟壑，也有人工种植的中草药和各种荆棘、树木、竹林、藤蔓。我对我的新居充满好奇，认真查看一下，白灰墙上有一些形迹可疑的脏斑，还有一行黑毛笔字被白灰覆盖了，认不清是什么字。有一张床，床上有一顶蚊帐。床上用品都铺好了，我看到叠得整整齐齐的被子上，印着“植物园”三个红字，墙根有一张破旧的桌子，有一把椅子。桌子和椅子上也漆着“植物园”的红字。椅子上放着一只脸盆，桌子上是两只碗和一双筷子。这些东西，都是张会计帮我张罗整理的。我这就算上班啦？这就是我上班的第一天？我昨天还是高一的学生，今天就成植物园的工人了。我有些疑惑，有些兴奋，也有些迷惘。我简单地回忆上午的工作，感觉并不如我想象的那么愉快。别人对我怎么样，目前还看不出来，我们的所长丁家干对我似乎并不友好，他也不像一个友善的人，怪怪的，阴阴的。我以后就要在他手下工作了，他会一直都这样吗？我心底里多了一丝担忧。好在小胡，老杨，还有张会计，给我的印象不错。

我没有在宿舍待多久，虽然我腿肚子酸胀，但也没时间在床上多躺一会儿。因为我得赶快去办公室，向张会计买饭菜票。

张会计显然是在等我。她在我一进门时，就微笑着望着我。

她微笑的样子更像侍红了。我下意识地躲开她目光，望向崔园长的办公桌。

张会计错误理解了我的躲避，轻声说，崔园长回家吃饭了。他家就住前边的小崔庄。

说罢，推推桌子上的纸。纸上是一叠牛皮纸印的饭菜票。张会计说，这是十块钱的票，我先借给你，等发工资再扣。这是借条，你签个字。

我签字时，突然怕签得不好看。我的字的确不怎么样，加上张会计干干净净的手还按在纸上，手上若隐若现的小肉坑十分的迷人，我的心慌了一下。

这时张会计突然收回手，藏到桌肚子下——她可能发现我的目光了。

我鬼画符一样地写上我的名字，拿着饭菜票跑了——我怕张会计把我的心思看了去，对我留下不好的印象。

食堂里不少人在吃饭。我放眼一看，上午和我一起干活儿的老杨、小胡他们都在，只有丁家干还没来。老杨蹲在地上，端着碗，一边吃饭一边说，小陈来啦哈哈哈，丁所长笑死人了，在新来的小陈面前吹牛，吹他在朝鲜的事，吹他身上的枪伤，嘴唇都要吹破了，还想脱人家裤子看人家长没长毛。我想问他，你在朝鲜搞女人的事，怎么不吹吹？搞人家朝鲜女人，差点惹出国际主义的乱子来，被部队开除了，他不讲给小陈听，专讲身上的枪伤，哈哈哈哈，丁所长呢？不在了吧？又到小崔庄去吃独食了。

这是我在短时间里，第二次听到别人说小崔庄。

大家听了老杨的话，都轰轰地笑了。

小崔庄有野味，谁不想去啊。有人跟着说。

对于他们的话，我似懂非懂。但我没有看到张会计来吃饭——我突然想起来了，张会计桌子上有两只洗干净的碗，她一定提前吃好了。张会计不跟我们一起吃饭是对的，这里的言笑她不适合听。

看电视

进一步证明丁家干对我的不友善，是在晚上看电视的时候。

植物园园部有一部十二吋黑白电视机。电视机可是个稀罕物啊，这是我第一次见到它。我对它充满好奇和敬意。还是在早上时，我就看到它了，它长着两根长长的闪闪发亮的天线，像某种珍贵的仪器，被供奉在办公室墙报栏前的方桌子上。可惜的是，方桌子并不是电视机所专用，还放着两只铁壳热水瓶和几只东倒西歪、布满茶垢的玻璃杯，在不苟言笑的崔园长起身去倒水时，我真担心热水瓶或者玻璃杯不小心会把电视机碰坏。午饭后，我路过办公室门口时，特意走进去。我是去感谢张会计的，感谢她给我收拾了房间。张会计正在看一本书，她抬起头来，问我，有事吗？我嗫嚅着，没有把感谢的话说出口，因为张会计的表情并不是需要我感谢的样子，而是略微有些吃惊，仿佛在说，宿舍都给你整理好了，饭菜票也借给你了，还来干什么？没看到我在读书？我灵机一动，说，这个……这个是电视机吧？张会计说，是的，晚上你也可以看的。我点点头，立即跑走了。但我还是看到那两只热水瓶太紧挨着电视机了，万一发生碰撞怎么办？

这个担心持续整整一个下午，让我整个下午都心神不定。

晚上就要看电视了。虽然我从张会计的嘴里已经知道，但撩起我对电视特别热情和担忧的，是那个胖女人。

我是在翻晒益母草的时候，听到一个女人在河那边说的。

这个女人突然出现在河对岸，让我始料未及。

我发现我翻晒益母草的地方，有一条小河，蜿蜒地隐藏在杂草树丛里。这条小河不宽，如果给我五十米的助跑，有可能飞过去。小河水十分清澈、透明，也十分安静，一眼能看到水里的水草，还有在水草里游荡的小鱼小虾。上午我怎么会没有发现它呢？我有些惊奇地站在岸边，看倒映在水里的沿岸植物的影子。

在它边上的荆棘丛里，也有几把益母草。我是正在翻草时，毫无预兆就听到女人的大声说话的。她嗓门很尖细，我听一下，是喊丁家干的。她喊道，丁所长，丁所长，告诉我晚上看不看电视？我只听到女人喊，却没听到丁所长回答。那女人又喊，丁所长，丁家干，你驴日的耳朵叫驴毛塞死啦？电视你他妈看还是不看？你吭一声啊，你他妈不要装死！嗨，老丁，丁家干，丁家干！我看到你了，对你说老丁，晚上我们去看电视啊，你别藏着掖着，你得把电视机搬出来啊。我还是没听到丁所长回答。在我身边没有丁所长，按照他上午的安排，他应该和其他人到东园去收黄花蒿和小鬼针了。不过，有一个信息我是知道了，就是晚上要看电视，丁家干可能是个重要人物。我赶快把面前的益母草翻好，站直身，先找丁所长。并没有丁所长的影子。我绕开一丛紫蕙槐，踮起脚尖，望望河对岸说话的女人。女人很胖，磨盘一样的大圆脸，她也在向我这边张望。她看到我时，大为惊讶地说，噢哟，噢哟噢哟，妈呀，认错人了，不是老丁啊？女人跟我抱歉地哈哈大笑着，转身离去了。她肥胖的身影在树丛里一跳一跳的。由于是她透露晚上要把电视机搬出来这个非常重要的信息，所以我对胖女人充满好感——即便她把我认成了丁家干。

我非常的兴奋，上班第一天，就要有电视看了，这可是我平生第一次看电视啊。尽管，对植物园的工作，我有些不太满意，我觉得种植和收割药材这样的工作，不像一个集体所有制的工人干的，倒像是村里的农民干的——这和农民干农活，又有什么两样呢？我翻晒益母草，和农民翻晒收割上来的庄稼，不是一个道理？但是，即将要有电视看，可不是农民能够享受得到的。想到这里，我的心情马上又好起来，觉得有张会计在，不会把电视机碰坏的。再说了，这些天都好好的，难道在我上班第一天时，电视机就会坏掉？如果明天我再去办公室，我把那几只茶杯扶正了，把热水瓶也向边上移移。我又想，不能，这活儿我不能干。这是崔园长和张会计的办公室，他们如果不指挥我，我是不能下手的。

就这样，一个下午，电视机占据了我整个脑海。我甚至还想到了侍红。侍红要是知道我有电视看，一定也会吃惊的，一定也会问我，电视是什么样子呢？如果我看过电视了，一定会告诉她。但，现在我只知道电视机的外形，还不能完全了解。

可是，晚上看电视时，电视机还真的坏了。同时，丁家干又让我出尽了洋相。

天刚上黑影时，办公室走廊里的灯亮了。丁家干掏出身上的一串钥匙，打开办公室的门，搬出了电视机。

丁家干身上有办公室的钥匙，也让我羡慕得不得了。丁家干不过是一个小小的所长，级别还在园长的下边，可能还没有张会计当家。但他有办公室的钥匙。而且他并不在办公室里上班，他和我们一样，要一起割益母草的。看来，丁家干的地位并不一般。

看到电视机，我有一种如释重负感。我觉得我期待它已经好久了。我看到白天跟我们一起干活儿的小胡和老杨把桌子抬了出来——他俩三下五除二就把桌子上的东西收拾到地上了，而且，玻璃杯子真的还碰到了热水瓶，发出金属般的碰撞声。

老杨和小胡摆好方桌，丁家干把电视机安顿上去之后，又从办公室扯出一根电源线，插上电视机上的插头，打开开关。丁家干和老杨、小胡在干这些时，配合十分默契，也十分麻利。

但是，屏幕上出来的并不是我期待已久的人像，而是满屏雪花，并伴随着吱吱沙沙的噪声。我正焦急着，丁家干从屁股上拔出一把老虎钳，往电视上一戳，把调台的旋钮拽出来，把老虎钳的尖嘴再戳进去，咔咔咔地转动着。丁家干的动作吓我一跳，我真担心电视机会被他拧成碎片。我的担心显然是多余的，我听到有人快乐地说，好了好了。我看一眼身边，惊异于一转眼就来了这么多人，是的，我四周都是人，他们有的坐在地上，有的坐在石阶上，也有坐在板凳上，大部分是小孩、妇女和老人。他们还在陆陆续续地来。丁家干歪着脑袋看看，他看到屏幕上的人像扭曲、变形，呈波浪状。丁家干又腾出另一只手调试天线，三绕两绕，屏幕平稳了，人像清楚了。丁家干说，好了。只有丁家干说好才算好。丁家干把老虎钳从旋钮洞里拔出来，另一只手也离开了天线。随即，电视屏幕上又是人像模糊，声音嘶哑。人群集体发出一声叹息。

操你家二姨奶的！丁家干骂道，这破电视，这几天出鬼了，越来越难侍候了。丁家干又把老虎钳戳进去，另一只手也同时扶住了天线。奇怪的事情发生了，他的手刚扶住天线，电视的图像和声音又好起来了。

看电视的人又集体“哦”的惊叹一声。

这是我看到的真正的电视，在那一刻，我想到了电影，它和电影一样，只是比电影小了许多。我兴奋的真正原因是，从此以后，我就可以天天晚上看缩小了的电影了。

小陈，丁家干白眼睛里的白光唰地刺过来，叫你哩，你过来小陈，交给你一项光荣任务。过来过来，过来呀，你来接我的班，把老虎钳和天线扶好，看到没有，就像我这样，来来来，对，就这样！

我还没有想到这个工作是如何的艰巨，如何的丢人现眼，如何的出尽洋相——就在丁家干胁迫的口气和目光下，我跑上前去了，照着他的姿势和样子，一手紧紧握住老虎钳，一手扶住天线。起初，我还以为这是一件值得自豪的事，是丁家干高看我一眼，让我在这么多人面前出出风头。丁家干也果然跟我介绍说，看看吧，小陈，这些都是前边小崔庄上的人，和崔园长一个村的，他们一边看电视，还一边看你。丁家干又对看电视的人大声说，这是我们新来的工人，在药材所，就是在我手下，刚下学堂，叫小陈，还是个小牯牛蛋，毛都没长齐，你们谁要是看好他，跟我招呼一声，把他请去家做女婿，保证不吃亏。丁家干的声音很大，盖过了电视的声音。大家听了他的话，都笑了，各种笑声都有。

这时候，我才觉得事情有些不对劲，丁家干是在耍弄我，他让我站在众人面前，一方面看不成电视，另一方面，让我出出洋相。而我又特别想看电视，这可是我第一次看电视啊。早就听物理老师说过电视这种怪物，跟电影一样，就是缩小了的电影，可我却不能坐在下边，和大家一起享受，而是站在前边，扭着身体，又要握紧老虎钳，又要扶好天线，这个动作真是别扭。如果我一定要看电视，还要歪着脑袋，别提多费劲了，比小时候看电影时坐在背面还难受。我就这么站着，一会儿，腰酸了，脖子酸了，胳膊酸了，腿也酸了。我看一眼看电视的人，他们是很大的一群，有三四十人，或者更多。丁家干说了，他们都是小崔庄的人。他们没有人看我，他们都在看电视。他们眼睛紧紧地盯着电视，或者紧张，或者欢笑，脸部表情都很生动，显然，他们被剧情吸引住了。我上班第一天就受到这样的待遇，心里很委屈。我一委屈，眼泪就下来了。我想腾出一只手擦拭眼泪，可我手刚离开天线，电视的声音和屏幕就发生变化了，下面的人就集体啊了一声。我眼泪还没有擦，又赶快把手搭上去，电视恢复好了，大家又集体啊一声，继续聚精会神地看电视。看来我的手是拿不下来了。我要是这样坚持着一个晚上，非累死我不可。这样一想，我的眼泪流得更欢了。我把头别过来。我不能看电视了。我不想把我流泪的样子给小崔庄的人看见，也不想给植物园的工人看见。好在是夜晚，走廊里的灯光并不强烈，电视的亮光也比较晦暗，加上大家的注意力都集中在电视上了，大约是没有人看到我流泪的。

但是，我错了，有一个人发现了我的异常。我听到一个声音说，老丁，丁家干，你怎么让小陈一直扶着天线啊？你快弄好啊，让人家小陈也看看，人家小陈新来的，你就派这么重的活给人家干啊？

我听出来，这是河边那个圆脸胖女人的声音。

丁家干很响亮地咂一声嘴，说，大白牙，我操你一家的，你以为就你关心小陈啊，你以为我不想弄好啊，我不是没那本事嘛。小陈，你就受受累，要不了多会儿就结束了。

那个叫大白牙的胖女人看来很仗义，她说，你不能光叫小陈一个人干啊，你再安排别人替换一下，别叫人家累着了。

丁家干说，小陈又不是你儿子，要你关心啊？你是想把小陈招去做养老女婿的吧？好好好，你别跟我翻白眼了，我来替换替换还不行嘛。

大白牙哈哈笑道，丁家干你再乱说我拔了你的狗牙！

咋啦？养老女婿不好啊？哪里配不上？

丁家干的话弄得我很不好意思，也招来了大白牙的一顿臭骂。大白牙骂丁家干跟切萝卜一样，数着骂，一套一套的，让丁家干没有回嘴的余地。

大白牙和丁家干的打情骂俏（他们说的是我，其实并不是说我），惹得看电视人的不满，纷纷向他们投去讨厌的目光。

一个嗓门尖细的女孩可能听不下去了——大白牙的那些脏话确实很不像话。女孩想阻止大白牙，她扯一下大白牙的肩膀，说，你少说两句不行啊！就你管得宽！碍你什么事啊！你们吵吵吵的，让不让别人看啦？我不看了，我要回家！

大白牙这才不骂了。

丁家干也过来替换我了。

我听到丁家干说，大白牙我怕你，我见你腿就打抖。可你也有一怕，你怕你家银花，你家银花一说话你就闭住了破嘴！

我知道了，那个细嗓门的女孩叫银花。

我离开了电视机，没有立即转过去看电视，而是走进了高大的水杉林里——我得把眼泪擦干净。

办公室门口的这片大林子，我是一报到时就看到了。我从来没看过这么高这么直的大树，它的壮观和阵势把我镇住了。我在这时候走进这片林子，马上就有一种阴森森的感觉。旁边就是看电视的人群，耳朵边就是电视里传出的声音，而我却在阴暗的林子里擦泪。我悄悄擦干眼泪，倚在一棵大树上，看着他们。丁家干接替我的工作了，他的姿势有些怪异，有些丑陋。我想我刚才也是这样的，我就更觉得丢人现眼了。我看看呈扇形的人群，他们数量虽然不是巨大，却也黑压压的，他们的脸上因为电视的影像而忽明忽暗、一闪一闪的，我看到了帮我说话的大白牙，这个名字很有意思，一定是个绰号，或者她姓白，推想她的牙齿一定很白吧。白天在河边时，隔着小河没有看清，晚上光线暗也看不清。不过敢叫大白牙的，牙齿应该没问题。在大白牙身边有个女孩，好像穿一件碎花的圆领衫子，比大白牙高半个脑袋，和大白牙一样长着圆脸，只是比大白牙要小一圈，看长相，应该是大白牙的女儿了，刚才就是她用尖细的嗓音阻止大白牙带着调情的谩骂的。对，她叫银花，丁家干这样叫她的，怎么不叫金花？或者她还有个姐姐叫金花吧。她拿不看电视威胁她母亲，大白牙居然就怕她了。和银花并肩而立的，也是一个女孩，和银花一般高，长一张瘦长脸儿。我看到瘦长脸的女孩向树林中望一眼。她望不到我，我知道，我在暗处，她在明处。但是，她看一眼电视，又向林中望来。她的方向没有错，正好是我站立的地方。她真的是望我吗？她又把嘴巴凑近银花的耳朵，说一句什么，银花笑一下，便也朝林子里望。哦，说不定她真叫金花。两个女孩朝树林里望，我也就不敢看她们了，我脸上一热，心里一慌，好像有秘密被人发现一样。我就把目光移向别处，我就看到了小胡，还有白天和我一起干活儿的人，当然，还有老杨。

我估计，植物园的其他人都在，比如园艺所的，他们散坐在人群里，他们一定也看到我刚才的熊样子了。不过，我没有看到张会计。我眼睛又在人群里搜索一圈，依然没有张会计的影子，她家说不定住在县城里，回家了。如果这样，那她上班就是早出晚归的。我有点暗自庆幸，我刚才扶天线的狼狈样子，没有让张会计看到。我有一种可笑的感觉，没让张会计看到，这就好，别人笑话就笑话吧。但是，我突然又想，他们也许并不在意谁去扶天线吧，并没有要去笑话谁吧。丁家干是所长，不是照样为大家服务嘛。这样想着想着，我心里略微好受了一些，我便换一棵树倚着，也朝电视上看了。可电视里的情节我一点也看不进去。我老是不由自主要看丁家干的眼睛。他的眼睛太特别了，什么时候都是白眼珠多，而且两只眼分别望着两边。我只听说过八字脚的，还没听说过有八字眼的。就算是八字眼，目光也要统一啊，目光分向两个方向，如果不是特异功能，那简直就是怪物了。更让人奇怪的是，就算是在暗淡的灯光下，他眼里依然会有白光。

我琢磨着丁家干，也想着银花和她身边的那个女孩（金花?），她们一定在谈论我，因为我钻到林子里不出去了。她们谈论我什么呢?当我再找她们时，我只看到银花，银花身边的那个女孩不见了。

我突然觉得我在林子里也是不安全的，尽管我知道，那个消失的女孩不会来找我。

看来丁家干也累了，他动了动身体，想换一种站法，想把两只手交换一下。但是换一种站法，就会挡着别人看电视，他只好还是恢复原状。

小谢，丁家干眼睛望着人群，喊道，小谢呢?

没有人回答。

小谢，小谢！我操他家二姨奶的，小谢又死没有了，谁换换我啊，想累死我啊?累死我你们明晚就别想看了。丁家干的声音有些着急了，小陈，小陈小陈。

丁家干又喊我了。

我没在电视机前。他看不到我，我就不理他。

他妈的，小陈也死没有了。

小谢！底下也有人帮丁家干喊，小谢，小谢……

小谢！大白牙也叫一声。

大白牙你就别喊了，丁家干说，就你来换我，你让我也看一会儿。

大白牙说，美死你了，好歹你一个人干吧，我又不是你们植物园的人。

那就算了，不要你扶了，我找老杨。丁家干又喊道，老杨，老杨你来，你来替替我，老杨呢？也死没有啦？那就算了，我一个人坚持到底吧，反正电视也要结束了。

老杨刚刚还在的。我想，转眼就没了。

丁家干摇摇肩膀晃晃头，又说，老杨死没有了，小谢也干坏事去了，小陈叫狗吃了，就要我一个人了，明晚我也要干坏事，叫你们都别他妈看电视！

野鸳鸯

我的宿舍和丁家干的宿舍紧挨在一起，中间只隔一堵墙——真是冤家路窄。

丁家干刚一进屋，我还听到他轰轰的几声咳嗽，马上就传来呼呼哈哈的鼾声了。他真能睡啊。他的鼾声非常的饱满，像海潮一样滚滚而来，波澜起伏，在这样的鼾声中，我能睡好觉吗？我不免担心起来。联想到他对我的态度，我便有一种预感，我和他肯定玩不到一起的。我在他手下肯定没有好日子过。这个人有些怪，长得丑陋不说，脾气特别，为人处事似乎更和别人不一样。这只是上班第一天，就给我留下如此不好的印象，要是天长日久，不知道我能不能接受得了。

在空旷的房间里，在昏黄的电灯光下，我萌生了一点点后悔，后悔做一名园艺工人了。但学校也没什么好留恋的，因为成绩不好，许多科目试题不会做，活受罪。如果对学校有所留恋，就是侍红了。我的后悔看来没有道理。既然这样，是不是可以不在药材研究所而换到园艺研究所呢？我刚来，就向崔园长提这个要求，会不会很过分？

屋里的秋蚊子很多，直往脸上扑。我便钻进蚊帐里，躺下了。

感觉身底有东西硌人，像一块厚厚的砖。我伸手摸摸。隔着一层芦席，没法拿出来。谁会垫块砖在床上呢？不会是张会计故意的吧？决不会。我不能把植物园想象得一团糟。植物园肯定有坏人，但也肯定不是人人都是大坏蛋。这屋里以前一定睡过别人。可能是别人搬走时，遗落在床上的什么东西了。我爬起来，掀起芦席。我看到了，不是砖。是一本像砖头一样厚的大书，硬壳子，虽然有些旧，但还没有坏得不像样子。这是什么书呢？我拿起来一看，《植物学大典》。在植物园的宿舍里，发现这样一本书也许并不奇怪。我没有看书的欲望，把它堆到一边，又躺下了。发现没有枕头。看来，就算是细心而周到的张会计，也有疏漏的时候。好在还有这本大书，做枕头正合适（说不定原主人就是拿它当枕头的）。我把《植物学大典》搬过来，当了枕头。

丁家干的呼噜声还在继续。

我不能阻止他的呼噜，加上“枕头”硬硬的，似乎也没有困意。蚊帐里还有一只蚊子，抑或是两只、三只。我爬起来捉蚊子。可能是初来乍到、水土不服吧，在我捉蚊子时，我的肚子开始咕噜咕噜地叫，进而胀疼，突然想上厕所了。

厕所在植物园办公室的前边，偏左，就是那片高大的水杉林的边上，我要穿过宿舍区的青砖粉墙月牙门，走过园艺所管理的那片盐肤木和黄连木小树林边上的红砖小道，才能跑到厕所。这段路不短，有三百米到三百五十米的距离，我肚子疼得厉害，得一路跑去才能来得及。我抱着肚子，弓着腰，脚下生风，一路狂奔而去。厕所就要到了，厕所边上那盏灯已经越来越明亮了，而我肚子也疼得更厉害了。但是一个黑色的影子突然出现在我奔跑的路上，如果不是急刹车，就被我撞上了。我吓了一跳。这是人影还是鬼影？更深夜静了，是哪路妖怪？更吓我一跳的是，影子马上分开成两个人。他们就在盐肤木树的林子边上，也被我吓得不轻吧？我一放松，屁股没夹紧，屎就拉到裤裆了。我下意识地再夹紧屁股，嘴里慌张地问，谁，谁……

对方说，是我……

他们不是妖怪。他们会说人话。

说话的是个高个子，细细条条的，很瘦，在朦胧的月夜里似乎还在长高。另一个人没有说话，比他矮了半截。他说“是我”时，我并不知道他是谁。他声音虽然有些沙，也是一个真实的人话。是人我就不怕了。我感觉到裤裆里又湿又热，大概也是很臭的，屁眼更是火辣辣的。我感到不好意思，但已经没办法了。好在没人知道我把屎拉到了裤裆里。我又看清了说话人的身边，是一个女人，她把脸背过去，我看到她的长辫子，还有裙子。她穿裙子。裙子可是非常少见的，而且，已经是秋天了，是十月初了，夜，已经有了点凉意。月光似水。不知是月光，还是远处灯光的作用，女人的裙子非常醒目，裙子的颜色一时难以辨清，裙子上的花却清晰可辨，是一朵一朵的向日葵。我只能看到她的后背，她的削肩，她高高的脖颈，还有因为裙子而显得很细的腰，腰下丰满的屁股。她把脚在地上踏来踏去。显然，对我的突然出现感到不安。她不愿意转过脸来，似乎我认识她似的，或者，她怕我认出她来。其实，植物园里一共只有两个女人，一个是张会计，一个是小胡。这个穿裙子的女人既不是张会计，也不是小胡。她是谁呢？

你是谁？那个男的反问我了。而且，是操一口别扭的普通话。我们平时都不说普通话。我们平时都说方言。我们这里的普通话和方言区别很大，对个别说普通话的人，反而会把他当成外乡人了。他居然敢问我是谁。我是谁，说了怕你也不懂。我说，我……我今天才来，我不是谁。他听了，露出牙齿在笑。他在笑。我的话好笑吗？他一边笑一边在身上摸，似乎在掏烟。他想敬我烟。他身上有一股很浓的烟臭味，还有柴油味。

你抽烟？

不不不……我……我我我，我上厕所……

噢，去吧……

他似乎还要说下去。我肚子又咕噜了。我没有听他说，撒腿跑了。

我惊动了一对鸳鸯，野鸳鸯。我很不好意思。我蹲在厕所里，想，这人是不是就是丁家干看电视时要找的小谢？完全有可能，那女的呢？是他女朋友，还是……他们似乎并不怕我。如果我不是肚子坏了，他们有可能和我再聊会儿。

我的裤子显然是不能穿了。裤裆里淋了稀稀拉拉的屎，臭不可闻。我脱下裤子。我成了光屁股的人。厕所里的灯光照在我的光溜溜的腿上。四周响起此起彼伏的蛙声、蛐蛐声，还有别的秋虫的声音，像一首优美的和弦。可我却无心欣赏。我就这么光着屁股回去？万一那对野鸳鸯还在呢？会不会骂我小流氓？可不回去又怎么办？我总不能在厕所待一夜吧？厕所的蚊子更厉害，我腿上已经被叮麻了。我啪啪地拍打着，把沾了屎的裤子和裤衩团在手里，悄悄闪出了厕所。

我不敢走原路回去。我怕我在路上还碰到那对野鸳鸯。就算我不是光屁股，这样反复打扰人家，也不道德啊，至少不够意思嘛。记得，从食堂那边绕过去，沿着一周围墙，也可以走到我的宿舍。我下午下班时，就是跟着丁所长、老杨他们从那一条砖路走回来的。所以这条小路我有印象，不会走错。

不过这得穿过园部办公室门口，要绕一大圈路。没办法了，绕就绕吧。

我从园部办公室门口向西，往食堂方向急步走去。四周不是很静，总有一些不明就里的声音，不是虫声蛙鸣，说不清是什么声音。植物园园部的院子不算小，又坐落在整个植物园中间，四周都是密密匝匝的森林和植物，空气里飘荡着植物的清香，还有秋露的凉爽。我感受着清香和凉爽，从食堂拐过去，从水塔旁边走过，走上了那条红砖小路。路旁边也是栽种的一丛丛花卉，因为是秋天里，花都谢了。但花丛的杂草里，还有野秋菊在开放。月光明丽，和树木一样静。老鼠很多，“哧溜”从我脚前跑过，还有鸣叫的秋虫，让这种安静越发不够真实，也叫人希望这个世界发出点真实的声音。

果然有声音传来，是一个女人低低的啜泣，和秋虫一样。我的心一下提起来了，是女人在哭，还是像哭一样的虫鸣？或者是鬼怪妖狐？抑或就是刚才那一对男女？我大气不敢出，腿在颤，心在抖，迈不开步子了。她是在哪里哭呢？是在低矮的盐肤木树林里吗？还是在不远处的水塔里？抑或在半空中？我判断不出啜泣声来自何方，啜泣声开始婉转，开始抽泣，声音也渐渐大起来并渐渐清晰。我正想快步走开，那啜泣声又突然消失了。我更加惊慌，胸窝一阵阵发凉，恐怖从四面八方笼罩而来。我盼着啜泣声快快响起成放声的大哭。我望着眼前低矮的盐肤木树，月色里的树林上空，升起了薄薄的雾岚，难道是哭声所至？稍远处的高高的水塔也被雾岚埋住了顶部。突然而至的雾和突然消失的啜泣声让人猝不及防。我只有一个想法，赶快逃离这里。就在我移动脚步的时候，一阵突然的笑声更让人毛骨悚然。是女人在笑，笑声喳喳喳的，非常特别，我还从未听过这样的笑，喳喳喳……喳喳喳……像某种鸟，或者秋田里的土蛙。她的笑，先是有节奏，接着便像流水一样了，接着便上气不接下气了，接着便有声音传来了，你想要我命啊……喳喳喳……你要我命……

我终于长吐一口气——果然还是那对男女，我想躲开那对鸳鸯，没想到绕了一圈，还是碰上了。

那你就要我命吧。这是一个男中音，昏昏沉沉的，声音里也带着笑。

喳喳喳……要，要命……

难听死了……你笑得真难听……呀……去……

我不想惊动他们，我觉得听到他们的声音都是一种罪过。我蹚着雾，快速离开了。

我走上我们宿舍的走廊时，看到前边一个人，正在一个门洞口开门，钥匙抖在手里哗哗地响。我还没有说话，那个人就说话了，是小陈啊，这么晚了，干啥去啦？

这是老杨。我心里踏实多了。

我说，拉肚子。

老杨说，拉肚子？

我说是。

谁……谁拉肚子？

我心里紧张一下，莫非老杨怀疑我在撒谎？于是我说话便有些结巴，我……我拉肚子……晚上吃多了。

老杨“哦”了一下，突然说，你没穿……衣服？

我我我……我没有说出来。我真没想好怎么对老杨解释我现在的光屁股。

哦，衣服在手里。老杨对我的行为似乎一点也不奇怪，又说，来屋里坐坐？

我赶快说，不……不坐了，这么晚。

是啊，这么晚，那好，你早点休息……当心别受凉。

但我还是犹豫一下，不知要不要跟老杨说说那对野鸳鸯。我觉得老杨是值得我信赖的人。我遇到的怪事（我把野鸳鸯当成怪事了）应该告诉他。但黑暗中的老杨并没有等我说什么，闪身进了屋，砰一声关上门。

回到屋里我还深感不安。深更半夜，手里拿着衣服，光着屁股……老杨会怎么想？他相信我是拉肚子吗？就算相信我拉肚子，可脱光了屁股干什么？他不会认为我有半夜光屁股乱跑的习惯吧？

隔壁鼾声依旧，我却傻傻地立在屋子里，直到有蚊子来咬我，才想起来找衣服穿。但是，更让我尴尬的是，我并没有衣服可换。我的包呢？我有一只黑色人造革皮包，是我父亲送我的。我的简单的换洗衣服都在包里了。我的包怎么没在宿舍？简单回忆一下，想起来了，早上来报到时，崔园长直接带我去见丁所长了，他让我把包放在办公室里。可后来不见了崔园长，我几次去办公室，都没有想到把包取回来。张会计也没有提醒我。那么只有两种情况了，一种是包被人偷了——办公室许多人都有钥匙的，另一种是包被崔园长收起来了。当然也可能有第三种情况，就是张会计故意把包藏了起来。第三种可能性太小了，几乎没有这种可能。但无论如何现在我是没有衣服穿了。现在只有一种办法，赶快洗衣服，明天虽然不干，至少还能有衣服穿。但宿舍里没有水龙头，要想洗衣服，必须端着盆到门口的水池里洗。我观察过了，食堂的门口有一个公用水池，办公室门口有一个，还有一个就在我们宿舍区这排平房的前边。到月光下洗衣服不难，可我刚从外边逃进屋里，再光着屁股去洗衣服，是不是又被认为是怪异行为呢？

我已经顾不得太多了，如果不洗衣服，明天就会光屁股上班。我只好把衣服放进盆里来到门口。我像做贼一样，小心地打水、搓洗，尽量不弄出太大的声音，用最快速度把衣服洗好了。一条长裤，一条短裤，我使劲拧干水，晾在走廊的铁丝上。

第二天天蒙蒙亮，我就把衣服收进屋。衣服还没干，我得先穿上短裤焐焐。

我就是穿上湿湿的短裤，把湿裤子盖在被子上，又睡个回笼觉的。

我是被窗外的鸟鸣声闹醒的。我翻身起床，套上裤子，跑出来。我看到老杨端着碗已经从食堂方向回来了。我赶快到水池上洗把脸，也端着碗往食堂方向跑。半道上遇到老杨，他朝我一笑，算是打过招呼上。但我没有直接去食堂。我得先路过办公室，看崔园长或张会计来没来——我得先找回我的人造革皮包。我的衣服、日记本、信纸、钢笔等都在包里。

张会计已经来了。

张会计正在打扫卫生。她穿的衣服比昨天的更得体，外套是浅绿色的小翻领，里面是白衬衫，青色长裤子，黑色半高跟皮鞋，姿态亭亭。我不敢多看她，迅速瞄一眼墙上的大钟，差六分钟到八点。

吃好啦？张会计说。

鬼使神差的，我竟然应了一声。

食堂早饭还不错吧？

挺好的。我只好把谎言进行到底。

睡得还好？

好。

张会计把一些纸屑等垃圾归拢到簸箕里，调皮地一笑，说，听说植物园里会闹鬼，你怕不怕鬼？要小心哦。

我突然想到夜里遇到的怪事。那对野鸳鸯莫非是鬼？我心里倒抽一口冷气。

听说而已……你要是遇到鬼，别忘了讲给我听听哦，嘻嘻嘻，其实我最怕听鬼故事了。

我可没时间和张会计讨论鬼故事，一会儿丁家干就要召集人干活儿了。我急忙问，崔园长还没来？

崔园长啊……说不准的，他有时候来得早，有时候来得晚。张会计已经回到自己办公桌前了，从自己的小包里拿出一本书，说，你找崔园长有事？

我昨天有一个包，崔园长帮我收起来了。

哦——我找找看。张会计先在办公室扫一圈。

其实我已经悄悄看一圈了，没发现我的包。

张会计显然比我了解崔园长。她来到崔园长的办公桌前，在桌肚子下瞅瞅，就拉开他身后的柜子了。

我一眼就看到柜子里的皮包了。

是这个吗？

是的。我跑过去，拿出了包。

挺沉的吗？都是书吧？张会计提到书，脸上的表情分外好看。

还没等我回答张会计，门外就响起丁家干的说话声了，老杨，今天要收柴胡了，你准备些东西，小陈呢？你喊他一声。

益母草

我们要把晒干的益母草切成一小截一小截，每截半寸长左右，分装成一千克一包，然后卖给县药材收购站。

丁家干心不在焉，铡刀在他手里老是跳，老是晃，我老是担心他要把老杨的手铡了。老杨续草，丁家干管铡刀。这是一项配合必须非常默契的工作，但是我却觉得丁家干和老杨的配合有些问题。老杨两只有力的大手卡紧益母草，送到铡刀底下，丁家干把铡刀压下来的过程中，老是要打晃。不是人打晃，就是铡刀打晃，或者，铡刀锋利的刀刃在接触益母草的瞬间，铡刀要跳一下。稍微对农活有点了解的人都知道，丁家干的犹疑不定很危险，一刀下去，能把老杨的手指或一个手腕铡掉。我这样的担心是有道理的——经过几天的观察，我发觉丁家干和老杨不和睦，丁家干就是故意加害老杨都有可能。可老杨却浑然不觉，依然按照自己的节奏往刀口下送草。

当然，我也知道我的担心是多余的。他们两人配合多年了，已经习惯了，不会发生我想象中的不幸事件的。再说了，就算丁家干心再黑，也不至于光天化日之下对老杨下毒手吧？何况老杨也不是傻瓜。

就在铡草声有节奏响起的时候，大白牙跑来了。我看到大白牙跑到了小石桥上，站在小石桥上挥手，喊话。或许声音太小了，她做出喊话的动作，却没发出任何声音。

她看我们都不理她，就从小桥上跑下来，往我们干活儿的水泥场跑来了。

大白牙脸都跑白了，她胸前的大乳房上下窜动，左右摇晃，像要从衣服里甩出来一样，感觉好累。她两只脚拖在地上，根本抬不起来。其实她只是做出跑的动作，或许还没有平时走路快吧。她一直“跑”到丁家干身边，双手拍到丁家干背上，大口喘气，大口大口的，好像喉咙里要有东西吐出来，发出“咔、咔、咔”的怪声。

丁家干扶着铡刀，听身后咔咔声，骂道，死人啦？

她“咔”一阵，使劲咽口唾液，终于还是没有把话憋出来。

丁家干冲着铡刀喊，什么事？有屁快放，没看到老子在干活儿？

把刀放……下。

丁家干只好放下铡刀。

大白牙一把就拉走了丁家干。

什么事什么事……丁家干一边走一边大声说。明眼人看出来，他的不耐烦的样子是做给别人看的。

大白牙还是没说什么事，她葫芦里装着秘密，不想让别人知道。

大白牙连拖带拽地把丁家干拉到场边上，趴在他耳朵上说几句什么。

丁家干听完，愣一下，推一把大白牙，跑回来了。他涨红着脸，对老杨，也是对我们说，我操……操他家二姨奶的，我说我心里怎么老是疙疙瘩瘩的，真出大事了……老杨，你领着大家干活儿，我到小崔庄去一趟。

丁家干跟着大白牙急匆匆走了。

老杨望着他们，脸上没有什么特别的表情，还是那样似是而非的笑，似乎丁家干的一举一动尽在他的掌握中。

小胡望着他们，说话了，什么事啊？这样急。

我望着小胡，等她说下去。

他们能有什么事，还不是……好事。小胡果然是自问自答了。小胡所说的好事，听起来并不是什么好事。小胡是个三十岁左右的女人，挺朴素的样子。要不是下巴上有一块冬瓜籽一样的胎记，长相还应该算不错的，但是那粒冬瓜籽没有放正，斜在下巴偏左的地方。说是下巴，还不如说在脸上。讨厌的是，那粒冬瓜籽和左嘴角差不多连起来了，颜色也和嘴唇差不多，给人的感觉就像嘴巴拐一个弯，向下延伸而去。不过，她的身材修长而精致，还是说得过去的，胸部、腰和臀都很美。她和许多女青年一样，扎着两根又粗又长的辫子，平时喜欢穿军便装。开始我以为她只是干活儿时才穿军便装当工作服的。那天星期天，她去城里逛百货商店，也是一身草绿色的军便装，看来她是真心喜欢军便装的。

大白牙急成那个样子，气都喘不开了，老杨，你说小崔庄能有什么事？那么点小庄子怎么会有那么多事？小胡纳闷地说，她的好奇心真是太重了。

你不是说好事吗？老杨轻描淡写地这么来一句。

好事？嘿嘿。小胡说，能有什么好事？

小崔庄的事都是好事。老杨的话越发的讳莫如深了。

什么好事啊，屁好事，乱七八糟的。小胡终于还是掩嘴笑了。

老杨呵呵道，那就是好事。

小胡撇撇嘴，说，好吧，就算是好事……大白牙也不是什么好人，她一个寡妇，天天晃着屁股，甩着大奶子，往我们植物园跑，和丁家干黏黏乎乎，我看着不顺眼。小崔庄的男人又没有死绝，丁家干又老又怪，没一点人形，稀罕他一个斜眼的！他天天晚上把电视机搬来搬去，把小崔庄的人都引来了。小崔庄什么人没有啊，偷鸡摸狗，流氓闲汉，占全了，崔园长也不管管，照这样下去，我们植物园迟早会出事。

崔园长啊，老杨嘴角上的笑容扩大了一圈，他抽出一根烟，点上。我以为他会接着说小崔庄的事的，说崔园长的事的，谁知他吐一口烟，却拐一个大弯，说，歇歇再干吧，小陈、小胡、大李、徐师傅，歇歇吃袋烟，就这点活儿，不着急。

老杨挺会拢人的，他的话，似乎不想让小胡再说下去。小胡也果然不说了。大李和徐师傅在下石子棋。这二位是老对手，平时不太讲话，除了干活儿，就是下棋。老杨也跟过去看了。我还不太懂棋，但也想过去凑个热闹。小胡看我一眼，还想说什么，她意犹未尽地看着我，稍许，可能觉得跟我说话也没劲吧。我一个新来的小屁孩，能懂什么事呢？小胡便起身走了。

我们的工作场在园区大院的东侧，出园区大门，过石桥，穿过一片松林就是我们的工作场了，其实不过是一块比篮球场大两三倍的水泥场地，边上是几间大仓库。这里离园区大院并不远。我猜想小胡是回园区大院的。

果然，小胡走到场边上，回过头说，我去去就来，去一趟宿舍。你们谁要去？

没有人搭理小胡。

其实我也想回宿舍。但只有我和小胡，不知为什么，我也不愿意单独和小胡行动。小胡看没人理会，便向那片松林走去了。我觉得小胡有些孤独。

谁不知道大白牙和丁所长那档子事？小胡这女人，明知故问，装什么呀！下棋的大李意味深长地说。这是我头一回听他议论别人。关键是，他的议论就像微风，可有可无的，不起任何波纹——没人搭理。

老杨城府很深地抽着烟，也看着远去的小胡，把嘴里的烟雾吐成一根线。

短短的几天里，我就感觉到，植物园有着许多稀奇古怪的事，或者暗涌着许多不确定因素。我有这样的感觉，就像小胡说的，植物园迟早会出事。我想起那天夜里遇到的那对野鸳鸯，那个高高的男青年，确实就是小谢，我第二天就知道他是小谢了。他是我们植物园开手扶拖拉机的。难怪他身上有一股很浓的柴油味。那天他把手扶拖拉机停在食堂门口，在食堂门口的大水池上洗手，他手上有许多油灰，打了许多肥皂也洗不干净，他干脆把油手放在水池上蹭。小胡出来洗碗，便笑着说，小谢，干吗呢？小谢说，修修手扶拖拉机，弄了一手灰，洗也洗不下来，你瞧我这手上。小谢举起一双污手让小胡看。小胡说，修拖拉机啦？你要进城啊？给我带点花线。小谢说，胡姐又要纳鞋垫子啊？小胡说，是啊，我家那位又来信了，跟我要两双鞋垫。小谢说，胡姐你真有福气，你家那位在部队上当干部，一定还要升大官。小胡说，升不升就由他了，他现在是连级干部，我就想他早点复员，我们一家也好团聚。小谢说那是那是。小谢看到我时，跟我笑笑，说，你就是小陈吧，挺年轻的，挺好挺好，要不要坐我手扶拖拉机进城玩玩？我领你去看场电影，吃碗杂烩汤。你在药材所那边是吧？跟丁斜眼干也不错，有咱们胡姐照顾着，他也拿你没办法。小胡说，我能照顾他什么啊，小陈人家高中生，有文化，人又老实，没问题的——人家才没时间跟你进城了，小陈要上班，是不是？哎，别忘了，给我带点花线。小谢说，不忘。小谢又说，有没有信要我带去寄？小胡说，信我才不让你寄了，我自己寄，放心。小谢说，哟哟哟，还怕我偷看呢。小胡在小谢肩上打一拳，说，你死滚吧！小谢便快乐地嘻嘻着，又好心地对我说，夜里别一个人出来，咱们院子大，妖魔鬼怪多。

我笑着，哼哼着，听出了他们对话中的很多意味来。比如让我确信了小谢就是野鸳鸯中的男主角（女主角还不知道是谁），比如小胡喜欢军便装，是因为她丈夫是军官，还比如植物园的夜晚真的不干净。

因为小谢给我印象深刻，我便有意注意他。他似乎很忙，经常开着手扶拖拉机出去。植物园就这一辆手扶拖拉机，什么事都离不开他，他人缘也特别好，跟谁都笑脸打招呼。不过，晚上看电视的时候，我就一次也看不到他了。我想，他是不是又跟那个穿裙子的女孩去盐肤木树林里约会了呢？这是完全有可能的。那个女孩看起来是那么漂亮，尽管我只在夜里看过她一回，而且也没有看到她的正面，但我依然感觉到她的芳香四溢。小谢正在谈恋爱，可他为什么老是夜晚才约会呢？我从没看过小谢白天和那个姑娘一起出现过，况且，我也没看到有穿裙子的女孩来找他。小崔庄有许多人过来看电视，每到晚上都是成群结队的。可看电视的人堆里，没有一个穿裙子的女孩。当然，我也没有再在夜晚碰到过他们的约会。他们一定还在约会，我想，只不过，他们为了躲避像我这样的冒失鬼而更加隐蔽了。因此，我看到的小谢，都是开着手扶拖拉机的小谢。这不，突突突的声音又从石桥那边传来了。

小谢的手扶拖拉机上站着小胡。她从宿舍回来了。

大李和徐师傅还在下棋。

老杨看一眼由远而近的拖拉机，说，不下了，干活儿了。

再杀一盘。大李说，丁所长也不在。

徐师傅随手就丢块石子在十字线上，说，杀不死你！

手扶拖拉机开到水泥场上，刹住了车。小胡从后车厢跳下来，大声说，小谢啊小谢啊，我差点给你颠死了，下次不坐你这破拖拉机啦！

小谢把油门放小点，说，你说什么？

小胡说，你去死吧，不理你了！你存心要颠死我！你别想我再送军装给你穿了！

我不是存心的啊。

那你就是有意的！

小胡的生气，一点也不像生气。

小谢打着哈哈，说，等我开小轿车时，我带你跑北京上海，保证一点都不颠，北京上海的大街，像镜子一样平，走上去都打滑。

小胡嗔怒地拧着鼻子，哼一声，表示不信，也有点可爱的意思。

小谢又快乐地对我喊道，小陈，我送几张画给你。

小谢要送画给我，这是我没有想到的。我不知道他要送什么画给我，而且我也并不喜欢画。我看到他掀开屁股底下的工具箱，从箱子里拿出厚厚的一卷纸，说，给你，拿去糊墙，药材收购站送的，让我带回来张贴。什么张贴啊？张贴不就是糊墙？都给你了。

他送画给我，原来只是让我糊墙。我接过他的画，感谢的话还没有说，他就开着手扶拖拉机，突突突地走了。

中午下班比较早。也许是因为丁家干去小崔庄还没有回来吧，群龙无首，大家干活儿都没有什么积极性。尤其是小胡，老是心事重重的，刚到十一点，就说饿了，要下班。她的话说到了大家的心里，大家早早就回来了。

我在宿舍里，打开小谢送给我的画，原来是《常见中草药图谱》，三张一套，每套上是一个大类，比如根茎类、叶花类、全草类。图谱是彩色的，厚纸，很好看，和园部办公室墙上贴的宣传画一样。这些彩色图谱，用来糊墙确实是好东西，又可以观看、欣赏，又可以学习中草药知识，可谓一石三鸟。我想起这几天我们所干的活，是把益母草改成小包装。我就在图谱上找益母草。我很快就找到了，绿色的杆状上，叶子很茂密，有针尖大的紫色小花。图上的益母草和现实中的益母草不太像，不过，仔细看看，还是像的。图下的说明是这样写的："益母草，又名野麻，或小胡麻，为传统药材，系唇形科草本植物，生于山坡、路边、荒地，夏秋季割取全草，晒干供药用。治月经不调、痛经、水肿尿少、肾炎水肿。益母草的种子也供药用，名茺蔚子，治目赤翳障、头晕胀痛。"这就是我们天天忙活的益母草了。我觉得这些宣传画对我很起作用，我能了解许多植物知识，可以做一个合格的园艺工人了，我也可以在同学们面前吹吹牛了。为此，我觉得，小谢对我还真不错。同时，我又觉得，小谢对我不错，还不是因为我无意间发现了他的秘密？看来，他和那个女孩的约会，并不是正当的，否则，他为什么要如此遮遮掩掩呢？他对我好，无非是想堵住我的嘴，不让我泄露他的秘密而已。

吃饭的铃声还没有响，我决定给侍红写信。

前几天我就想给侍红写信的，写了几个晚上都没有写成。倒不是不会写，是没有内容可写。恋人间的情话还没到说的时候，流水账式的生活也没必要向她报告。现在好了，现在，我可以向她说说益母草了，也算是卖弄一下我在植物园的收获。

如前所述，侍红是我高一的同学。我们虽然同学没有几天，但因为她是我妹妹的好朋友，又常到我家去玩，所以我们熟悉很久了。她是石湖乡粮管所所长的女儿，因而她得以住在了粮管所里，每天都是早出晚归，连中午饭也是回家吃的。我插班以后，发现侍红就在班上，别提多高兴了。而在短短的同学期间，我们还有一次意外的“撞车”，更让我有一种持久的幸福感。那天下着很大的雨，许多放学的同学躲在走廊上没有走。我也在教室的走廊上躲雨。因为我是住校生，并不急于回宿舍。但不知为什么，侍红从雨中向走廊上跑来了，速度很快。我并没有注意到她，她像没有眼睛一样，从雨中飞向走廊上，一下就撞到我的身上了。侍红刹不住车，我也没有防备，被她撞到了墙上，而她更是尖叫一声，从阳台上又弹进了雨地里，摔了一个屁后坐。我以为她会很生气的，会骂我的。可她在同学们的哄笑声中爬起来了，红着脸，居然对我一笑，一步跳上走廊，钻进教室了。侍红那天穿着红色的的确良衬衫，扎着长辫子，衣服都叫雨水淋透了，屁股上沾上许多泥浆。我后来走进教室看到她，她瑟瑟地坐在课桌前，整理着课本，好像把先前的事忘记了。我感到歉疚，对不住她似的。我还看到，她拿出一块手帕，是她常用的白手帕，在书上擦拭。书上的泥浆是从她身上滴落的，而她身上有更多的泥浆，她没有擦拭，反而擦拭被滴上水渍的书面，可见她是多么喜欢读书。

此后我更加注意她，如果她在教室里，我也待在教室。如果她出去了，我也会到走廊上等她回来。她走路的样子，她说话的样子，都让我着迷。她就住在粮管所的院子里，她每天中午和下午放学回家，或者上学，都要沿着供销社的墙根走。供销社的墙根是一溜阴凉，她是躲避中午太阳的暴晒而行走在墙根的，只有我知道她这个秘密，因为我偷偷看过她几次，在没有阴凉的地段，她都是拿一本书挡住脸。有一次，是拿手帕挡住脸的。那天我想去供销社买一块手帕，可是供销社柜台上没有卖像侍红那样的手帕，这让我非常的失望。我决定到植物园当工人的那天，我首先想到的，就是要和侍红分别了，也许从此再也见不到她了，我特别的伤感。我自然也想到给她写信。我想我上班第一天就给她写信，可一直到今天，信还没有写。

现在，我更加确信，我没有及时写信是多么的不应该。侍红可能一直在等我的信。

事不宜迟，我得赶快、立即给侍红写信，告诉她，我在植物园上班的种种。

我在摊开的稿纸上急速书写，把我知道的植物园里植物的名字都写上，这样就能写上长长的一串。

平时感觉我知道的那么多，可写成文字却又那么少，一张纸就写完了。而且，我还有很多植物叫不上名字。这让我非常的失望。为了显示我已经是植物园的主人了，我着重介绍了益母草。小谢送来的图谱起了大作用，我直接抄了下来。当然，我的抄是有选择的，我没有把益母草的药用价值全部告诉她。我觉得对她说月经不调啊、尿少啊太不合适了。我只是对她说，这种草，我们学校的操场边上也有。我怕侍红不认识，照着图谱上的益母草，在一张白纸上画了一棵，不像，我又画第二棵。我从小学到初中，图画课一直很优异，画什么像什么，可这一次，我却怎么也不能逼真地画出真实的益母草，我画了好多棵，从中选一棵最像的，和信一起装进了信封。在信上，我还热情地邀请她放假来我们植物园玩，我会介绍她认识更多的中草药。

由于集中精力写信而忘了中午吃饭的铃声，当我想起来，拿着碗跑到食堂时，食堂已经关门了。我饿着肚子，回到宿舍后，又把信读一遍。我心情很好，沉浸在爱情的幻想里。侍红看到我的信会怎么样呢？她能读懂我写信的意思吗？会脸红吗？她会恼羞成怒吗？她会给我回信吗？她会不会说我画的益母草不像？

这封信，怎么寄出呢？是请别人帮我带进城里寄，还是我自己寄？要是请别人带，我就请张会计。不知怎么，我觉得，只有张会计，才能让我放心。只有张会计，才值得我信任。

有人来了。我听到走廊上的脚步声。我赶快把信藏到了抽屉里。

小陈在不在？

是张会计的声音。

我答应着，莫名地紧张起来。

张会计走进屋里，跟我又是粲然地一笑，说，中午怎么没看你去吃饭？他们说你没去吃饭。你怎么啦？

我已经知道张会计住在县城里，她早出晚归，中午饭是在食堂打了后去办公室吃的。没想到她关心起我来了。我有些不知所措，不想告诉她是因为写信而忘了吃饭。但我还没想好圆一个什么谎言。我看她一眼，就赶快把目光躲开了，因为张会计的笑意还在脸上，她的笑，是特别粲然的样子，真的很像侍红。张会计看我没有话说，又说，这间屋子还可以吧？东西够用吧？没有更好的屋子了，我看这间还行。行吧，小陈？

行。我说，感谢地又笑笑。

哈哈，你……笑得傻傻的。

傻傻是什么意思？是夸我还是笑话我奚落我？我一时还没想透。她帮我收拾宿舍，帮我准备生活用品，我已经感谢过她了，她吃过午饭，到我宿舍来，肯定不是要我再感谢她一次，说不定她有别的什么事。因为屋里只有一张椅子，我只好起来，坐到床上，让她坐椅子。可她并没有坐，却是扶着椅子站着。她在屋里打量一圈，看一眼小谢送给我的宣传画，再次看我一眼时，依旧一笑，不过比刚才要浅显了许多。可以说，是粲然一笑的余韵，是刚才笑的一个尾巴，而这个尾巴并不多余。

张会计……有事啊？

我这句话一说出口，就知道说错了，天哪，我太愚蠢了。

张会计愉悦地说，没有事，没有事没有事，刚吃完饭，没事，转转，我等会儿要到办公室去看书的。

看书是张会计平时一直在做的事。我不知道她看什么书。但她好学的样子我是知道的。有好多次，我无意从办公室门口经过，看到她都是在看书。她静静地伏在桌子上，手里拿着一支笔，或凝思，或默想，或在书上画线。她有时候掠一下长发，有时候抿一下唇，都是美丽的。植物园的人有时也会说到张会计心大志大，说她不会待太久的。还说她叔叔是县里的什么什么干部。似乎她随时都会飞黄腾达。

你呢？张会计笑着看我。

什么？

你有没有事啊？怎么不吃饭？

我想，是你来找我的，却问我有什么事。我能有什么事？对了，我有一封信，想请你寄。但是，我没有说。说出来的，却是另外的话，我不想吃饭。

哦，不对胃口吧？其实我也不想吃。食堂的饭难吃死了，没滋没味的，真没有我妈做得好吃。张会计像是在回味着她母亲做的美味，咂一下嘴，咽一口唾液，又说，但是不吃身体吃不消的……你看你，感觉你都比刚来时瘦了些。

张会计最后一句话说得很轻，很温柔。

你这么年轻，离开家……植物园也不像其他工厂，和农村差不多的。张会计的话里又有些抱怨的成分了。

我哼一声，赞同张会计的话，又轻声加一句，也听不懂他们的话？

他们？谁？

就是我们一起干活儿的人。我说了几个人的名字。

他们能有什么好话，别理唤他们……他们都是农民的，你不能跟他们一样，你……你以后可以读读书。张会计的眼睛瞟瞟我，嘴角牵起的淡淡的笑意消失又出现，似乎要对我的前程有个规划，给我指出一条明路，她说，以后是知识社会了，不读书不学习，没有进步的。

张会计的话让我不好意思。不知为什么，在张会计面前，我总是拘谨又不好意思。但她说起读书的事，我更不好意思了，因为我压根就没有想过还要读书，床头的《植物学大典》，除了当枕头，我是一下都没翻过。

张会计看看桌子上的信纸，一语点破天机地说，写信了吧？给谁写信啊？

我脸上立即就火突突的了，幸而张会计没有再问。

张会计又跟我聊了几句工作上的事情，还问我下午干什么工作，还建议我星期天可以进城去玩玩，工人文化宫有许多夜校，可以去听听。最后又说几句植物园里的情况，说她知道的几件事，也没什么大不了的。她的口气都是随意的，散漫的，甚至带有几分温情，很好听。话说得差不多时，她跟我招呼一声，走了。

张会计出门以后我才想起来应该送送她。我走到门口，看着她脚穿黑色的半高跟小皮鞋，嗒嗒地走在门口的砖路上。我觉得没必要再和她说什么了。但是，张会计像知道我在看她似的，突然扭回头，跟我明媚地一笑，还挥一下手。她挥手的幅度很小，蜻蜓点水一样，和笑的配合却恰如其分，充满甜美和清纯。

我回到桌子前，重新拿出写给侍红的信，又添写了一节："侍红，说起来真有意思，刚才我们植物园的张会计来了，她的样子有些像你，真是奇怪。不过要真是你就好了。侍红，你会笑我傻吧？你怎么会到我们植物园来呢，其实这里跟农村差不多，你将来是要考名牌大学的。前边不是写到一种药材叫益母草吗？我本想画一幅给你的，现在不画了，我等会儿去打一支来，寄给你看看就知道了。"

我决定寄给侍红的信里，不寄那张我手绘的益母草了。

一抬眼，我又看到床上的《植物学大典》，灵机一动地又添上这样一句："也许，我会扎根在植物园的，做一名植物学家。"

这句话只是我随意添上的，没想到成为我以后一段生活的梦魇。

豆叶自杀了

小崔庄出了大事了，毫无预料的，一个叫豆叶的年轻媳妇喝了半斤敌敌畏，自杀了。

幸亏发现得早，被村里人按倒在大粪池里，灌了一肚子大粪。大粪池里蛆虫蠕动，恶臭熏天，豆叶神志当时还清醒，让大粪水一呛，哇哇吐了一大摊，送到县城的医院里又清洗了几次肠胃，没有死成。

豆叶的丈夫崔二朋吓成了一摊泥，他不知道媳妇已经转危为安，以为摊上人命了，在家寻死觅活的，到处找瓶子要喝药，到处找绳子要上吊，到处找河要投井，最后找了把菜刀在手里，当着自己的胸剁几刀，把衣服都剁碎了，胸口剁成了花豆腐干。言语中，崔二朋透露了媳妇自杀的原因，不过是崔二朋嫌她在植物园看电视太晚了，到小半夜才回家，两人夜里拌了几句嘴，话赶话，句句都伤心伤肺伤感情。崔二朋说，别人看电视早早就回来了，你当我不知道？我在庄西头赌钱，人家看电视的人，九十点钟就到家了，你倒是好，十一点还不到家，鸡叫头遍了，还没影子，天都要亮了，才一身露水进家，鬼知道你干了什么！你要是一回半回这样就算了，你天天都这样，谁知道干什么鬼事去啦！豆叶说，你说我能干什么？你见鬼啦？我什么时候天要亮才回家？你说呀，你说呀，你没安好心眼，血口喷人！崔二朋说，我说不上来，我要是能说上来，你就不敢这样对我了，村里谁不知道我崔二朋是个窝囊废！豆叶说，好啊，你不就是要说我偷人养汉吗？是不是？你天天赌钱，把我娘家的压箱底钱都输了，我都没管你，我不过是去植物园看看电视……你就说我偷人养汉，这日子我不能过啦，我死在你家好啦！崔二朋平时不但有胆量跟老婆吵架，还常常撸起袖子，揍老婆一顿，今天胆子就更大了，他说，我可没说你偷人养汉，这可是你自己说的。豆叶有些气短，一心想让崔二朋知道自己的清白，她说，那你是什么意思啊？崔二朋说，你自己心里有数，你哪天晚上跟别人一起回来过？你当我是傻逼啊？别人都讲电视里的事，你一次都没跟我讲过。豆叶说，我讲了你懂啊？你又有几次在家啊？你赌钱赌到天亮才回家，几回关心过我啊？崔二朋说，是啊，我不关心你，植物园有人关心你，你有本事，整天整夜不回来啊。豆叶被崔二朋气得直翻白眼，她一心想崔二朋揍她一顿，让崔二朋消消气，就扯直了。可崔二朋今天迟迟不动手，让她越发心虚，她最后实在是没办法了，声泪俱下地说，你就是要我承认偷人养汉是不是啊？我没偷，我说没偷你不相信，我说偷了你就信了……我不活啦……我喝药证明给你看……豆叶说着，就从五斗橱下边掏出一瓶农药，咕咚咕咚往嘴里灌。等到崔二朋把她药瓶夺下来，连洒带喝，半斤敌敌畏已经见底了。崔二朋赶快惊动起邻居，给她灌屎灌尿，又用村里的手扶拖拉机把她送进了医院。

大白牙是崔二朋的近房婶子，侄儿侄媳妇出了这么大的事，她当然是急火攻心了。再加上崔二朋的瞎眼奶奶哭着求大白牙，说这家子要败了，人要散了，要过没有了，她婶子啊只有你能帮这个家了。大白牙听了心里难过，是啊，她要是不管，谁还来管啊。因此，大白牙就找来了丁家干。

在大白牙家的磨道里，她问丁家干，你真的没看到过豆叶？

我记不得了。丁家干若有所思，他的白眼珠一直翻到天上，那么多人，我光顾看你了。

死色，我有什么好看的。大白牙说，怪啦，豆叶天天晚上去看电视的呀。

你见到啦？丁家干说。

什么叫见到啊，我们有时一起出的村，有时候还一起进的院子。电视一放，我就没注意了。哎，不是问你嘛！你怎么反问起我来啦？大白牙说。

丁家干抬高了声音，你天天都坐在下面看电视，你没看见，还来问我？

你是男人，男人眼睛总是盯着女人。

我不是就盯着你嘛，别的女人哪里入我的法眼啊！

你呀，老盯着我干什么，我有什么好盯的。大白牙说，我不跟你开玩笑啊，这可是人命关天啊。我小婶子，就是崔二朋的瞎眼奶奶，要急死了，她叫我管管二朋家的事，我怎么管啊？我得先把豆叶的野男人揪出来，让豆叶断了念想，她才能养一趟孩子，好好跟二朋过日子啊，你说是不是？

理是这个理。丁家干说，你一说，我也奇怪了，天天看电视，看没看到豆叶啊？好像看到，经常看到，可……她是不是一直在看电视我就不晓得了，你让我想想……想想……

你想想看，你不要老看天，你看我。

我不就是看着你啊。

瞎说，你哪里是看我啊，看看，你狗眼一直往天上翻！

好好好，我看你，这样行了吧。丁家干把脸贴近了大白牙，说，你让我想想，想想啊，哎呀，实在是想不起来了，要不，问问银花吧？

稀罕你说，银花还是孩子，她更没去注意了。我问过了，她说看到的。孩子的话，不作数！

那可说不定，她说看到就看到。

可她后来又说没看到。

那就没看到。

那豆叶能上哪儿去？她昼夜不归，没去看电视，真的养汉啦？

那也说不准。

野汉子是谁？

我怎么知道？

不看电视，又没回家，那一定在植物园了。丁家干思索着，说，会是谁呢？

是啊，你说，是谁？反正是你们植物园的人，我找你来，就是调查这个事的，把豆叶的野男人揪出来，这事才能了结！

植物园……谁有这么大本事？丁家干说。

你以为就你本事大啊？

也不一定是我们植物园的……也不一定不是……

屁话，什么立场啊，你说个准信好不好？我请你来，是听你斗嘴啊？你说豆叶能看上你们植物园谁啊？你们植物园谁配得上豆叶啊？一个一个都是歪瓜裂枣的，啊？你说，谁能让豆叶动心？豆叶可是要模样有模样，要心眼有心眼的俊人呢。

你就能帮她吹，她豆叶的模样，我也不是没见过。

丑也是俊的，你们植物园还不是有人看上啦？你说，那个人会是谁？

这我可不敢乱说。

你就乱说一次试试。大白牙在丁家干的腰上拧一下，也许叫你说对了。

丁家干忍着疼，歪歪嘴巴，说，我再想想，再想想……小谢？他不会，小谢才看不上她了。大李？徐师傅？对了，一准儿是老杨，别看他样子老实，他神神鬼鬼，一肚子花驴屎蛋，常常半夜出去转。可老杨都老掉牙了呀？要不，还能是崔园长……不会不会，打嘴打嘴。唉，乱了，我也不知道，你还说我，你不是也天天晚上去看电视嘛，你屁眼大，心都从屁眼里掉了，你们小崔庄那么多人去看电视，没一个人能说出豆叶的下落，来找算我……

那我还能找算谁？植物园，就我还把你当人！

丁家干听大白牙的话，心里舒服，他拿手去摸一下大白牙的乳房，蜻蜓点水一样。大白牙低头看一眼他的大手，没吭声，还挺了挺胸。丁家干有了意思，在上面带一把劲，说，那你怎么不让我粘不让我靠？我天天都想你的……我都想死你了……

假话吧？

要是假话，我……

住嘴吧你，稀罕听你的好听话！把手拿开啊，我一个寡妇，你要当心啊……唉，算了，不找算你了，也不去查了。查了又有什么用？反正豆叶也没死成，二朋也吓破了胆。走，看看二朋去，他要再说要死，就让他死去！

丁家干意犹未尽，他另一只手也上去了。大白牙拿手推开他的手，说，大白天，叫人看见可不好。

大白牙从磨嘴上起身走了。

大白牙和丁家干一前一后来到崔二朋家。崔二朋抱着脑壳子，坐在地上。他刚打过滚，身上都是尘土，胸脯上被刀剁过的一条条横横竖竖的伤痕已经结了痂。他已经听说豆叶活过来了，这才不再叫嚷着要去死了。

他的瞎眼奶奶抱着拐棍，还在说，二朋啊你可不能死啊……二朋啊……

大白牙大声对瞎眼奶奶说，不死啦，谁都不死！

大白牙又一把拽下崔二朋抱头的手，说，你看看，这是谁？这是植物园的丁所长，丁所长负责保管植物园的电视机，天天晚上都是丁所长从办公室里抱出电视，放给大伙儿看的，丁所长证明你家女人豆叶什么都没干，天天坐在人堆里看电视，这下你放心了吧？你还要不要去上吊啦？要不要去投井啦？你天天赌钱不归家，还去偷人家鸡吃，偷人家咸肉吃，你还是不是人啊？你老婆也是女人，鲜黄瓜一样嫩，你不沾不靠的，离她八百丈远，她不想男人啊？猫起窝还叫春呢，狗起窝还满村跑呢，何况一个大活人？你再这样对她，她就是跟野男人跑了，也是活该！

崔二朋打一个哈欠，说，我困死了，我要找地方睡一觉。

你听没听到，挨千刀的！

我困死了！

你怎么会困死？丁家干问他。

崔二朋眼都不抬了，似乎要睡着了。

大白牙拿手指戳他脑壳子，恨铁不成钢地说，你这个没骨头的，活该戴绿帽！

崔二朋真就打起了呼声。

瞎眼奶奶的拐棍捣捣地面，心疼地说，二朋累了，睡就睡会儿……

大白牙做势要踢崔二朋一脚，却拉着丁家干的手，走到了草垛边，抱怨地说，这哪里像个人家啊，真不该让你来看笑话，走，家去，我打酒给你喝！

大白牙把丁家干一直拉回家。到家后又清醒地说，二朋家的事我还得管，二朋再气我也得管，就是把我气死了，也不能便宜豆叶这张小骚逼！老丁，你要是把豆叶的野男人交给我……

我真不知道……

你只要想知道……就能知道。

丁家干想想，脑子里依次出现植物园里许多男人的面孔。但丁家干此时的心思不在这些男人的身上。她被眼前的大白牙迷住了。他眼睛从大白牙的脸上移到她胸部。丁家干感觉她衣服里的两头小猪正在呼呼喘气——其实喘气的是大白牙，她也紧张地看着丁家干。

老丁啊……你只要帮我把这事拎清了，你要干什么老娘都让你干！

丁家干喃喃道，我现在就想……干……

大白牙坚决地说，现在不行，不见兔子不放鹰！你把人查实了，我每晚等你……

那我现在想啊……

我炒菜给你喝酒啊……你让开，让我过去炒菜。

大白牙用胸去撞丁家干，脸红脖子粗地说，让开啊，让开啊……

其实丁家干并没有挡她的道。她却用胸推着他，推着他，推着推着就伏到丁家干的胸窝里了……

丁家干嘴里藏不住话，心里也藏不住事。本来，他被大白牙请到小崔庄调解崔二朋和豆叶的家庭纠纷，没必要到处吹嘘。他自己和大白牙的风流更应该守口如瓶。可他一张透风嘴，巴不得让全天下的人都知道——他中午在大白牙家喝完酒出来，走在小崔庄的村街上，有熟人跟他打招呼，他就吹嘘出来了。吹了很多，说了很多，说崔二朋家的事，说豆叶的事，吹自己喝了多少酒。常言说得好，会说不如会听。会说的技巧再高，也挡不住听的人去联想和发挥。问题是，丁家干讲完了，还让对方发誓，不要跟植物园的人讲。丁家干歪歪扭扭向植物园方向走去时，酒劲冲上来了，倒在路边睡到天黑。天黑后，他在小崔庄办的好事，植物园的人都知道了。植物园一下热闹得过了头，许多人莫名地兴奋起来，似乎人人都是那个奸夫似的，又似乎人人都晓得奸夫是谁似的。

反倒是我这个小屁孩，不觉得有什么了不得。可能是我的兴趣点不在这方面吧，也可能是我的觉悟没觉得此事有什么好玩或更深的意义吧。是的。我的心思全在那封信上了，那是我给侍红写得第一封信。我跟张会计要了一只信封，贴上一张八分钱邮票，又重读一遍信的内容，郑重地把信装进了信封，还在信封里装了一截益母草，请张会计带到县城寄了。

自杀之后

豆叶不是和小谢约会的女人。

起初我以为是的。我想，豆叶能和植物园里谁约会呢？只有小谢最像，而且，小谢又的确和一个女人约会过。可有一天，我们下午下班后，吃过晚饭，看到太阳红红地吊在西边天际，淡紫色的残阳烂漫地照着四野，植物园里所有的植物都披上一层美丽的色彩，心里蠢蠢欲动起来。不知谁心血来潮，提出要散步。丁家干、老杨、小谢、大李、小胡，还有我，我们便一起出去散步了。我们从生活区的大门出去，沿着门口的大路，往小崔庄方向走。

门口的路岔出去多条，可以到工作场去，可以去东园，也可以去西园，南园、北园都可通达，当然，也可以通到小崔庄。

小崔庄村头有一座古老的单拱石桥，有了些年头了，很旧很精致的样子，我已经跟着他们去过石桥上玩过一次了。这次散步，有些奇怪，根据我的那点小心思，丁家干和老杨的其中之一，是不会跟我们一起散步的。要说理由，我也说不出来。我平时能感觉到，只要他俩在一起，都会各怀心思、自说自话的。但，可能是我们中有小谢，或者还有小胡。两人才愿意加入我们散步的队伍吧。老杨会觉得他和小胡能说到一块儿。丁家干也不会觉得小胡有多么刻薄，她平时的心直口快也是没有坏心的。至于小谢，别看他年轻，为人却很好，和谁都能相处得来。所以，一路上气氛很好，大家居然有心情欣赏夕阳，欣赏秋色。小胡对路边蓝的、黄的、紫的小花有兴趣，揪了一小把。现在我认识这些小花了，它们都是野菊花。小谢还跳下沟坎，揪几朵，丰富小胡花束的色彩。老杨说，再过几天，可以扛着枪打野兔子了。大李突然冒一句，徐师傅的棋臭死了，那天我玩他五比蛋，哈哈，他还不服气。五比蛋，就是五比零的意思。丁家干骂骂咧咧的，还纠结上午的一项工作，可能是保存不慎吧，对于一口袋川芎发霉而耿耿于怀。川芎是野生的，产量很少，属于比较贵重的药材。可能丁家干忙于工作，一时疏忽了。不过他的骂骂咧咧也是开心的。

还没到石桥，顶头遇到几个小崔庄的女人，其中就有豆叶。

丁家干说，那不是豆叶吗？

有人说是。

丁家干说，大白牙这下聪明了，和豆叶待在一起，把豆叶拴在裤腰带上。豆叶这下玩不了鬼了，每晚老实看电视了。

我看着大白牙身边的豆叶，一下子就断定，和小谢约会的女人不是豆叶，因为豆叶太矮，太粗，和那个瘦高个子女人完全不是一回事，而且，豆叶还不是长辫子。她是柯湘头，二刀毛。

这些熊女人，天还没黑，就急啦？丁家干望着她们说，眼睛盯在大白牙的身上。

大白牙急，她有事，有事找你来了。小谢的话一语双关。

丁家干说，找我有屁事！

小谢说，就是离屁眼不远的事。

老杨、小胡、大李都笑起来。

我也跟着笑。

小胡说，你们说话注意点啊，这儿还有一个青少年呢，别毒害人家。

小胡是说的我。

没事，给小陈普及普及。小谢说，丁所长，豆叶也来了，你事情也要多了。

谁都听出来小谢的言外之意，那就是，丁家干要从豆叶身上挖出她的野男人。

小胡说，丁所长你就管闲事，这种事情你可千万别管，谁爱管这种事啊，你丁所长头脑坏啦？管这种事会触霉运的。

丁家干说，我哪里想管啊，不是大白牙不让我嘛。

小谢说，你跟大白牙的事，谁来管？

丁家干说，不一样，我们……我们……我操，说着说着你们就绕到我头上了，我和大白牙什么事啊，她是寡妇，我是光棍，我们就……就就就该有事！

大家看丁家干火急火燎的样子，又笑一通。

在这种难得的轻松气氛中，大家随心所欲地说话，让我长了不少见识。

说话间，我们和小崔庄的女人又走近了。我仔细看豆叶，打量着她，看她和小谢约会的那个女人的差别。豆叶不是削肩，而是肥肩，不是高高的脖颈，而是没有脖子，头下边，直接就是肩膀了；至于细腰丰臀，更是谈不上了，和我那天看到的，身穿向日葵裙子的女人，是一个天上一个地下，简直判若两人。我再一次否定了她和小谢的关系。她不是和小谢约会的女人。她穿裙子也肯定难看，要是真有裙子让她穿上，那也太滑稽了。再说，小谢一表人才，根本看不上她。这就让我多了一个疑问，就是说，植物园里，一定另有一个男人，和豆叶勾搭在一起。

丁家干突然停下来，对我们小声说，嗨，你们都替我想想啊，豆叶和我们植物园谁有一腿？

还能有谁？小胡笑笑地说，我看就是你丁所长！

丁家干骂道，死一边儿去，这种话也能乱说啊？要死人的！

老杨说，丁所长他不敢，他有大白牙，大白牙管得他直腿直脚的。

这话我爱听，丁家干说，不过，要是叫大白牙听到了，她能把你撕撕吃了。

老杨说，去你的吧，大白牙和你一样，也爱听！

丁家干得意了，他发着狠道，我倒是要查查，查出那个家伙，他敢和豆叶乱搞，敢去破坏别人家庭，要是叫我查出来，非开除他不可！就是不开除他，也要把他交给崔二朋，让崔二朋乱石砸死他，把他吊牙剥皮！

小谢说，那不过瘾，最好把家伙割下来，喂狗！

小胡脸红了，低下头说，小谢你真毒！

丁家干说，好了好了，不说了，再说，就让她们听到了。

但是，小胡还是说了，她是在帮我说话，你们这些话简直是毒害青少年——我们这里还有小陈哩，小陈，小崔庄的漂亮女孩要是知道植物园新来你这个小青年，她们一天要往植物园跑三趟，你可要拿得住劲啊，别挑花了眼。

我被她说得脸上火突突的。而老杨、丁所长、小谢他们，都善意地笑了。

能不能挑花眼？老杨问我。

小谢替我回答了，小崔庄的女孩子，还没有谁能配上小陈的。

丁家干说，还说，再说就让她们听到了。

在路的前方，小崔庄女人们叽叽喳喳的说话声清晰可闻，她们兴奋地迎着我们，像是见到久违的亲人一样亲切。

大白牙从人群里跳出来，大声说，丁所长，你们怎么跑出来啦？是不是没有电视看？

丁家干说，有，好多人有钥匙的。你们先去。

大白牙说，你们干什么？

丁家干说，散步？

散步？吃饱了撑的吧？还散步，洋气啊哈哈哈哈……

女人堆里的哄笑声更是响亮。被大白牙牵在手上的豆叶也笑了。

两股队伍交错到一起了。我看到小谢、大李和小胡都朝豆叶看。豆叶穿一件绿色的秋衫，有点像一只胖虫子。

另一个女人问，你们烧澡堂啦？

没有啊。丁家干说，才几月份啊？我们堂子十一月才烧。

看看，看看，大白牙说，我说不会烧吧？我就没听说烧嘛，你们不相信，硬说植物园烧堂子了，要真烧堂子，丁所长能不对我说？白跑一趟吧？看电视还早了，这太阳高高的，干什么去啊？喂，你们还要散步啊？

是啊，丁家干说，你们跟我们一起散啊？

大白牙撇撇嘴，说，谁跟你们一起散？没地方消食啦？丁家干你最没出息了，没事就不能修修电视机？积点德，做点好事，把电视机修好，省得天天动钳子，省得天天要拿手捏着天线，我看了都着急。

丁所长，别再动手动脚了，累不累啊，电视机又不是女人，摸起来就不想撒手……对呀，电视机不是喜欢吃肉吗，干脆割二斤猪肉，挂在天线上，要不，就捉两只水老鼠，反正你们植物园水老鼠多。

植物园的人都笑了，小崔庄的人也笑了。

可能是刚出了事，豆叶站在一边笑得有些腼腆，甚至还做出扯衣角的动作。

其实，她的本事大了。在豆叶自杀未遂后，我几乎天天听到豆叶的消息，那天我又听到豆叶的消息了，说豆叶自杀没有死成，本事大过了天，她居然和崔二朋大打出手。崔二朋本来是经常揍她的，但自从她喝过半斤敌敌畏之后，崔二朋便只好让她揍了。豆叶显然变本加厉，她出手比崔二朋狠多了。从前崔二朋揍她，不过是巴掌，最多是拳头，连脚都没有用上，豆叶不但把前边的武器全用上，还加上锋利的指甲和牙齿，崔二朋身上被咬、抓、踢，青一块紫一块，还鲜血淋淋。崔二朋不敢跟她斗，怕闹出人命，只好离家出走。这可是豆叶巴不得的，她追到村头，追上了崔二朋，对崔二朋说，你要走，你就死在外边算了，你要是不死，你要是再回来，我就走，我就去死！崔二朋服软了，说，那我就不回好了吧，你就当我死就行了！崔二朋说走就走，当夜就没有回来，豆叶也只当他又在外赌钱了。

其实，崔二朋确实是赌钱去了。

后来再次看到豆叶，是在晚上看电视的时候，她突然的笑声吓了我一跳。

她是这样笑的，嗟嗟嗟……嗟嗟嗟……

她笑完以后，还做出要笑的样子，说，你看看丁所长，看看丁所长，你们看看，像不像？和刚才电视里的坏蛋是不是一模一样？嗟嗟嗟……

正在前边掌着老虎钳、扶着天线的丁家干说，豆叶，你说你笑的，黑天黑地也看不到你的糯米牙，你敢笑我啊？要不是我老丁累死累活的，你们有电视看啊？还笑话我。

开开玩笑，丁所长就认真了，嗟嗟嗟……丁所长你认什么真啊！

大白牙就拉拉豆叶的手，说，别闹了，看你的电视吧。

豆叶嗟嗟嗟的笑声，让我想起我初到植物园的那天夜晚，在盐肤木树林里听到的笑声。是的，豆叶的笑和那个人的笑一样，是来自同一个人的笑。如果我没有听到豆叶的笑，我还以为这种特别的笑，就是那个身穿向日葵花裙子的女孩子发出的。可豆叶的笑声，立即否定了我此前的判断。就是说，穿向日葵裙子的女孩并没有发出这样的笑，林子里还另有女人，而且这个人就是豆叶。换一种说法，就是在盐肤木树林里，有两对男女：小谢和一个不知姓名的身穿向日葵裙子的高个子女人，豆叶和一个不知姓名的男人。问题这下就很清楚了，豆叶果真和别的男人有一腿。那么，是谁和豆叶在一起呢？他一定也是我们植物园的人。植物园就这么几个人，如果豆叶的野男人不是在我们药材研究所，那一定在园艺研究所那边了。经过这些天同一个食堂吃饭，又同住一排宿舍，园艺所的人我也大致熟悉了，加上别人的议论，似乎园艺所也没有这种男人。

看来，他就像一个潜伏很深的特务。

按说，我新来乍到，不屑于对这些事感兴趣。可这些事就发生在身边，就像人身上的虱子，老是痒痒你，骚扰你，让你不得不搔。

后来又有一天，午饭以后不久吧，我在办公室里看报纸。其实，我看报纸是假，我是看看有没有我的信的。我算过时间了，如果侍红收到我的信，如果侍红给我回信的话，这两天应该到了。很遗憾，没有侍红的信，办公室里，只有张会计一个人。中午时，张会计在食堂打来饭吃好后，都是要看书的。现在，她正在本子上抄写什么，已经抄了几页纸了。我已经知道了，张会计和许多青年人一样，非常好学。她对我去看报纸，也很欣赏。她说，办公室的报纸，除了崔园长，只有你来看了，他们都不来看，除了看电视，他们什么都不干，不读书不看报不写信……你还写信吧？他们中午也想来看电视，中午电视有什么好看的，除了新闻。我才不让他们看了。张会计的话里，明显有瞧不起他们的成分，我心里有点沾沾自喜，有些自鸣得意。但是她问我还写信不写信时，并没有等我回答，就又说别的话了。虽然这样，也是让我开心的。我们便说了一些话。说话中，我知道张会计是高中毕业，父母都是机关干部，而且就在植物园的主管单位——多种经营管理局工作。张会计还跟我说过，小陈，你要是念完高中再来上班就好了。我没想过念完高中再来上班有什么好的，但是我知道张会计是好心。这会儿，张会计抬头看我一眼，还是那样的一笑，合上了厚厚的笔记本，又打开了面前的书，说，报纸都在崔园长的桌上，你去看吧。

我在叠得整齐的报纸里没发现有信，就随便拿起一张报纸看。这时候，从食堂门口传来一阵喳喳喳的笑声，笑声很响，一听就是豆叶的笑。

张会计愣了一下，说，谁？谁这样笑啊？

豆叶的笑声真是太特别啦，连张会计都感到吃惊了。

我说，小崔庄的，叫豆叶。

张会计噢一声，一笑，不屑地说，就是她啊。说过，又埋头看书了。

从张会计的口气里听出来，她也听说豆叶的事了，而且不屑再提她了。

豆叶的笑声一阵一阵的，夹杂在其他人的说话声和笑声中。我现在正对豆叶的事情好奇，便放下报纸，想出去看看景致。

报纸不看啦，小陈？张会计从书上抬起目光——我的那点小心思，她一眼就看透了。

我没有说什么，跑出去了。

豆叶果然是在食堂的门口笑的。我走到那里时，还看到大白牙的女儿银花和崔老鳖的女儿洋玉。豆叶一手搂着银花的脖子，一手搂着洋玉的脖子，站在水池边。水池边上有一块菜园，是食堂崔师傅种的。崔师傅也是小崔庄的人，他现在正在种大蒜。我看到老杨，还有小胡，还有小谢，还有大李和徐师傅，当然，也有园艺所的人，他们都在那里，我便觉得一定是有好玩的事了。

银花看到我时，多看了一眼。当然，那个叫洋玉的，也多看我一眼。我对于她俩来说，是不常见的新人。这是小崔庄两个最好看的姑娘，却都有致命的缺陷。前者是个大圆脸，太圆，后者恰恰相反，是一张大长脸，又太长。我想，要是把她俩中和一下，再重新分配，银花的脸长一些，洋玉的脸圆一些，就两全其美了。我还把她俩和侍红比较，发现是不能比较的，侍红是真正的美丽，而银花和洋玉，连好看都算不上。在我见过的女孩子里，只有张会计和侍红有一拼。可张会计，太热衷于学习了。我已经隐约地感觉到，张会计是个有野心的姑娘。

奇怪的是，我去了以后，他们便不再笑了。可能是上一轮的笑话刚刚讲完，而下一轮的笑话还没有开始吧。

小谢又在洗手了。小谢是个喜欢洗手的家伙。他看到水池就要洗手，不管手上是不是脏。脏了当然要洗，就是不脏，他也要洗。感觉看到水池而不洗手，似乎是他的什么错。甚至，在这个水池刚洗完手，在走到另一个水池时，也要再洗一遍。莫非他手上有洗不完的油灰？可以说，洗手已经成了他的习惯了。

小谢拧开水龙头，哗哗哗地洗手时，喷了一点水星在银花的身上，洋玉和豆叶身上也喷了一点水。

银花扭了一下腰，没说话。

洋玉扭一下腰，也没说话。

豆叶也扭一下腰，惊诧地说，谁呀，眼睛呢？

叫裤子遮住了。老杨说。

老杨的这句幽默话，再次让豆叶嗒嗒嗒地笑了，豆叶重复老杨的话道，噢，小谢的眼睛长在裤裆里啦？

豆叶的笑声真的太特别了，我真想不通她怎么能发出这样的笑声，她的嘴里难道有特殊的功能？嗒嗒嗒……嗒嗒嗒……就是学都学不像。

老杨、崔师傅都跟着笑，小胡也笑，只有银花和洋玉掩着嘴，其实也是在偷偷笑的。

豆叶人不漂亮，嘴巴又快又尖，她嗒嗒嗒笑过之后，对别人的笑有些不习惯，便说，你们笑什么啊，有什么好笑啊，屁眼都打闪了。

小谢说，我们笑是屁眼打闪，你笑就是嘴巴打闪啦？

豆叶说，小谢你要死了，成心要跟我作对，你以为你有嘴巴啊？你那是嘴巴啊？

小谢说，你说我这是什么？我这不是嘴巴？你要说我这不是嘴巴，能咬掉你的蒜头鼻子，怎么样？

好啊，你来咬啊，我这蒜头鼻子就是给你咬的，你要是不来咬，你就是孬孬孬。不敢了吧？谅你也不敢，我看你还是去咬大蒜瓣子吧，崔师傅，大蒜让小谢吃一瓣啊。

崔师傅和稀泥道，吃吧吃吧，反正我也种不完，吃十瓣也没问题。

豆叶说，听到了吧，吃十瓣，你敢？

小谢说，我能吃掉那一筐，有什么不敢的，我最能吃大蒜了。

豆叶喳喳喳笑道，又吹了又吹了，你要能吃掉那一筐，我鼻子就让你咬！

当真？

当真！

咬鼻子有多大意思啊，我想咬别的地方。

豆叶也豁出去了，她挺挺胸，说，咬吧，有本事你把一筐蒜吃掉，你爱咬哪里咬哪里，全身上下都是你的，任你挑！

当真？

狗才骗人！

有人把一竹筐大蒜端到了水池上。大家都喜欢看热闹，都期待着小谢赶快下口。

小谢有些作难了，一竹筐蒜瓣足有三斤，吃下去要被腌半死的。

没胆了吧？吹呀小谢？我什么都怕，就是不怕人吹牛，谁吹牛，我比他还牛！还小谢，大谢我都不怕！来，谁敢吃，我说话算数，谁要敢吃一筐蒜，我就敢让他咬！豆叶又挺挺胀呼呼的胸，似乎在说，要咬就咬这里。

看热闹的越来越多了，大家都跟着豆叶起哄。

小谢有些骑虎难下，总不能输给一个女人吧，传出去，多没面子。何况这个女人还有些故事呢，还是个风流的村妇呢。关于她的风流故事被演绎、传说得出神入化了，是谁都想招惹她的意思。

吃呀小谢，先吃蒜瓣，后吃豆叶，哪里找的好事啊。园艺所的一个工人嚷嚷道，小谢，你真孬种啊小谢，你要不吃，我就吃啦？

另一个工人也说，谁不想吃啊，小谢，先紧你的，你要是不下口，可别怪我们不客气啦！

这时候，让所有人非常吃惊的事情发生了，不声不响的老杨，伸手端过小竹筐，拿起一瓣蒜，飞速地剥了皮，嘴一张，手一抖，雪白的蒜瓣闪一道白光，与此同时，老杨的腮帮动了起来。跟着又一瓣大蒜扔到了嘴里。当老杨接连咽了几口大蒜时，大家才醒过神来，老杨吃蒜了。大家纷纷赞扬老杨的厉害，没给植物园的男人丢脸，又纷纷骂小谢没用处，白长了鸡巴。

就在大家的起哄声中，又发生了一个小插曲，洋玉一把抢过竹筐了。洋玉说，老杨，你逞什么能啊？

老杨说，我就不服这口气！

洋玉在一边生气了，她的脸越拉越长，就像正在疯长的丝瓜。

我觉得洋玉是多此一举。我相信，别人有着和我同样的想法，你洋玉算哪根葱呢？老杨的事，豆叶的事，你能管得着吗？大家不就是玩玩吗？

在大家起哄声中，老杨吃蒜的频率越来越快，他就怕豆叶跑了似的，赶快吃了蒜，赶快动手。随着小竹筐里的大蒜越来越少，人们开始把目光集中到豆叶身上了。人们的疑问是，老杨真的会对她下口吗？看来，老杨是当真的。豆叶真的随便让老杨咬吗？大家都知道，那随便咬，其实是咬在哪里的。大家都不约而同地盯着豆叶鼓胀的胸脯。豆叶脸上洇着笑，她的笑渐渐不自然起来，大庭广众之下，让一个中年男人趴在身上咬，总是不好看吧？可说出去的话，泼出去的水，收不回来了。豆叶看着老杨，心情大约是复杂的，脸上也是红一阵白一阵，喘气也是粗一阵细一阵，胸脯起伏的幅度也是高一阵低一阵。不过，大家的兴高采烈不但没有高涨，反而觉得索然无味了。有个别人甚至觉得玩笑是不是开大啦？小谢就开始劝老杨了。小谢说，老杨老杨……但是，就在这时候，老杨吃蒜的频率开始降低，他已经不剥蒜皮了，直接把大蒜往嘴里送，脸上开始发白，发青，发绿，出现了痛苦的表情。渐渐的，老杨停止了吃蒜。老杨的头歪了。他的脖子像没有力气一样，扛不住一颗脑袋了，耷拉到肩膀上了。老杨的眼睛里没了神。老杨的嘴里开始往外淌黏水，身子也跟着软了下去。他像一摊鼻涕，流到了地上。

大家都呆了。

大家不是围上来想办法，反而都离老杨远远的了。豆叶更是张着大嘴，看着小谢，意思仿佛在说，都是你，你要是吃蒜就不会有老杨的死了。

他……他是死了吧？豆叶带着腔说。

没有人敢搭话。

丁家干正好在这时候赶来了。他以为老杨是生病了，听说了事情的真相后，他说，不得了，翻肠了，这是翻肠，会要命的，快快，让他喝水。老杨，老杨，老杨快起来喝水，老杨你他妈能不能喝水？喝一肚子水，把大蒜呕出来，快，呕出来就好了。

有人从食堂找来铁碗。老杨头脑还没糊涂，他一碗一碗喝水了。老杨一口气喝了五碗水，第六碗时有些累了。

豆叶给他加油。豆叶站到他身边了，她说，老杨，喝，老杨，喝……

老杨又灌了第六碗。

老杨在喝进去第七碗水时，哇啦哇啦又全喷了出来。顺着喷出来的水，还有一瓣瓣囫囵吞枣的大蒜。老杨吐得真多啊，地上汪洋一样。

老杨，再喝。丁家干说。

老杨，喝！豆叶也帮着腔。

老杨又喝了五碗水。又呕吐了一回。

大家又情绪昂扬了，又起哄了。

老杨，你聪明人，怎么干糊涂事啊，亏你还是药材所的，连这点医药常识都不懂，不要命啦？谁？谁干的好事？豆叶……

关我什么事啊！豆叶红着脸，一旋身，走了。

狗逮老鼠，多管闲事！豆叶又丢下一句。她这一句是说给丁家干听的，声音不大，但也让丁家干和许多人听到了。豆叶的话，当然不是指吃蒜这件事了。所谓多管闲事，是传言中，丁家干要把她的奸夫抓出来。大家都听懂豆叶的意思了。

丁家干看着她的身影，说，豆叶你说什么呢？

我什么也没说。

那你说谁啊？

豆叶转过身来，突然笑了，她笑着说道，我说老杨。

大家都轰轰哈哈地笑了。

确实，老杨是多管闲事，或者叫自作多情，人家并不想他吃大蒜，换句话说，就算他想吃了大蒜，也轮不到他。就算他吃了，就算他差点被大蒜药死，也是白吃。

洋玉在一边，把脸苦着。洋玉苦着的脸，拿眼挖着老杨。好像她和老杨之间有什么纠结。其实，大家都知道，老杨和洋玉的父亲崔老鳖是好朋友，也是酒友。

终于，洋玉说话了，洋玉说，老杨，你真没趣。

老杨脸上也恢复了笑，他看着洋玉，说，我哪天要跟崔老鳖好好喝两杯。

洋玉哼一声，说，我家才不要你去了。

洋玉一个小崔庄的女孩子，敢说老杨没趣，让大家莫名其妙。而洋玉似乎还没有完，她又恶狠狠地说，到我家也没酒喝，你就吃蒜吧……原来你也怕死啊，有本事再吃一筐啊！

洋玉在这次事件中的突然发力，让我本来略微清晰的思路又发生了变化。和小谢约会的女人肯定不是豆叶。而豆叶那天肯定又在现场（植物园的树林中），她的笑声太特别了。那么和豆叶约会的男人是谁呢？就像和小谢约会的女人是谁一样是个谜。丁家干受了大白牙的委托，他一定能查出豆叶的奸夫吗？我感觉那个人隐藏不住了，就要出现了。只是洋玉的突然发力，让我又糊涂起来。

这次黄昏前的散步，和小崔庄的女人们在半道上相遇，像丁家干、老杨这些阅历丰富的人应该能够预料到的。那么对于大白牙、豆叶她们来说，就是遭遇战了。因此，关于散步啊、电视啊、澡堂子啊，这些话题都是新鲜的。我突然有一种预感。这次散步绝不是偶然的，如果不是丁家干刻意策划的，就是老杨刻意策划的。或者这么说，他们的其中之一，明知道是对方的刻意策划，也要一起来散步，这样就能暗中得到某些启发，或根据对方的行为做好应对的打算。也许呢，什么都不是，不过是一场普通不过的散步而已，是我神经过敏自作多情想入非非罢了。

老　杨

还是从老杨吃蒜的事说起吧。

一向稳重的老杨干了一回愚蠢的事，让植物园的人当作笑话来讲，也让人拿他作调侃的对象了。

老杨，人家没吃到鱼，孬好还沾了点腥味，你没吃到鱼，连腥味都没沾上，哈哈哈……

老杨也跟着哈哈哈。

老杨，咬没咬啊？

还没，哈哈哈……老杨自己哈哈哈了，同时现出一种尴尬的笑。

老杨，准备咬哪里啊？是上边还是下边啊？

都咬了，怎么样？哈哈哈哈……老杨渐渐的也就习惯人家说他了，反而放松地开起了玩笑。

老杨，什么口味啊？甜的、咸的、香的，还是腥的？

又甜又香又咸又腥，味道好极了，哈哈哈哈……

吃蒜之后，老杨在我的心目中的形象发生了一些细微的变化。

那天散步之后。小崔庄的人还常到植物园来玩，晚上看电视就不用说了，那是小崔庄人的必修课。平时常来的，还是豆叶带着银花、洋玉两个女孩。银花和洋玉，一左一右跟着豆叶，照例的还是少说话，豆叶呢，还是呱呱叽叽喳喳喳地说这个说那个。小谢那几个年轻人，便跟豆叶说笑。偶尔还会说起以前的事，小谢说，豆叶，你让没让老杨咬啊？豆叶脸红红的，说，我想让他咬就让他咬，碍你不着。小谢说，你要是让他咬，你准备让他咬哪里啊？豆叶说，我想让他咬哪里就让他咬哪里，碍你不着。小谢说，那你准备什么时候让他咬啊？老杨都等不及了，老杨汗都下来了，我猜他做梦都在咬你。豆叶说，我什么时候都能让他咬，碍你不着。小谢便学着老杨的样子哈哈哈了。豆叶也报以喳喳喳的笑声。但是，隔一天，又有人又说，豆叶，让没让老杨咬啊？豆叶会把脸一沉，说什么呢，他老杨算哪个林子的鸟啊！豆叶的脸说变就变。可再隔一天，她又会变另一副嘴脸，喳喳喳地跟人说笑了。豆叶其实也是个喜怒无常的人。

有一天，是下午吧，豆叶和银花、洋玉刚到植物园，大白牙就从后边跟来了。

大白牙跟崔二朋的瞎眼奶奶赌咒发誓，说要拴住豆叶，不过是说给瞎眼奶奶听的。豆叶一个大活人，是大白牙能拴得住的？何况，大白牙就是想拴，豆叶还嫌她碍手碍脚了。就算是豆叶平时给大白牙的面子，常常和大白牙走在一起，摽在一起，也是拿大白牙做障眼法，意思是说，看看，看看看看，我都在大白牙的眼皮底下呢。其实，豆叶的那点小心思，大白牙心知肚明。而且，大白牙对于女儿银花常常和豆叶在一起也是不放心。大白牙知道豆叶是什么人，也知道女儿的性子。女儿大了，不学都会变坏，何况跟豆叶厮混在一起呢。所以，大白牙看豆叶又把银花、洋玉带走了，随即就跟了出来。

大白牙在植物园里追上了银花，把她拉到一边，厉声说，你天天乱跑什么啊？你魂掉啦？你天天不跟人在一起，你跟鬼混！你赶快跟我回家去！哪天我再看到你跟豆叶混在一起，再看你没事就往植物园跑，我把你腿敲折了！

银花鼓着嘴，不想走，小声嘀咕道，还有洋玉嘛。

洋玉？洋玉也不是好人。

妈你小声点，叫她俩听见了……

我不怕！大白牙突然提高了嗓子，我谁都不怕！你滚还是不滚？

银花不作声了。

大白牙看文的不行，来武的，她抬脚就踢。

银花朝后退一步，让大白牙踢个空。

滚啊！大白牙恼羞成怒，眼睛睁得很大，眼珠子都要掉出来了，故意大着嗓门说，听到没？滚回家去！

银花不想走。她真不想回家。她想和她们一起玩。但大白牙太凶神恶煞了。大白牙凶起来挺可怕的。银花扭不过大白牙，抹着泪走了。

大白牙不依不饶，还冲着银花说，再让我看到你乱跑乱蹿，我把你小骚筋抽了！

听话听音，豆叶听出大白牙话里的意思，她冷冷地笑着，对洋玉说，老骚货！看谁来抽你的老骚筋！

大白牙赶走了女儿，并不去理会豆叶和洋玉。她一口气，找到了正在干活儿的丁家干。植物园虽然大，虽然地形复杂，找人却不难，有高高矮矮林子的地方都是园艺所的地盘，药材所的地盘错落在这些林子的间隙里，顺着路，或顺着河泊，轻易就能找到。

丁家干老远就看到大白牙了。他没等大白牙走近，就迎了上去。

在一处池塘边上，大白牙语重心长地说，丁所长啊，这事你再不管，要真出大事了，崔二朋一走就是十好几天，连个人影都没有，活要见人死要见尸，一个大活人就没了，你说这事情弄的。豆叶这个骚婊子，看来她植物园里真有人，不把这个人挖出来，二朋这家人就要散了。二朋也真够可怜的，没爹没娘的孩子，好不容易找一个老婆，成了家，豆叶又不替他争气，唉——二朋他瞎眼奶奶天天哭，天天哭，三天没吃饭了，她就是再有两只眼睛，这回也哭瞎了。

丁家干觉得这个事情确实严重，不管是不行了。可想想，又不该他管。他不过一个小小的所长，他上边还有园长。应该归崔园长管。丁家干便说了几句好话，哄走了大白牙，决定向崔园长汇报。

说找就找，丁家干给我们安排了工作，回园部找到了崔园长，把事情的来龙去脉说了一通。说到最后，丁家干也很有情绪地说，崔园长，不把豆叶那个野男人挖出来，二朋这家人就要散伙了。

崔园长转着手里的大玻璃杯，玻璃杯里紫黑色的药饮也跟着转。崔园长转了一会儿，眨着眼，不紧不慢地说，你以为我不想管？我比谁都想管。知道为什么吗？我不光是植物园园长，我还是小崔庄的人，我还姓崔，咱们老崔家的事，我也有责任管管啊。可这事不好管，一来，无凭无据，你说我们植物园谁作风不正？我看谁作风都正，也许谁作风都不正。这事不好说。有人还跟我反映，说你老丁和大白牙什么什么的，这事我能信吗？当然，你和大白牙即使是有什么什么的，也属于正常恋爱关系。你是光棍滑脱脱一个大鸟人，大白牙是光棍滑脱脱一个小寡妇。可你们毕竟这么大岁数了。何况，寡妇门前是非多，你们眉来眼去，打打闹闹，影响也不是很好，是不是？这事就先不说了。还是说二朋和豆叶的事吧，说到几啦……噢，二来，对吧？二来，豆叶的事，对我们植物园生产建设没有任何影响，抓谁去？又从何抓起？我最多在全园大会上讲讲，要大家注意生活作风问题。可这又起什么作用？隔鞋搔痒罢了，你说是不是老丁？你老丁也是抗美援朝的老革命，资格比我还老，你要是有兴趣，你把豆叶的情人给我找出来，我立马处理他！第三呢，我们又不是民政部门，没有责任，也没有义务来调解民事纠纷，老丁你说是吧？不过你老丁要是有兴趣，搞搞调查，我也不反对，好吧？这就算我的表态。

丁家干知道崔园长老谋深算，没想到他会把话说得这么圆滑。丁家干不得不服了崔园长。但崔园长既然让他搞搞调查，他觉得也不是不可以，便不客气地说，崔园长我都听你的，既然你这样指示了，我就查查看!

崔园长把水呼噜喝一口，放下杯子说，好，你查，我支持你!

丁家干又说，还有一件事。

说。

我和大白牙，还不算谈恋爱。

是吗?

崔园长的一句“是吗”又让丁家干心虚了。丁家干突然觉得自己是个大傻瓜，多说这句干吗呢?

好在崔园长又笑笑，说，自己掌握分寸，我不想管你们的事。

丁家干觉得崔园长真是大领导，真会讲话。

这天晚上，植物园的电视结束后，人都散去时，丁家干把电视机搬进会议室。丁家干一转身，看到大白牙站在门空里。以往，大白牙看完电视就走了，这回，她没有走，而是鬼一样躲在门空里。丁家干吓了一跳，看是她时，正想责备，一想，也许大白牙还有事。便说，还有事?

大白牙说，你说呢?

丁家干觉得大白牙的话总是很冲，和她对不上碴口，正想教训她，想起了崔园长的冷静和讲话技巧，便压住火气说，是不是不想走啦?上我宿舍谈谈去?

大白牙说，就在这里说。

到宿舍去，方便。

这里也方便。

说吧。丁家干虽不耐烦，还是保持平静的口气说，我听着呢。

我约莫着，豆叶的野男人是老杨……

你小声点。

是老杨……

老杨?什么根据?

老杨半夜里去过小崔庄。

不会吧？

千真万确。

原来这样……丁家干若有所思地说，老杨他太老实了吧？他会有这个胆？他不是成天老好人笑嘻嘻的吗？

屁话，知人知面不知心，再老实，还能不会男女那档子事？还能不会脱裤子？

丁家干又想了下，恍然大悟道，对呀，那天老杨吃大蒜吃醉了，就是为了豆叶……对了对了，老杨怕别人去占豆叶的便宜，才拼死拼活吃大蒜的……哎呀，你看看，你看看，我这个脑壳子，是不是猪脑壳子！

你不是猪脑壳子，你是脑壳子里装了猪粪！

对，就是老杨！丁家干很兴奋拍着脑门。

没错吧？

没错！

那你就得找老杨谈了，二朋和豆叶将来要是出什么事情，他老杨要负责任的。

不能找老杨谈，这事儿要跟崔园长汇报。不过，丁家干停顿一下，说，这事还急不得，万一要不是老杨呢？捉贼捉赃，这捉奸要拿双，你是懂得这道理的。没把这对狗男女抓个现行，恐怕还不好弄。

这还不简单，常在河边走，没有不湿脚的，我摽着豆叶，你摽着老杨，谅他们也走不出我们手掌心！

好，这样好，一人盯一个。

那行了，我得赶快回了。

丁家干一把捞住大白牙的手，急什么，今晚就不走啊，天都这么晚了……就在我房里睡一回……

大白牙让他位住了手，便往他身上靠靠，声音温柔地说，我跟你说过多少回了，你怎么就不长记性呢？我现在还不能明目张胆跟你睡，等过几年，我闺女长大了，嫁人了，再谈我们的事，好不好？你放心，是你的跑不了，不是你的，硬上也没用，上了也只能解解眼前的馋，不长信的。听懂了啊？听我的。

那我现在就馋了。

不行的……

不行不行不行，你就会说不行。丁家干急了，上次在你家喝酒，怎么行？那次之后，你再也没让老子沾过边，你是存心要急我啊。

丁家干一边说一边在大白牙的身上乱摸。

丁家干说的是事实。丁家干原以为，有了第一次，还会有第二次第三次的，没想到大白牙来个三百六十度大转弯，往后都是嘴上说说笑笑，再也没和丁家干来过真的。丁家干急吼吼地尝试过多次，都被她拒绝了。大白牙就像个纯情少女，给出的理由让人啼笑皆非，根本算不上理由。先是要查出豆叶的奸夫，后又要等闺女出嫁后，说不定以后还有什么理由了。

大白牙躲着丁家干的手，说好了好了，你狗爪子太重了，我回了。

大白牙说走就走。

丁家干本想拽她，知道拽也没用，就随她去了。

丁家干在自己的手上闻闻，他闻到大白牙留在他手上的体香。丁家干心里有很大的遗憾，大面积的遗憾。好在丁家干心里经常有这样的遗憾，他也习惯了。丁家干想着大白牙的话，越想越觉得大白牙说得对，不是老杨是谁个啊，你瞧他那天吃大蒜的败气样，不是他是谁呢？怪不得，都是被他平时的样子蒙蔽了。

丁家干走回宿舍的时候，决定拐到老杨的宿舍门口，听听老杨屋里的动静。

老杨的屋里果然没有动静，黑灯瞎火的。这让丁家干一下子警惕起来，不是刚看完电视吗？老杨这么快就睡下啦？不会不在屋里吧？不在屋里会干什么去？那就是约会去了，这是完全有可能的。丁家干看到豆叶也混在小崔庄的人堆里看电视的，还听到她的笑声的。老杨在豆叶不远的地方。丁家干扶着电视天线的时候，还让老杨替换替换的，一眨眼就能睡啦？一定干鬼事了。丁家干心里有些紧张，老杨要是不在宿舍里，他能在哪里呢？和豆叶躲在哪个草棵里、树林里？可这么大的植物园，又是黑夜里，上哪里去找这对狗男女呢？也许在宿舍里。

丁家干拍拍老杨宿舍的门。

吓丁家干一跳的是，里面有人说话了，谁？谁呀？

是……我……丁家干有些语无伦次，我是……我是老丁，开开门老杨。

丁所长啊，有事啊？

没没没……没事，丁家干急中生智，我想跟你商量一下，明天干什么活。

你不是安排好了吗，明天继续铡益母草。

啊……你看我这记性，忘了，对对对，明天继续铡益母草。

那我睡啦？

丁家干以为老杨会开门的，没想到他却说要睡了。

睡吧睡吧，你不开就……我……我也走啦。

丁家干假装跺跺脚，却没有走，他把耳朵贴在老杨的门上。他听到老杨翻床声，一会儿，屋里鼾声大作了。

老杨果真这么早就睡了。可丁家干回到宿舍，觉得事情并没有这么简单，老杨早早关了灯，说不定屋里有人，说不定豆叶就在他屋里。老杨的鼾声，说不定是装出来的。丁家干后悔没叫他开门，后悔没进老杨的屋里坐坐，要是进去了，就真相大白了。

老杨的事，丁家干想了一会儿，没有多想，他自然就把心思想到了大白牙的身上，大白牙真是一块好肉，肉腻腻、香喷喷的，都到嘴边上了，可在嘴边也吃不上。他想想，心里很难受，便在被窝里自己安慰自己。捣估了半天，啊啊狂叫着，过后，更难受了。他就在难受中睡着了。

有一个人没有睡着，他就是老杨。

老杨的鼾声是假的，是迷惑丁家干的。老杨一边打着鼾，一边拿过床头的电棒，看看手表，已经是深夜十二点多了。

老杨起了床，出了门，走到丁家干的宿舍门口，他听到了丁家干的鼾声。丁家干的鼾声呼呼的。这是真实的鼾声。

老杨便像夜一样隐进了夜色里。

老杨在夜色里急速穿行，二十分钟便来到小崔庄。

小崔庄家家都是黑灯瞎火的，路是黑的，树是黑的，草垛是黑的，房舍是黑的，猪圈和鸡舍全是黑的。老杨能分辨出这些黑的轻重。他像一只黑猫，和所有的黑混为一体了。黑夜里划过一道黑影，一路蹿到一户人家的门口。老杨从半人高的墙头上跳进院子里。有一条狗，比猫大不了多少，蹿过来，往老杨的身上跳，被老杨一把拨弄开了。可小狗还是对老杨表示出少有的亲密，趴在地上添老杨的脚，又被老杨一脚踢开了。老杨躲着上蹿下跳的狗，摸到西厢房，又从西厢房摸到堂屋，他在堂屋门上摸到了锁。老杨又摸回到西厢房。老杨学一声猫叫，便开始推西厢房的笆门。笆门被一根顶门棍顶住了，没有推开来。老杨又学一声猫叫，笆门里传出一个女孩的声音，谁家死猫呀？

老杨便又学一声猫叫。

笆门开了一条缝。

老杨闪身进去了。

我以为是死猫的，你走，我家有人。女孩说。

说瞎话，崔老鳖去断魂岗偷药还没回来。老杨说，你以为我不晓得？

一睁眼就回来了。女孩说。

回来也不怕。老杨说。

我怕。女孩说。

你也不怕，老杨说，有我。

可我……怕，女孩说。

怕怕就不怕了。老杨说。

我怕怕还怕。女孩说。

不就是崔老鳖嘛，他是你父亲又怎么样，他还是我朋友哩。老杨说，我两杯酒就能灌倒他！

那算什么本事。女孩说，我爸他很凶的。

不怕，我们有交易，他不敢拿我怎么样。老杨说。

你们不就是合伙偷药卖嘛，做贼算什么好汉——他不敢跟你凶，可他敢跟我凶。女孩说。

不碍事，他不晓得。老杨说。

他晓得了，上次，叫他知道了。女孩说。

知道又怎么样？老杨说。

我上次怎么没把你咬死！女孩说。

我有还魂草，咬不死。老杨说。

我还要咬，要不我就拿刀剁！女孩说。

随你。老杨说，死在你手里我也愿意！

笆门里的顶门棍又把笆门顶上了。

你要是对我不好，我真杀了你！女孩说，声音很温柔。

你要亲手杀我，我一动不动，任你杀，任你剐。老杨说。

当真？女孩说。

狗日才骗人！老杨说。

可你那天是什么死样啊？

哪天？老杨说。

就是吃大蒜那天啊。女孩说。

噢，你不懂，我是替别人受累。老杨说。

替谁啊？女孩说。

谁啊，是……我还不能说，老杨说，植物园，有人喜欢豆叶，你不晓得的。

我晓得，不就是崔大个子嘛，你们园长是不是？豆叶自己跟我说的。女孩说，她的口气很是不屑了，豆叶搞崔大个子……丁所长是个大笨蛋，他还要查……嘻嘻嘻，他要是真查出来，看崔园长不要了他的命！

你可千万别乱说啊，人命关天……

嘻嘻……你别吓我……这点屁事！

你胆子不要太大啦，洋玉，这不是屁事……

就是屁事！

好好好……

屋里响起一阵乱七八糟声。

后　洼

丁家干大声地嚷道，小陈，小陈，你出来，跟我去一趟后洼。

我正在屋里给侍红写信。今天是星期天，是我上班以后头一次正式的休息（前几个星期天都在抢收药材，算是加班），也是我给侍红写的第三封信。不过前两封信，我只寄出了一封，就是寄有益母草的那封。第二封信是写对植物园的印象。新写的这一封，主要是介绍我们植物园一些有趣的人和事，其中也包括丁家干和大白牙，当然，还有老杨吃大蒜的事，以及我听说的其他的事。不过我还是不准备把这封信寄出，我是一定要等侍红回信，才把两封信再一起寄给她。

我赶快把纸和笔收进抽屉，大声地应着丁家干，来啦。

小陈，走，我们去趟后洼，捉两只水老鼠来。

我不想跟他去。我给侍红的信才写了一半。侍红迟迟不回信，让我一时没了主意。侍红为什么不给我回信呢？我做了好几种假设，第一，她知道我写信的真实意图，她怕回信了就等于接受了我对她的爱——就是说她并不爱我。第二，她学习紧张，根本没有时间给我回信。第三，她没收到我的信，我的信被班主任老师没收了。如果还有第四种可能的话，就是她对我想做一个植物学家的理想感到可笑。要是第一种和第二种情况，我正在写的这封信就尤其重要，我不仅要若无其事地向她介绍植物园的几件趣事和几个有个性的人，还要表达一个老同学对她的问候——我的意思，还是希望她能给我回一封信，哪怕只有短短的几个字也会让我心里的石头落地的。

所以我不想中断这封正在写的信。

但丁家干的话又不能不听。他就住在我隔壁，是我们的所长。而且，通过这些天的了解，我已经渐渐改变了对丁家干的坏印象，特别是他给老杨灌水的一幕，真是解了老杨的大围。我还曾经做一种假设，如果丁家干和老杨互换个位置，老杨不一定帮丁家干这个忙。但是我对丁家干也绝没有什么好印象。

我只好硬着头皮，跟他一起走出了植物园生活区的院子，三拐两拐，沿着一条几乎被茅草覆盖的路影，向杂草丛深、荆棘遍地的后洼走去。这条路我还没有走过。我来植物园二十多天了，走过的地方不算少了，但这条路明显得生疏，可能别人也很少走吧。

路上，丁家干跟我说，知道我为什么带你来吗？年轻人，要多学点东西。这是什么草？光认识药还不行，许多药材其实就是野草。这棵，这棵，还有这棵，你认识吗？丁家干用脚尖指着路上的一些野草或野菜，考我一样地问。我不认识。我为什么要认识呢？不过在他脚尖的前方，有几棵七七芽。这个我认识，我说。他说，这个么？你说你认识是吧？其实你不认识，你一定会说这是七七芽对吧？喂猪的，我告诉你小陈，七七芽只是它的小名，它还有许多小名，比如小刺盖、萋萋菜、枪刀菜，还有叫小恶鸡婆的，它的大名叫小蓟。它也是一味药，也曾经著名过的。知道怎么炮制吗？知道它的性味和归经吗？知道它的功能和主治吗？你都不知道，这就叫学问。丁家干也许看我愣神的原因吧，又卖弄般地说，小蓟，夏秋两季开花时采收，除去杂质，再洗净、稍润后切段，再干燥。也可以采取炒炭法，炒至黑褐色。小蓟性甘、苦、凉，归心、肝经。有凉血止血、祛瘀消肿等功效，还可用于衄血、吐血、尿血、便血、崩漏下血、外伤出血、痈肿疮毒等病症。当然，现在医药发达，有些病症西医治疗更简便，所以小蓟的使用价值下降了，到如今都没人理会了。小陈，不是我批评你，你说你认识它，你懂它多少？

我没想到丁家干这么牛。我以为他就是一个要么不开口、一开口就满嘴粗话脏话的小所长，没想到他也能滔滔不绝讲一嘴学问，而且不过是随便一说。我知道他为什么能在藏龙卧虎的植物园吃得开的原因了。我突然的有些自惭形秽，跟在丁家干的身后，连步子都轻抬轻放了。路边突然出现一些水汪，水汪忽大忽小或断开或连成一片，水汪里有一些芦花色或黑色的小水鸡，听到动静就一头扎进水里，或扑棱棱贴着水皮飞进芦椿、草蒲丛中。还有一种鸟花色怪异，五彩缤纷的，我不认识，也不敢多嘴，怕又遭到丁家干的一顿说教。但隔着水汪、浦泽的，是一大片爬上架子的植物，像葡萄藤，架子有水泥的，也有木头的。丁家干像是知道我心思似的，说，那是凌霄花，好药，收花的，过收获期了。但他显然不准备再说凌霄花了，他说，后洼快到了，我给你说说后洼吧。后洼那破地方，古时候就是刑场，砍过不少颗人头，你小子怕不怕？关于砍人头的场面，我还没有想象过，概念也比较模糊，我随口说，不怕。丁家干说，你小子行啊，不孬种！好，跟我去练练胆量！丁家干的话，我一时没回量过来，不就是到后洼去捉水老鼠嘛，有什么可怕的。我心里想着不怕，那怕反而像怪物一样，悄悄找我来了。因为植物园的水老鼠我见过，在我们干活儿的时候，在路边，在园部的院子里，在我宿舍门口的林子里，我都会不经意和它打个照面。植物园的水老鼠个头大，貌相也奇特，尾巴特别粗壮，虽然见人就散了，但还是让我惊慌失措。我知道它们就躲在草棵里，会和我们不期而遇。我不想碰到它，便紧紧跟在丁家干的身后，每一步都踩在他的脚印上，这样，我觉得安全一些。路上，我问他，捉水老鼠干什么啊？丁家干说，你猜猜看。我说，是不是吊在电视机上的？丁家干说，聪明！我说，那能管用吗？丁家干说，没试过，怎么知道不管用？大白牙说电视机喜欢吃肉的，我弄点野味喂喂它。我又说，到处都有水老鼠，为什么要上后洼啊？丁家干说，那里水老鼠多，好逮。

丁家干的话，我将信将疑。我越来越觉得，他肚子里小九九太多了。

果然，他又说了，水老鼠不叫水老鼠，它就不是老鼠。它叫什么你也不知道吧？它叫河狸。小河的河，狐狸的狸，河狸，意思是河里的狐狸，记住啦？

河狸河狸，河里的狐狸。我在心里默念几遍，怕忘了。

属于我们植物园的这块地盘，真是奇怪得很，坑坑洼洼的，什么样的地形都有，有洼地，有荒滩，有沼泽，有浦汪、水塘，还有岗岭，除了少部分被开垦整理，种上中草药植上树外，其他大部分地方还保留着原始的状态。丁家干所说的后洼，又叫后大洼，离我们园部大约一千米，在断魂岗的左侧，是一个呈锅底状的水洼。丁家干领着我走了一会儿，走上了一条横在我们面前的小路。我们站在小路上，向北望，有一大片钻天杨挡在我们面前。钻天杨瘦瘦小小的，树叶子已经略略泛黄了，要是有一场霜，树叶子会落下一大片。不过我们这里的霜，要到十一月中下旬或十二月初才能来。

穿过这片林子，就是后洼。丁家干说。丁家干说完，突然警觉起来，他神情专注地用一只脚在杂草上划两下，又蹲下来，趴在地上，嗅嗅鼻子。

我看到，地上有一窝草是湿的。草已经老了，是常见的芭根草，草根附近的地皮也湿了黑黑的一片。

丁家干伸出手掌，按在湿地上。

热的，丁家干神秘地拉一把我，说，有人来过。

这有什么奇怪的。我心想，也蹲下来，看着他的白眼，不知道发生了什么事。不就是有人来嘛，难道这里不允许别人来？小崔庄的人不是常到我们植物园？还有园艺所的人，也是到处走的。我没有把我的疑惑说出来，我四下里打量着，问他，谁会来呢？

这家伙不是一般人。丁家干说着，按住我的头，他怕我会冒失地站起来，暴露目标。

看着丁家干紧张的样子，我的心也跟着提了起来。

出事了，有人去断魂岗偷药，而且是个女人。丁家干肯定地说，男人尿尿一条线，女人尿尿一大片，你看这倒下的草，还没有爬起来，还有这尿，水济济的，热乎乎的，说明刚刚才走。这附近没有药可偷，三尖地的野菊花不值钱，只有断魂岗的葛藤根和何首乌……好啊，今天叫老子碰上了，看老子不抓个正着！

你再看看，也许是狗尿。我对丁家干的话有些不放心。

丁家干拿脚在尿窝上扫扫，疑惑地说，狗尿？不会，是人尿。

你再看看，是不是狗尿。我有点不相信，就算丁家干再有能耐，一泡尿能辨别出是人是狗？

哪来的狗，我有经验，绝对不是狗尿，是人尿，从气味上能闻出来。你看这尿迹的形状，应该是女人。如果不是女人，就是男的装成女人，蹲着尿——他怕我们看见他。

也许，也许是水老鼠尿的。

丁家干有些生气了，你脑子想什么啊，这么古怪，水老鼠能尿这么大的一摊？你和偷药贼是一伙的吧！

我还想到兔子或者别的动物，可丁家干这么说，我就不敢再推理了。

小偷肯定在断魂岗！丁家干恶狠狠地说，走，我们从后洼包抄过去！

穿过那片杨树林，再走一百来米，地上开始冒水——进入沼泽了。我跟在丁家干的身后，不敢踩着他的脚印了。因为他的脚刚抬起来，脚印里就汪了水。杂草也变成了又细又矮的芦椿和草蒲。丁家干猫着腰，健步如飞，一点也不像五十岁的人。我没有别的选择，只能跟着他跑，一脚下去，常常“嗤”的一声，几条水柱蹿上来，射在我们身上。我们跑了一会儿，接近了一个土坎。说是土坎，也不过比我们跑过的水渍地高不了多少，却布满了砂坷垃。原来，这里就是断魂岗的边缘，往西就是后洼，在芦苇和草蒲下面，是大大小小神秘的水塘。往东就是断魂岗了，所谓岗，比后洼也不过高出两三米，最多四五米。断魂岗上也散落着不少坑塘，坑塘里有水，也生长着芦苇和草蒲。而大大小小的岗头上，布满着鬼针树和秃头槐，野生的葛藤、何首乌和凌霄也遍布其间。在葛藤、何首乌和凌霄稍微成片的地方，药材所的人早给它除过草、打过药了，所以，长势较好。葛藤的根，何首乌的根，都是名贵的药材，凌霄的花，丁家干介绍过了，也可供药用。现在不是凌霄的花期，因此，根据丁家干的判断，有人来偷药，是偷何首乌和葛藤根的。

我们沿着断魂岗和后洼的缓冲地带，搜索着，一会儿跑到稍高一点的岗头，一会儿又下到水渍地里，一会儿站立着一动不动，竖着耳朵静静听，一会儿四处张望，寻找可疑的人迹。我们当然是一无所获。除了不时被我们惊起的一两只水老鼠和身上带花纹的青蛙，以及叫不上明目的水鸟，没有发现别的什么活物。我开始怀疑丁家干是神经过敏，故弄玄虚。可丁家干看起来信心十足。他手里什么时候已经多了一根大拇指粗的小棍了，一边走，一边在草窝里抽打。他让我也找一根那样的小棍，也学着他一样抽打。要捉水老鼠吗？我问他。他说，不是，惊动惊动水蛇。我们就这样，抽打着，搜索着，前进着。我们发现了一个残破已久的土窑。对于这个土窑，丁家干并不陌生。他先是捡一个砂坷垃扔过去。砂坷垃落在土窑顶上，滚下来。丁家干又捡一个砂坷垃扔到土窑下边的水沟里，响起咚的一声。除此以外，没有听到其他动静。

我们便逼近了土窑。

土窑下边的这条沟，一直通向西边的一个大水洼。沟里是一些风化了的青灰色断砖，那个大水洼，可能是当年取土烧砖时形成的。在这条沟里，丁家干又有所发现，他发现了几个脚印，是零乱的胶鞋印，有号码大的，也有号码小的。丁家干蹲下来，比画了一会儿，甚至像闻尿时一样，也趴下来，贴上鼻子嗅嗅。然后，没错，是两个人，一公一母。

一男一女？我说，小偷。

没错。

真是神了。我再次对丁家干有了新的认识。

我们来到了土窑里。土窑比较干燥，土窑的四壁上有零散的几丛鬼针树，土窑里也有鬼针树。让我非常惊异的是，在鬼针树丛里果然堆着大半口袋葛藤根，在口袋旁边还堆着两小堆，也是葛藤根，一堆的表土已经晾干，另一堆上粘着新鲜的泥土，显然，这里刚刚有人来过。

看没看到，这么多，丁家干简直就是一个侦探，他小声而肯定地说，小陈，我们立功的时候到了，跟我来！

丁家干领着我，顺着土窑下的这条深沟，一直走到大水洼的边缘，这里的芦苇和草蒲相对于别处既高又密，节节草也混生在芦苇和草蒲中间。我们拿着树棍在草丛里猛烈抽打几下，便在草窝里蹲下了。丁家干说，他们肯定要来取东西，那么多葛藤根，至少有一百斤，这他妈胆子也太大了，欺负我们植物园没人是不是？我这回要抓个现行的。小陈，耐心点，他们逃不出我手掌心，我这是如来佛的手掌，就算他会七十二变，就算他一个筋斗能翻十万八千里，我也叫他插翅难逃！

我使劲地点点头，既兴奋又紧张。我也知道了，偷药贼肯定又去偷别的药了，比如何首乌什么的。土窑不过是他们的一个窝点，或中转站。

这儿真是潜伏的好地方，他们在明处，我们在暗处。我不禁佩服丁家干的老奸巨猾。放眼望去，眼前是起伏不定的断魂岗，破土窑周围也尽在我们视野之内。在我们身侧和身后，是一个较大的水塘，水塘里水很清，清得发绿，也很静，有零星的芦苇和草蒲，水里簇拥着密密匝匝的藤须状水草，我们叫它查查菜，是害草，除了沤烂了做肥，别的什么用处也没有。而芦苇、草蒲、节节草已经开始乏黄，节节草上的种子一碰就掉，沙沙的。我想起潜伏在草窝里的邱少云，觉得很刺激，也有一种神圣感。

但是，过了好长一会儿也不见动静。莫非我们被小偷发现了？我想。

莫急。丁家干似乎知道我的心思，给我打气道，沉住气，他们就在这一带，就在断魂岗上，等着瞧吧小陈，你看我给他来个人赃俱获！

会是谁来偷呢？我说出了心中最大的疑问。

多半是小崔庄的人。丁家干说，我们植物园的药材常挨偷，小崔庄人人都是贼！我操他家二姨奶的！

丁家干一激动，就会操人家二姨奶，这已经成了他的口头禅。不过他的话也太绝对了，他说小崔庄人人都是贼，我想问他，大白牙也偷吗？也是贼吗？不过我没有问，而是说，大白牙怎么会叫大白牙呢？她嘴里的牙齿黑黑的，一嘴都是狗屎牙，应该叫她大黑牙才对呀。

这你就是小屁孩子不懂事了，别看你肚皮里识几个苍蝇爪子，乡里人有乡里人的道道，丑的人，叫小俊、大俊，或者叫俊人，俊的人，叫大丑、小丑，矮的人，叫大个子、高个子的，叫矮脚虎，懂了吧？大白牙，意思就是大黑牙，就像有人叫我好眼一样，其实我是一双坏眼，我还得过心脏病，他们就骂我眼睛坏了，心也坏了，简称心眼坏了。你看我心眼坏吗？他们说的都是反话，意思是心眼好。知道大白牙为什么叫大白牙了吧？你不要急，迟早也有人给你起一个外号。

我不想要外号。

这不是你要不要的事，你是什么，人家就送你什么外号。

在我们说话间，有一阵凉风轻轻拂过，空气里飘荡着腥甜味，耳边还响起微微的水动声。丁家干把头侧过来，看着我们身边的水塘。丁家干轻轻地呀一声，说，来了，别出声。

我以为是小偷来了，也看过去。我看到，平静的水塘里，齐刷刷地长出了一根根青黄色的竹竿，有大拇指一样的粗细，均匀地布满整个水塘。这些竹竿只有半尺高，梢端都顶着一个肥嘟嘟、水淋淋的花骨朵。我被水塘里神奇的变化吓住了——这哪里是青黄色的竹竿啊，这可是无数条水蛇啊，它们伸着长长的颈，安闲而尽情地享受着日光浴。正是早晨九十点钟的光景，太阳温暖而柔和地照耀着水塘，水塘里闪着太阳的金光，水里查查菜也乌油油的。这些水蛇大约一直这样在晒太阳，只是我们的突然闯入，才让它们暂时的隐蔽。当我们的树棍不再抽打草丛，四周再一次恢复静寂时，它们又悄然地伸出头来，其场面的壮观和整齐划一，太让人惊叹了。

别怕，丁家干说，水蛇，不伤人。

我听出了丁家干声音里的颤抖，其实他也是怕的。

这么多啊。我说。

这还不算多，要是夏季里，落着小雨，比鸟毛还多，有成千上万。

我们……回吧。我犹豫着说。

废话，贼还没抓着呢。你别理它们！

我这才知道丁家干为什么要拿着树棍不停地在草丛里抽打了。

我们吓吓它们？

不用了，它们都出来了，我们和平共处，它们就不会攻击人，再说，它们也不是毒蛇，它们叫青梢蛇，没有毒，你怕它们什么？别再说话了，把贼惊了，我把你当贼捆起来！

我便不再说话。我听到丁家干的喘息声。他喘息声不均匀，说明他心里确实有事。他是叫我来帮他捉水老鼠的，到现在，一个水老鼠的影子还没看到，却看到无数条青梢蛇。他神神鬼鬼，半道上看到一泡尿，闻闻嗅嗅的，就断定有贼。果然是有贼。可这贼也太贼了，硬是藏起来不露面。要我说，贼也发现了我们，他们也藏在某一处草丛里，等着我们失望地离开。不过，丁家干这样的人，驴性子，他可不会轻易败下阵来的。

我也盯着断魂岗，可我的心思却在身后、身侧的水塘里。我不时地望一眼蛇们，它们似乎在尽力地把颈伸高，似乎想让身体更多的部位晒到阳光。

丁家干也感觉到我的心思了，他说，青梢蛇是我们这里的独产，别的地方没有，《海州志》里有专门的介绍。青梢蛇和水老鼠是天生的敌人，互为食物，夏天里，青梢蛇吃水老鼠，冬天里，青梢蛇冬眠了，水老鼠就去吃蛇，所以，我们植物园的水老鼠和青梢蛇都很肥。他妈的，这个驴日的小毛贼比水老鼠还精，他发现我们了，我们捉不到他们了，走，我们把葛藤根拿去充公，让他们白偷！

我巴不得赶快离开这里。我跟着丁家干站起来的时候，又悄悄看一眼蛇，它们就像得到统一信号一样，突然沉到水里了，水面上那微微的水纹，也很快消失。

丁家干也转头看看水面，说，它们要晒足太阳，养好精神，准备冬眠了。

我们大步流星地赶到土窑，把葛藤根装进两只蛇皮口袋里，一只装满了，一只装小半下。丁家干说，你扛小的，我扛大的。丁家干一点都不像五十出头的小老头，劲头十足地抱起半人高的蛇皮口袋，腰一弓，把满满一口袋葛藤根扛到了肩上。

我也背着小半袋，跟在他屁股后。一会儿，我就喘了。

我们走在断魂岗上，一点也不比后洼好走。但丁家干依然健步如飞，好像他扛着的，不是一百来斤重的葛藤根，而是装着空气的口袋。

我发现必须小跑着才能跟上他。

他妈的，水老鼠还没捉到。

那，咱们还捉水老鼠吗？

今天算啦，今天有大收获，改天再说。

一路上，丁家干不停地换着肩膀，他一会儿把蛇皮口袋从左肩换到右肩，一会儿，再从右肩换到左肩。一边走，还一边跟我说，你小屁孩子还在长个子，就老子多吃点累了，可不能把你压成罗锅子，找不到媳妇我可赔不起你一个媳妇，你可要走好，不要叫水老鼠钻到裤裆里，水老鼠喜欢咬小鸡鸡，吧唧一口，就连根把你咬断了，找到媳妇也白搭了。

丁家干的话也不知是真是假，我还真的就怕水老鼠往裤裆里钻。

说什么就有什么，一大群水老鼠，在一个岗头上看到了我们，四散着往草棵和荆棘丛里逃窜，动静很大，像一阵风刮过。但它们不是躲进去，而是从荆棘丛里钻过，然后，噼噼啪啪像下饺子一样跳进了水里，又像小水鸡一样，扎进水底不见了。那么多，居然就不见了。刚才在一个深水塘见到那么多蛇，蛇头像丛林一样冒出水面。在这个浅水塘里，又消失了这么多水老鼠，我们的植物园可真是深奥难测啊。

我禁不住吃惊地说，它们怎么投河啦？

丁家干哈哈大笑了，你小屁孩子真是屁事也不懂啊，水老鼠就是生活在水里的老鼠，它们不投河谁投河？它们就是水里长的，从水里来到水里去。

丁家干走到水塘边站住了，他放下肩上的葛藤根，擦擦汗，说，这个塘子，跟别的塘子有什么不同。

我也把小口袋放下，看着这块水塘。这是个不规则的水塘，四周像荷叶边，有一股小溪像是从断魂岗方向流来。水塘就是这股溪流汇成的，不深，或有深有浅。水塘里有大大小小的土堆，土堆上堆积着长长短短的小树枝。我没有发现这个水塘和别的水塘有什么不同的地方。

丁家干看我没说话，指着近处的一个小土堆说，你知道那是什么？

不过一个普通的小土堆，像是水塘中的一个小岛屿，上面凌乱地堆着不少树枝，有几棵芦柴从树枝里穿过。但我仔细看，还是有些不同的。其实那不是土堆，那都是杂草和树枝堆积起来的岛屿。难道这有什么问题吗？是人为造成的吗？

那就是水老鼠的家。丁家干说，水老鼠聪明，它在水里堆个岛，把家就安在里面，大门和后门就在水底，所以你看到它们都往水里跳，以为不想活了，其实它们是回家了。

这倒是第一次听说。我根据丁家干的话展开想象，觉得水老鼠太神奇，难怪它不叫水老鼠而叫河狸。真是水里的狐狸啊。

小陈，你要是跳到水里，拿根大棍，在土堆上敲几下，水老鼠就会从前门后门逃出来了。不过你别想它露出水面，它们各家之间都有联络，会直接跑到邻居家了。你看看，这一堆堆的，都是它们的家。丁家干说，算啦，今天没工夫玩水老鼠啦，走，咱们回园部去。

我们再次扛起赃物，有选择地走在相对平坦的路上，大步夹着小步，呈蛇形行走。

可没走几步，丁家干又站住了，我差一点撞到他的屁股上。

丁家干说，看。

我看到一条蛇，是青梢蛇，横在丁家干脚前的一丛草棵里，它的脖子里，鼓起一个拳头大的疙瘩，嘴里拖着一根小树枝一样的东西，那是老鼠的尾巴。我吓了一跳，这么小的一条蛇，不过比大拇指略粗一些，却能吞下这么大的一只水老鼠，太让人惊奇了。丁家干说，秋天就要过去了，它得赶快吃点，填饱了肚子，好冬眠，不过，你别看它这时候吃水老鼠吃得痛快，等到了冬天，它们冬眠的时候，水老鼠就吃它了。

丁家干从青梢蛇的身上迈过去。我没敢，绕着它走了。

我觉得动物界更是野蛮得很。

好在我们很快就走出了断魂岗。

走出断魂岗，丁家干再次歇歇，他扛的毕竟是满满一口袋啊。我这时候才跟他要求换着扛。他拒绝了。我也没坚持。我知道一坚持，他又会骂我。这次休息时间更短，他不过是点上了一支烟。接着再走时，脚下的路要相对好一些了。

我们快走到生活区大院时，老杨从一块花生地里站起来。

老杨的突然出现，就像青梢蛇突然出现一样，毫无预兆，也同样吓了我一跳。

老杨喊道，丁所长，你扛什么啊？

丁家干停下来，扭过头，说，老杨啊，你狗日的躲在这里干什么？想偷啊？

我能偷什么？丁所长真会开玩笑，我是来看看花生什么时候能起的。

噢？对了，这里有块花生地，是你领人种的，你看我这记性，都快忘光了。还是你老杨心细。老杨，你看没看到有人从断魂岗跑走啦？

断魂岗？谁上那地方啊？想死啊？

有人去偷葛藤根，人没抓着，葛藤根叫我和小陈没收了。你看看，一大口袋，还有一小口袋，足有一百来斤。唉，老杨，你有空捉两只水老鼠来。

捉那东西干什么，恶心人的。

有用，我把它挂在电视机天线上，就省得我用手扶着它了。

噢？这主意不错，管用啊？

试试看。

好，我捉两只给你。

离开老杨，丁家干说，小陈，斗争越来越复杂了。

我听不出丁家干话里的意思，随便附和道，是啊。

你也知道啦？你看老杨像不像个贼？我看这葛藤根八成就像他偷的。他不光偷葛藤根，他还偷人家女人。小崔庄崔二朋的女人，就让他勾引上了。崔二朋离家出走十几天了，才算有一点音讯——这家伙在大桑庄赌钱，有钱就赌，没钱就在赌友家吃闲饭。这事要闹大了，崔二朋的瞎眼奶奶在家要断气了，说见不到她家二朋，她活着还有什么意思？豆叶做饭她不吃，端水她不喝，还骂豆叶是狐狸精，是丧门星。大白牙派人去大桑庄找二朋，二朋说他没有家了。其实，崔二朋是赌气啊，咽不下那口气啊。他倒是跟大白牙说了真话，说豆叶要是不把野男人交出来，他绝不回家了。我操他家二姨奶的，这不都是他妈的豆叶惹的祸！我就纳闷了，老杨和豆叶，怎么就露不出尾巴？小陈你帮我分析分析，让我什么时候抓住他们。

丁家干的话，让我想起和豆叶约会的男人，要是照丁家干说的，他就是老杨了。我上班第一天晚上无意间撞到的事，没想到是如此重要了。可老杨不是半夜去小崔庄的崔老鳖家吗？崔老鳖的女儿洋玉才是他的猎物呢。那么就是说，老杨既和豆叶有一腿，又和洋玉有一腿啦？这老杨真有这么大本事？这是拿不准的事，我可不能对丁家干说。

回到宿舍后，我没有过多地沉湎于这次奇异的遭遇，也没有去想植物园里的怪事，其实，对于植物园和小崔庄的那些爱恨情仇，我逐渐没了兴趣。我不顾劳累，继续给侍红写信。现在，我有了新的内容了。我把水老鼠写上了，而且，我还把水老鼠的学名告诉了侍红。我觉得河狸这个词太有诗意了，比水老鼠文雅多了。我还在信中再一次表明我对植物园的迷恋，对植物的迷恋，再一次表明我要做一名植物学家的雄心壮志。我这样的表态，不仅是对第一封信的呼应，同时也是我的心里话。是的，如果说给侍红第一封信时，关于植物学家的表态只是随意的一笔，这一次，我是做些思考才说的。我被貌不惊人的丁家干震住了。他不过一个农民，不过当过生产队长，最多是三十年前上过朝鲜战场，打过美国鬼子，据说还犯过作风错误。但是他对于各种药材了解得那么多，甚至连动物（河狸、青梢蛇）都如数家珍，成为一个十足的专家。我为什么不能也做一个像他那样的人呢？张会计不是一直在读书学习吗？如果我也像张会计那样好学，天天读书、抄笔记、做研究，要不了多久，我也能像丁家干那样，成为药材所的另一个专家，而且是最年轻的专家。

我在写信的过程中，还第一次搬出当作枕头的《植物学大典》，第一次打开它。这真是一本学问精深的大书，书里记录了中外有文字记录的所有植物，许多稀有植物还带有漂亮的图谱。我如获至宝，觉得真是天赐良机。我的前室友遗落这么一本好书，好像是专门留给我的。谢谢你朋友，如果我立志学习植物学，这本大典一定会派上用场，我也一定会感谢你的恩赐。

这封信写得我热血沸腾。

写好了信，我计划下午就去县城，亲自把信投到绿色的邮筒。

手　帕

转眼，秋风开始肃杀起来，又几场严霜过后，植物园里落叶遍地。如果在黄昏时一阵风过，树上的黄叶飘零，地上的落叶翻滚，荒凉中更有一派壮观的气象。

在天气渐渐变冷中，我们抢收了几种怕寒的中草药，连园艺所的人都来帮我们忙了几天。一向不出办公室（有时也不来上班）的崔园长，更是一反常态，把手背在身后，在我们干活儿的仓库、地头、工作场、装包间等地方视察了几回，还简短地做过几回指示。该收的药材收上来之后，接下来，我们就在大仓库里炮制药品，做一些粗浅的加工和包装，工作显得枯燥、琐碎而乏味。日复一日里，我期待中的侍红的信一直没有来，这让我经常处于心事重重的状态中。我做着各种各样的假设，在以前假设的基础上，继续我另外的假设（有时候不断地做着假设，也是对自己的一种安慰），甚至极端地怀疑是不是邮递员搞了鬼。但我觉得只有两种假设最为现实，一是，侍红收到信后，非常厌恶，不屑于给我回信，甚至把信交给了老师；二是她根本没收到信，我的信中途寄丢了，或者石湖中学的邮路出了问题。要是第一种，无疑是最糟糕的，我是一点希望也没有了。要是第二种，也不能说太好，至少，我还存有希望，我还可以继续给侍红写信。

这期间，我父亲来了一次植物园，给我送来了冬天的棉衣，还有炒米。炒米是母亲亲自做的，装在一只瓶子里。我父亲在植物园的院子里等了我一会儿。他没有等到我，也没在植物园的办公室里碰到崔园长。崔园长当时可能正在田头视察。我父亲便把冬衣留在了办公室，由张会计转交给了我。张会计在转交炒米时，笑着说，我小时候在舅奶奶家也吃过，香喷喷的。我要分些给她尝尝，她坚决拒绝了。

在等待侍红回信的日子里，我始终抱有侥幸的心理，觉得她的信就要到了。我经常在中午上食堂吃饭的时候，或者下午下班的时候，途经办公室去看报纸。夹杂在报纸里的，偶尔会有一两封信掉下来。这精灵一样的白色信封，会让我突然的紧张。但这些信都不是我的。张会计对我的好学（读报纸），一直抱以友好的态度，有时候她还会把报纸留给我，有时候她还问我报上都有哪些新闻。其实看报纸只不过是我的一个幌子，我的真实意图是看看有没有我的信。张会计理解的偏差，说明我的掩饰恰到好处，甚至蒙蔽了她——她不止一次地夸我是个好青年。有时候我都怀疑她夸我是不是怀着什么目的。有一次，她当着崔园长的面表扬我。她的过分表扬收到了反效果。她是这样说的，小陈是个上进的小青年，喜欢看报纸，振兴中华实现四化，就是要靠小陈这样的优秀青年，他要是做我们植物园的秘书，档案啊，材料啊，就有人管了，我就省心多了。当时，崔园长正在看报纸，听了她的话，他抬头看一眼张会计，长长的黑脸上看不出任何表情。我以为他要说什么的。至少他会批评张会计，因为这些话，实在不是她一个会计说的。让我当植物园的秘书，先不说小小的植物园有没有这个职务，就是有，也不一定轮到我。就算轮到我，也是领导来决定的。她不过是一个小小的会计，怎么能凌驾于领导之上呢？崔园长看张会计的神态，的确是准备说什么的，但他还是什么也没说。他端起大号玻璃杯，轻轻喝一口药饮，又低头看报纸了。张会计似乎没觉得自己错在哪里，或许是她从小任性惯了吧，又或许呢，她实在就是一个不成熟的女孩，反正她一点也没注意崔园长细微的表情变化，继续说，其实小陈可以自学，工人文化宫有个英语班，我有好多同学都去学英语，星期六晚上上两节课，挺好的。张会计只顾自说自话了，她完全没有注意到崔园长的表情。我使劲朝张会计望，想示意她别说了。可她并不朝我望，我的眼色就无法传递给她。我突然听到，崔园长把茶水喝出了嗯隆嗯隆声。我知道了，崔园长不但不认同张会计的话，他还生气了。他是生张会计的气还是生我的气呢？

不久前，崔园长不在，张会计神秘地对我说，有人打电话找过你。

是吗？我紧张地问，谁啊？

我怎么知道啊，又不是我接的电话。

什么时候打的？我真是急不可待了。

上午啊，崔园长接的，他说你上班了，没法找你来接。

可是可是……崔园长没问他是谁？

张会计摇摇头。张会计看着我，说，你估计谁会打电话呢？

我也摇摇头。我不知道，真的不知道。但是，崔园长接了我的电话，为什么不对我说呢？就算事后，他也应该说一声吧。是不是他真的生我气啦？这可不是好兆头。

想想看，会是谁。张会计还是善意地提醒我。

是啊，谁会给我打电话呢？我看着崔园长办公桌上那部灰色的电话机。那部电话机我至今也没听它响过，可它却找过我。我首先想到我父亲，但马上就被我否定了。我父亲和崔园长虽然算不上好朋友，但“四清”时曾在一个工作组，认识好多年了，要是我父亲打电话来，他们会聊一会儿的，会问问我的情况的。如果我父亲有要紧的事，他也会托崔园长对我讲的。他们没有聊，那肯定不是我父亲了。既然不是父亲，只能是侍红了。侍红的父亲是石湖粮管所的所长，所长办公室就有电话，侍红最有机会打电话了。她放学回来，如果在她父亲的办公室玩，或者写作业，趁他父亲不在时，拿起电话打到植物园……天哪，崔园长怎么不去喊我一声？侍红打电话会有什么事吗？那么，她是收到我的信了。她只有收到我的信才知道我在植物园的。她收到我的信为什么不给我回一封？我给她写了那么多信，好多封信，难道她一个字都不愿给我回吗？难道一定要用电话这种形式？或者，她一个人在她父亲的办公室，突然心血来潮，打一个电话玩玩也有可能吧。总之，我觉得这个电话，除了侍红，不会有别人了。

一个我未接到的电话，突然成了我心头的病，让我心事特别的沉重，也十分的难过，我想象着电话另一端的侍红，她在得知我不能接电话时，该会多么的悲伤和失望啊。同时我又心生希望，她虽然在电话里没有找到我，但已经知道我就在植物园了——或者她就是证实一下的，然后再给我写信。对呀，一定是这样了。我很快就会收到她的信了。其实，她也没必要打电话来证实，让崔园长知道有个女的找我。她应该从我妹妹那里了解我的行踪。

我开始紧张起来，觉得侍红给我的信已经在路上了。

在我苦思冥想、思想异常活跃的这段时间里，张会计一直在看着我。她也在替我焦急吧，毕竟，这个没头没脑的电话对我太重要了，它能传递很多信息。

还有谁知道你在植物园上班？

我望着张会计，差点把侍红说出来。

张会计似乎听到我内心的声音，突然嘻嘻地笑道，不会是你女朋友吧？

我摇摇头，心里却怦怦地狂跳，张会计真神了，她真能看破我的心？

要不就是女同学……是不是？

我脸上火突突的。

张会计却脸红了。她的脸瞬间红了一下。

不是……

还不是？我看差不多吧？对了，以前你托我给你寄过几次信，收信的叫什么……对，叫侍红，不会是她打的吧？

不会……

那么，她给你回过信吗？

没……

你在等她回信？一直等……是不是？嘻嘻……小陈脸红了，你天天是来等信的。张会计的眼睛不转珠地看着我。

我心里紧张死了。我的那点小心思，她怎么全知道啦？

张会计腼腆地笑一下，手里在玩一块手帕。张会计的手帕不像侍红的手帕。侍红的手帕是白色的。张会计的这块手帕是粉红的，还有蕾丝的花边，小而精致。张会计把手帕绕在手指上，又松开，又绕上，又松开，玩了会儿，才说，怎么不说话？

我不愿意当着张会计的面，承认等侍红回信这个事。但我又必须说点什么。

不是……

还说不是……

我发现张会计的脸再次红了。她把手帕紧紧地抓在手里，似乎在掩饰自己的紧张。

不是。我口气坚决地撒了谎，她……她不会给我写信的。

就是，人家还要读书，将来考上大学就分配到大城市了，我们小县城根本盛不下一个大学生的。

张会计是说侍红。张会计说得太对了，这可能是侍红不给我回信的主要原因。我以前设想了多种原因，怎么就没想到这一点？

其实你也可以自学成才的……马上到冬天了，植物园没有多少活儿干了，我觉得你应该学点什么。学好数理化，走遍天下都不怕。张会计的话中充满了鼓励。

我不想学英语……

张会计对我的话太意外了，但也知道我在意了她的话。她突然来了精神，脸上出现甜美的笑容，惊讶而快乐地说，不学 ABC，照样吃大米，你想好要学什么啦？快说说看。

我要做一名植物学家！

植物学家？

是的。我们的植物园，不就是和植物打交道的吗？

好呀！张会计兴奋了。但她突然又收敛了笑，说，可是，工人文化宫没有这个班啊。

我……我可以自学，你不是说可以自学成才吗？

是啊，自学，自学植物学。简直太好啦小陈，我支持你！新华书店肯定有这方面的书，星期天我去看看，给你带几本。

接下来，她又为我出谋划策一番，怎么利用业余时间学习啊，怎么尽快掌握一门学问啊，怎么学习才不浪费时间啊，等等等等。她在跟我说话时，手里始终玩着那块小巧而精致的手帕。这是我头一次看她玩手帕。从前她似乎没有这个习惯。而且，她的手帕上还有淡淡的花露水的香味。

后来，有几次，张会计在看书时，小手帕就放在书的旁边。如果我没有记错的话，每一次，她都使用不同的小手帕，但粉色一直是主旋律。

张会计不但自己用手帕，她也关心起我的卫生了。那天也是在午饭前，我去办公室，感谢她给我带来一本《野菜治百病》的书。这本书虽然算不上植物学，但也是新华书店唯一一本和植物相关的书了。张会计把书给我时，还有些遗憾，说新华书店那么多书，只有这本适合你。我拿到书后，没想到内容太好了，太实用了。我越看越爱不释手。野菜，我们植物园到处都是；治百病，也和药材挂上了钩。有了这本书，不但能辨别野菜，还能知道它的功能和药效。稍微遗憾的是，书上提到的野菜，大多是春夏秋才有。而现在即将进入冬季，或已经算得上初冬了，我没法对照书上的图谱去识别野菜。即便这样，我还是要感谢张会计，感谢她给我带来这本书。我在给侍红的最新一封信中，已经提到了这本书，也提到了张会计。我想，侍红在得知我要成为一个植物学家，不仅是口头上说说而已，我已经在用行动践行时，一定会很开心吧。

感谢的话不用多说——张会计也不允许我多说，她像一个大姐姐一样地说，你喜欢读书是好事，植物园需要你这样好学的青年。她看我手里拿着饭碗，叫住了我，嗔怪地说，就这样去吃饭啊？吃饭也不洗手啊？我刚打的清水，过来，洗洗，要养成饭前洗手的习惯哦。

离张会计不远的墙根儿，有一个钢筋做的脸盆架，架子都生锈了，一条灰突突的毛巾挂在脸盆架上。一只花瓷盆里，是大半盆清清的水。我们都知道，张会计打来的水，没有人敢用。小谢有一次来办公室报销发票，在脸盆里洗一下手，被张会计好好教训了一通。张会计冷着脸，教训他，你这人真是没修养，我刚打来的水，就被你弄脏了……就要走啦？给我换一盆来。小谢只好乖乖地去给她重打一盆清水。张会计不依不饶，警告他以后不许用办公室的脸盆了。

说真话，我没有饭前洗手的习惯，如果不是明显弄脏了手——比如在野外干活儿的时候。平时一天只洗一次手，就是早上洗脸时顺带着洗一把手。饭前洗手当然是好习惯了，但是张会计对我的关心，还是让我措手不及，不知是洗好还是不洗好。就在我犹豫时，张会计又说了，洗洗手吧，别磨蹭啦！

可是……这是你的……

我让你洗你就洗。

我只好把手伸进水里——透骨的凉，很爽。我撩了几下水草草了事，算洗好了。

张会计看我要拿那条毛巾擦手时，手疾眼快地拿出自己的粉红色小手帕，说，别用那毛巾……脏死了。用这个。

漂亮的、有着淡淡香味的一条手帕送到我的胸前。我慌张地没敢接，这块粉色的花手帕太奢侈了，我真怕我的手把它弄脏。我下意识地赶快跑了。

我身后传来张会计的声音，小陈，这么客气啊。

说来奇怪得很，张会计的花手帕，老让我想起侍红的白手帕。我在读《野菜治百病》时，或打开《植物学大典》和《野菜治百病》对照着阅读时，两块手帕老是在我眼前交替出现。我现在真的是一个好学的青年了，《野菜治百病》中的有些野菜，我在《植物学大典》中也查到了。什么叫知识？就是从这一本书里没有获得的，在另一本书里获得了，或得到了补充，这就是知识。我的自学很有劲头儿，不仅白天所有时间都利用上了（现在的上班基本处于半闲状态），就是晚上，我也很少去看电视。我在一个本子上记了许多笔记，首先把我已经认识的植物查出来，编成条目，一二三四五地记录在本子上，再从两本书里把这种植物的相关特性摘抄下来，最后，再根据我自己的理解，把我们当地人对这种植物的称呼和在我们这里的四季长相进行一番描述，这个条目就算完成了。在学习中，不自觉地就会想到侍红，也会想到张会计，觉得她们两个人都在关注着我，特别是侍红，老感觉她在为我加油，似乎我的学习不是为自己，而是为了她。而事实上真正关心我的，却是张会计。无论是在什么情境下，只要和张会计照面了，她总是问我学得怎么样了。

这天，我正在学习银杏，写“银杏”的条目。《植物学大典》上对银杏的描述很详细，我决定多摘抄一些。可惜《野菜治百病》上没有关于银杏的文字。这也好理解，毕竟银杏是树，不是野菜。我为什么要写银杏？是因为我想起我短暂读书的石湖中学，有两棵高大的银杏树，一雄一雌。我想知道银杏树的相关知识，将来给侍红描写银杏树时，有话可说。侍红呢，也可以对照着身边的银杏树，看我的描述准不准确。

就在我认真摘抄时，门口响起自行车的哗哗声，随即是支车的声音。我宿舍的门没有关（植物园人都没有平时关门的习惯），我听到门口响起一个清脆的女声，小陈在吧？

是张会计的声音。

在呀。

我放下笔，站起来刚想迎出去，看到张会计已经站在门空里了，正明媚地笑着。

学习啦？

是啊。

张会计一步跨进来，她看到我桌子上摊开的《植物学大典》时，惊讶地说，呀，这么厚的书呀？啥书呀？什么时候买的呀？

张会计的惊讶中，透出一点点娇声，那连续的“呀”音，听得我好舒服。我把书面给她看看，想说，不是你留在宿舍的吗？我没有说，是因为我发现这本书时，是在床席下边的，她说不定没有看到这本书。

《植物学大典》？厉害呀小陈，啃这么厚的一本书，你真成一个植物学家啦！张会计说着，头已经歪过来了，她在看我的笔记本，在看我抄在笔记本上的内容。她放下手里的手帕，拿起我的笔记本。我以为她会点评一下我的字或对我抄写的内容感兴趣，但她翻了几页，看我这个本子不过是一本普通的练习册，说，本子不怎么样嘛小陈。

我也想拥有一本硬壳或带塑料封皮的笔记本，但我觉得我会用很多本子，就买这种相对便宜的练习册了。

崔园长安排我去多管局办事，我提前下班现在就走。张会计说，你有没有信让我带去城里寄？

我给侍红的信还没有写好。再说了，一直没等来侍红的回信，我写信的积极性已经有所下降了。我实话实说道，没有。

怎么会没有呢？张会计似乎有些失望，但口气又明显是开心的。她接着说，下午办事快，我还可以上街转转。对呀小陈，你要不要也去城里玩玩？

我已经想好了，我抄完“银杏”的条目后，准备去林中找找，也可以问问其他园艺工人，看看我们植物园有没有银杏树。如果有，我要近距离地进行现场考察。便说，不去，我下午要去找银杏树。

什么?

我想看看我们植物园里有没有银杏树。这是一种古老的树木，号称“活化石”，浑身都是宝。如果我们植物园里有这种树，我想观察一下它的特性，为下一步研究做准备。

张会计听了我的话，脸上现出欣慰而甜美的笑容，眼神特别地望着我，满意地说，好啊，学习更重要……你去吧……那，我先走啦。

张会计离开后，我继续抄银杏的相关文字。抄完后，一抬眼，发现我桌子边上有一块浅粉色的手帕。不用多想，手帕是张会计不小心遗忘的。我看着这块干净的手帕，突然隐约地感觉到张会计对我的关心不是一般的关心，而这块手帕的遗落，更像是一种预先的设计。我心里突然有种异样的慌张。

奇　遇

没想到张会计会送我几本高级的本子。张会计这回没有在门口就喊我，也没有骑自行车来，而是悄悄出现的。她突然出现在门口的时候，吓了我一跳。我当时正半躺在那张吱嘎乱响的木椅子上，两腿高高翘在桌子上。桌子上摆放着几本书，其中就有《野菜治百病》，还有打开的笔记本。那本《植物学大典》就在我的怀里，我把它放在胸脯上，一页一页地翻看着。我的臭烘烘的脚丫子可能还在乱动，椅子也在发出呻吟。门空那儿突然就暗了，我转头一看，张会计。天哪。就在我试图恢复优雅坐姿的时候，由于慌张，也可能准备不充分，椅子突然滑倒，我重重地摔到地上。我连滚带爬地爬起来。我以为自己的狼狈相会引起张会计大笑，没想到她反而吓白了脸。她怀里抱着一摞本子，差点因为要扶我而扔了。幸亏我及时爬起来。张会计说，没摔坏吧……都怪我……看把你吓的……

我反倒不好意思了，赶快把椅子扶好，把书搬到桌子上，请她坐。她还从来没在我屋里坐过，因为屋里只有一张椅子。她上两次来时，都是我陪她站着的。这次我请她坐，她也没有坐。到了这会儿，她才笑起来。当然也不是那种哈哈哈的大笑。她的笑里依然带有抱歉的意思。她说，小陈你猜我干什么来啦？我送本子给你啦。我看你的笔记本子还没有我废弃的账本子好，我给你拿了些来，不知你喜不喜欢啊。

她把怀里的一摞本子放在桌子上，一本一本地拿给我看，一边翻一边说，这是现金日记账，这是银行日记账，这是材料日记账，这是总账，你看看能不能用啊。

简直太好啦。我最喜欢这些本子了。记得几年前还在读小学的时候，班上有个女生的父亲是大队会计，用几张活页账本做演草纸，羡慕死我们了。现在我居然有了七八本硬壳账本啦，幸福来得太突然了吧？我毫不掩饰我对这些本子的喜欢，在她一本本翻过后，也一本本拿起来，重新再翻一遍。我发现有好几本都是新的，一个字也没有写。有几本即使写了几个字，也都是简单的数字，不影响我做笔记用。太好啦！我说，太好啦，这么多！

还以为你嫌弃了。张会计说，瞟一眼桌子。

我突然发现桌子的手帕了，那是她昨天忘了的。我故意让它留在原地，便于她来时还给她。我赶紧拿起来，递给她说，你昨天忘了。

我没说是你偷的呀……她并没有伸手接住，脸上有些不自然地说，放你这儿吧，我还有……我做账去了。

张会计走后，得到本子的快乐突然淡了不少。我觉得我做了一件傻事。第一，我不该把手帕还给她，至少我不能主动还她。如果她发现是自己丢的手帕，要求拿走，那是另一回事。第二，如果我还她手帕，在她看到我张牙舞爪的坐姿后，我也应该停止这样的行动。道理很简单，我的臭脚丫跷在桌子上的时候，离她的手帕只有一寸的距离，甚至有意无意中都碰到了手帕。如果她没有看到也罢了。她看到了，我再这样做，还她一块被我的臭脚碰过的手帕，她会觉得我是对她的不尊重，是故意要冒犯了她。

我开始不安起来，什么也做不下去了。

大约要到十点的时候，我站在门前走廊里，向办公区方向望去。秋天的阳光明丽而眩目，空气像洗过一样透澈，办公区前边高大的水杉穿插在天空，阳光在上面闪耀。我估计一会儿邮递员就会来了。邮递员每天都是准时十点来到植物园的。我在走廊这儿，正好可以看到办公区到大门口这一截路，大约有五十米吧；如果邮递员来了，我就能看见那身绿色的衣服和绿色的自行车，她自己也会一进大门就摇响铃铛。如果铃声一响，我就去办公室，看看有没有我的信。当然，今天心情迫切，主要还是要看看张会计，她刚才走得突然，说是要去做账，也许是生我气了。我去看看她，虽然嘴上不直接道歉，也要做个道歉的表示，比如，我会说，我哪天买一条新手帕给她。她也许不会要。但传递的信息却包含了道歉。张会计是不能得罪的，我的许多事还有求于张会计，比如我会请她帮我寄信，比如万一侍红来信，我还指望她告诉我，或把信递给我。至于她给我捎书，借报纸给我看，把植物园的信息向我透露一些，等等等等，就更不用说了。

邮递员果然准时出现了，清脆的铃声隐约地传来。我回身关好门，向办公室走去了。路上，我希望崔园长不要在。崔园长是经常不在办公室的。但他说不准会什么时候又会在，真是没有规律可循的。

崔园长果然不在。

张会计低着头在抽屉里看什么东西。

真是现有现报啊——她又被我吓了一跳。她可能是注意力太集中了，等她发现我时我已经走进了办公室，离她只有两三步的距离了。她慌张地推进了抽屉，脸都惊红了。她经常脸红。她可能就是个爱红脸的女孩。但这一次红得最厉害，消散得也最慢。她关上抽屉后的笑容甚至都不是笑了，几乎是一种尴尬的咧嘴动作。好在她调整得也快，笑容迅速恢复，并且声音挺大地说，这么巧啊，报纸刚到你就到啦，找找看，有没有你的信。

张会计把桌子上的一摞报纸推到了她对面的桌子上，意思是我在她对面的桌子上可以找信也可以看报纸。

最上面是《人民日报》，接着是《解放军报》《新华日报》《参考消息》，还有一本《红旗》杂志。我一张一张地翻动，不出所料还是没有侍红的信。我假装不在意的样子，理了理报纸，一抬头，发现张会计看我的眼神了，是一种探寻的眼神，带有研究和审视的意味。这是我头一次发现张会计不是笑笑的或温情的眼神。我自然把张会计的眼神和我刚才要还她手帕的不礼貌举动联系在了一起。我正想着如何弥补我的过失时，张会计突然笑了，嫣然的样子，却是更为美好，仿佛一切都过去了。接着她说，你找到银杏树啦？

还没有，不过我问过老杨了，他说三角地那儿有一棵。张会计突然改变话题让我始料未及，又仿佛在意料之中，我说，你知道三角地吗？

知道啊，在鱼沟的南边，那是一片杂树林的。

没想到张会计知道三角地，还知道杂树林。

远吗？

不远，骑自行车十分钟也不要。张会计说，你要去吗？我可以和你一起去，我也想看看银杏树是什么样子呢。

这真是意外的收获。

几分钟以后，在植物园的田野里，在一条荒蛮的小路上，两辆自行车一前一后地向三角地方向骑行。深秋了，本来不应该用生机勃勃来形容，奇怪的是，灿烂的秋阳照耀在四周的杂草和沟河阡陌上时，的确是盎然的，充满了生命的韧性。有的草已经黄了，有的褪去了青亮的色泽，小河里的鸡头米的杆和荷叶已经枯死，但却有一种别样的欢欣和明丽。路边常有树木和我们不期而遇，有的一棵，孤零零地立在路边，有的三五棵，也有一小丛。大部分都落光了树叶，只有梢头还有几枚青绿的叶子在招摇。那点保留的绿意，似乎只需要人们去鼓励一下，就会绿满全树。路上不平，有的地方坑坑洼洼的，有的地方还有积水，我们的自行车都是一冲而过。张会计偶尔会发出一声尖叫，随即又哈哈地笑几声。

三角地到了，杂树林就在眼前。我们支好车，向林子慢慢走去。

林子确实是杂树林，各种树都有，大部分树都落光了叶子，也有落了一半，只有个别树种还枝叶茂盛。林子并不很密。走进林子才觉得树木并非远望时那么矮小，居然也气势高大。地上有许多落叶，多得有些夸张，也如此静美，厚厚的一层，密密地铺在林间，和大地紧紧相拥相融。

风轻树静，天蓝如洗。我们踩着落叶，发出“沙啦沙啦”的声音。黄色的、褐色的落叶极其干净，让人禁不住屏息敛气，心里悄然盈满了沉静和从容，尽管许多树的枝头已经赤条条光脱脱，可那落满一地的黄叶，一点也不觉得它的凄凉，相反的，却有一种生命再生的壮美。而对它的富丽和华贵，又禁不住滋生出敬仰之情。看着眼前的景象，真的不忍心走上去——确实没有人去踩踏，植物园里的人，无论是药材所，还是园林所，他们各忙各的事，没有人愿意跑到这里来。就是附近小崔庄的人，也因为有一条河隔着，不能随时前来。我看着张会计，她仿佛也被这一片铺张而平和的落叶所感染，时而驻足而视，眼睛里充满虔诚和膜拜，时而仰望蓝天。

雾霭刚刚散尽，我们的脚下充满低沉的吟唱。张会计走着，会用手摸一下树干。她不说话，我也不便说什么。我猜想，她一定感觉吃惊，或者对于自己没能早点到林中来而深感遗憾。她没有提起银杏树，没有寻问银杏树在哪里。老杨也没有说清楚。这片林子不大，当然也不是很小，从林子这边根本望不透那一边。如果在这样一片林中寻找一棵别的树，可不是一件容易的事。那么，找不到也好，就在林中走走，看看，闻闻，听听，也是难得的享受。但我的脑子却不听使唤，突然想到了侍红，想象着面前的张会计，如果是侍红，该会是什么情景呢？

林中突然响起一声鸟鸣，悠长的一声长鸣，婉转、嘹亮而动听。

张会计突然停下来，小声说，听……

我也听到了，在那声动人的长鸣后，各种鸟叫声开始响起来，像是在远处，像是在天边，又如此地切近。鸣叫声是多声部的，有的像颤声，有的像呼唤；有的叽叽喳喳，有的窃窃私语；有的洪亮、粗犷，有的轻慢、温柔。张会计旋转着身体在林中寻找，我也寻找。终于，在高高的枝头，看到它们了，一只、两只、三只、四只……啊，越看越多了。

张会计轻轻地说，我看到它们了，那么多，嘻嘻，我们是不是不该来打扰它们啊？

也许是吧，但是……

但是我们是来看树的，银杏树，它会在哪里呢？张会计小声说，瞧这些叶子，多美啊，就像睡着了一样，听听，还有小小的鼾声呢。小鸟们真好，在为它们催眠呢。嘻嘻，银杏的叶子也这么美吗？

张会计由于压低嗓门，声音显得轻柔而动听。侍红和我妹妹躲在小屋里，也是这么小声而轻柔地说话的，像静夜里的夜莺。想到侍红，我心里突然忧伤起来。

反正林子不大，我们就在这里找找，行吗？

当然……

我在说当然时，突然看到树上一只大鸟。天哪，我吓得不是喘不开气，而是那口气倒了回去，把五脏六腑都压扁了，胸口像被抽空了一样。高高的一棵大树的丫杈里，蹲着一只硕大的鸟……这是什么怪鸟……

树上的鸟不是鸟，是人！

谁会蹲在树上？

我五脏六腑又弹了回来，让我的胸口膨胀。我气急败坏地大叫一声，嗨——

干吗呀？张会计转过身来，吓死人啦……

你们干吗？树上的人大声说。

我听出来了，他是丁家干，是丁所长。

张会计也看到树上的人了。她虽然没有我那样被惊吓得魂不附体，也一脸惊恐的神情。

丁所长从树上滑下来了。他像一只弓腰虫，身体紧贴着树干，一弓一伸，一弓一伸，三蹿两蹴，滑到了地上。丁家干一边拍手，一边向我们走来，树叶在他脚下翻腾。他快速走到我们跟前，脸上出现不悦的样子，一只白眼看着张会计，一只白眼盯着我。两只眼睛分别望着不同的地方，格外恐怖、吓人。丁家干不问青红皂白，恼怒地说，你们不上班乱跑什么？

丁家干批评我行，他可没资格批评张会计。但可能我们的行为太不合常情，张会计也不知怎么回应他。他也不需要我们回应似的，从我们身边走过，向林外走去了，身影在树干间一闪一闪。

大白天，丁家干一个人爬到树上，躲在林子里，他是要装鸟吗？还是要做窝？他怪异的行为引起张会计极大的好奇。我也好奇。但因为我曾和他一起去过一次断魂岗抓贼，知道他就是这么一个人，也就见怪不怪了。倒是张会计，突然想起了什么，说，我晓得了，植物园的人都在传说……他肯定是找……找那个人……

张会计红着脸，没有说清楚。

我知道张会计的意思，她是说丁家干是在找豆叶的奸夫。

你知道的……张会计看着我，又望已经出了林子的丁家干，嘀咕道，植物园没一个好人……

我没有接张会计的话茬儿。其实我是赞同张会计的话的。我后悔没有多问一句丁家干，他或许知道那棵银杏树在哪里。

好在，银杏树并不难找，它就在离我们不远的地方。就在一处水塘的边上。林中有一片水塘，也让我们小小兴奋了一下。这个水塘不大，却什么都有。可能是在林子下的原因吧，水塘里落着许多树枝，有的凌散着，有的成一小堆。水草稀少，几棵又瘦又高的蒲草大部分已经枯黄，刚落不久的树叶漂在水面上。水塘里居然还有几棵树。有的树活着，有的已经枯死多年了，朽烂不堪地歪倒在水里。我看着那几堆或大或小的树枝堆起来的小岛，知道水塘里有河狸，就是水老鼠。它真是个心灵手巧的建筑师，把它们的家园布局、打理得既复杂又合理，像花园一样漂亮。我正要向张会计拆穿水老鼠的把戏的时候，看到张会计那惊异的表情了，她目不转睛地望向水塘对面，嘴唇微微启开。我忙顺着她的目光望去。原来水塘对面是一棵树，一棵有别于别的树，它并非特别高大，树冠却特别发达，满树满枝的叶子密密匝匝，呈浅嫩的金黄色，在林中显得格外醒目，而四周的树似乎也对它敬而远之。

找到了，张会计小声而喜悦地说，就是它……它就是银杏树了。

张会计绕着水塘，跑过去了。

我也跟着跑过去。

我们站在树下，仰望着满树的叶子。

怎么像新长出来的呀——瞧这些叶子，小陈，它是银杏吧？真美啊！

没错，它就是……银杏树。我也有些激动了。我看着树上长满的黄叶——是的，那满树的黄叶确实像刚刚萌生出来的新芽，黄得透明，黄得纯粹，黄得鲜嫩，没有一丝一毫的矫揉造作。春生秋落，是树叶的生长规律，可我没想到，这棵银杏树上本该凋谢的叶子，却有着初生的美丽，我是无论如何没有想到的。张会计也不会想到银杏树会以这样的方式出现在我们面前。这棵银杏的树龄并不老，树干却特别粗壮，树冠的直径有三四十米。我们在树下能感到树冠的巨大。

张会计向上纵一下。她是想够一枚树叶吧？她肯定够不着的。她伸直的手臂离树叶还有很高的距离。张会计说，我想要一片。

我先在地上看看。地上确实有几片银杏叶，但都不够漂亮，或小有残缺，或不够蜡黄。我走到树干前，拍拍树，准备爬上去。

张会计又突然说，不要了。

我也明白了张会计的意思，她怕我惊扰了银杏树，她怕我的惊扰吓着了银杏树。是的，我们都不想破坏这样的美好。我们就在树下静静地看着，小心而谨慎地欣赏着，连偶尔的说话也不敢大声，怕叶子会因此而掉落。

这次寻找银杏树的行动，没想到会是这样的结果。在回到园部的路上，张会计还担心地说，银杏树的叶子会掉吗？

肯定会的。我想。但我却说，一时半会儿不会吧！

张会计没说话。

在离园部不远时，我们听到了吃饭的铃声。已经中午了。

张会计突然想起了什么，她刹住车，一条腿支在路边的草地上，要跟我说话。可她欲言又止了，脚一带劲，自行车快速向前冲去。

我赶快去食堂吃饭。

如果在食堂遇上丁家干，我会告诉他银杏树的事。如果他气色不对劲，我就什么也不说。因为他一个人爬在树上，也并不是什么光彩的事，说不定他也不希望别人知道他这种怪异的行为。

食堂已经有人在吃饭了——小谢蹲在桌子前的板凳，对，他是蹲在凳子上的，而不是坐着。饭厅里就他一个人。他对面坐着食堂的崔师傅。铃都响过一会儿了，怎么还没人来吃饭？丁家干是不是还在植物园的田野里转悠？或者他又到另一个林子里躲起来了吧？

小谢正在和崔师傅说着什么。我知道他跟崔师傅关系很铁，因为我多次看到别人刚在排队——虽然吃饭人少，大家突然聚拢过来，也是要排队的——而小谢已经在吃饭了，说明他比别人早到食堂，而崔师傅也并没在铃响后才开饭。我一直都觉得，小谢是个非常特别的人，他和植物园里的其他人完全不一样，而且，他对我似乎很好。我原以为，他对我好，是因为我发现了他在深夜里跟一个女孩约会，他怕我把这事张扬出去。后来发现，并不是这样的，他跟谁都不错。他唯一的缺点就是洗手（也许是优点），他不停地洗手，我总担心他都会把手洗破了。我很少看到他有不洗手的时候。

小谢说，来啦？我先吃，我吃过就要进城，拉几车煤回来。要烧澡堂啦！

小谢的意思，他并不是在搞特殊化而不等大家的。

你吃你的，反正到吃饭时间了。崔师傅说。

我看到小谢的碗里是米饭，还有一个碗里是猪肉烧冬瓜。我知道中午要吃冬瓜，我看到食堂门口的竹匾里晒着冬瓜皮，这也是一味中药，植物园的人都很细心，他们轻易不会浪费任何一点财富的。

我打好饭，看到小胡也进来了。小胡说，怎么没听到铃声？小陈你听到啦？

我点点头。

小胡笑笑，表示是她的错。小胡手里拿着针线在做，是一只鞋垫。小胡在纳鞋垫，也叫绣鞋垫，实则是干一样的活，只不过“绣”比“纳”要精致一些。往往是，女人们自称是纳鞋垫，男人说绣鞋垫，多带有钦佩的意思。

开吃啦小谢？小胡说。

早点吃。小谢说，把刚才对我说的话又重复一遍。

烧澡堂好，我都两三个星期没洗澡了，这冬天都到了，应该早点烧——几时烧啊？

煤拉来还不烧啊，我下午要拉三车煤。小谢看着小胡手里红红绿绿的鞋垫，说，小胡啊，鞋垫是越绣越漂亮啊，光给你家王连长绣，什么时候也给我绣一双。

好啊，没问题，我腾过手来，就给你纳一双。小胡爽快就答应了。

小谢有些贪得无厌地说，你春天里就说要送一套军装给我的，我脸都等黄了，也没见你送一套给我。

我家小王年底探亲，我要一套给你不就行啦？

当真？

当真，还是干部服哩。

小胡吃饭的时候，鞋垫就放在桌子上。我离鞋垫很近，我发现它的确精致。在我们村，也有许多姑娘纳鞋垫，多半都是纳给情人的。

而小胡，是纳给她在部队的丈夫王连长的。小谢叫他王连长，实则上，据小胡说，她丈夫不是连长，是连级干部。连级干部和连长还是有区别的，究竟有什么区别，我也说不清。

吃饭的人陆续来了。

丁家干也跟大伙一起。他们说说笑笑的，一窝蜂地涌了进来。

丁家干打好饭，端着碗，到我桌子边坐下，意味深长地眼睛一挤，含糊不清地咕哝一句，怎么一个人？

我知道丁家干的意思，他是在问张会计。他一定以为我和张会计是谈恋爱去了。一男一女跑到杂树林里，能干什么？

我不理会他。我已经不怕他了。因为植物园的人似乎没有人怕他，最多是躲着他，或不愿和他啰唆。我还学着他的样子翻翻白眼。他不但不生气，还咧着嘴笑。他很少笑。他嘴里含着饭，露出大黄牙，开心而笑的样子既天真又恶心人。

这天傍晚，是晚饭之后电视还没有开始的那段时间里。小胡喊我了，她站在我宿舍门口，说，小陈，你来一趟。

植物园里的生活和别处真不太一样，不知道会发生什么样的奇遇。意外的事情随时会发生，奇遇也会毫无预兆地不期而至。真的不知道奇遇和意外哪个会先来。这不，小胡突然就到我门口喊我了。

我跟着小胡来到她的宿舍。她的宿舍和我们不在同一排。在食堂的前边，还有一排宿舍，住着食堂崔师傅一家（崔师傅是唯一带家属的职工，虽然他家就住小崔庄）和园艺所的另两个中年女工。

小胡是让我帮她写字的。

原来也不是什么大不了的事。在小胡的授意下，我用一支彩色粉笔，在鞋样上写了“心心相印”四个字。我写不好，“心”字太小了，有些不相称。我提出来重写，小胡说不用，很好。小胡让我坐一会儿，我就看到她放在桌子上的一双鞋垫了，那是一双成品鞋垫，刚刚绣出来的，白底上绣着“鸳鸯成双”的红色大字。我有些不相信小胡会把这双鞋垫送给小谢，“心心相印”不合适，“鸳鸯成双”就更不合适了。

哪双是小谢的？我多嘴多舌地问。

一双也不给他，我说着玩的，谁爱理。小胡把“鸳鸯成双”放到抽屉里，说，小陈，你再帮我写两张。

小胡又从抽屉里拿出两双鞋样给我。她说，你写，振兴中华，实现四化。

这是现在最时髦的口号了，园部办公室的墙报栏旁就写着这副对联。不过，小胡说错了，应该是“实现四化”在前，“振兴中华”在后。我没有纠正小胡，写在鞋样上是无所谓的。我照小胡说的，分别在鞋样上写上“实现四化”和“振兴中华”。小胡说，小陈，你写字漂亮，比小谢写得好，赶几天，我送一双给你，就这双“实现四化”的，好不好？我点点头，表示感谢。小胡让我在她的宿舍里坐坐，玩玩，我便在一张木椅上坐下了。小胡是个爱干净的女人，屋子里收拾得一尘不染，东西也摆放得整齐，正面的墙上，贴着一张陈冲的剧照，是电影《小花》里的造型。陈冲的脸又大又结实，嘴唇厚厚的，目光干净，很青春，她的这种形象，是我们共同的偶像。小胡说，漂亮吧？赶明天，你也找一个像陈冲这样的明星做老婆。我被她说得脸上冒火星儿。

标　本

接下来几天，小胡常邀请我到她的宿舍来玩。小胡的邀请，我不好拒绝，但去了就后悔了——小胡并没有事，就是闲聊聊而已。我觉得太耽误时间了。

我对于植物的研究正在兴头上，脑子里全是各种各样的植物，看到植物园里的花花草草自然会要辨识一番，有的认识，有的不认识。认识的也没觉得奇怪，因为书上已经有了，我已经作为条目抄写下来了。不认识的就想去查，就想去弄个明白，查《野菜治百病》，没有。再去查《植物学大典》。因为叫不上名字，查起来就很难。我不想请教植物园的老职工。一来，他们人人头顶都有一片天，不一样的天，我不想让别人知道我是对方天下的一棵小植物。第二，我小小年纪就世故得很——我不能让他们知道我对植物的迷恋。至少现在还不是让他们知道的时候。整个植物园，只有张会计知道我在研究植物。当然，我和张会计已经达成攻守同盟，不向外传。

小胡大约是以为我一个人孤独吧，要么就是她自己孤独吧。总之，她邀请我到她宿舍去玩，似乎是对我的一种施舍。而她并不知道我不需要这样的施舍。我之所以去，完全是做人的起码常识——不扫她面子。

她的宿舍不是一间，而是两间（她享受带家属的待遇），外间放一张三屉桌子，桌子上有镜子、梳子、香皂、洗衣粉、洗面奶等简单用具。床在里间，我从花布门帘望进去，能看到床和花床单，窗户下有一只红木箱，木箱上堆着衣服等杂物，靠屋山还有一个大立柜。

她的宿舍，严格地说，是她的家。如前所述，她已经结婚了，丈夫在部队服役，都说姓王，没人知道叫王什么，在部队做秘密工作，和小胡结婚六年了，还一次没回来过。小胡曾告诉过我，说，快了，到了第八年，他就可以探亲了，我们夫妻就团圆啦。小胡坐在三屉桌前，一边纳鞋垫，一边有一搭没一搭地跟我说话，说她家王连长的部队生活。说王连长一年要给她写多少封信。说这些信都寄到县城她母亲家了。说王连长也有我这么高，人很英俊，很潇洒。小胡说着说着会愣一会儿神，发一阵儿呆，抬头看看我，才说，小陈请你到里屋帮我把线拿来，那捆红线，在箱子上。我便掀开她那红底白花的门帘，走进略显暗淡的房间里，拿来她要的线。她让我把线放在桌子上，可桌子上分明还有一扎红线。我觉得，小胡经常掩饰自己。我便以我的心思猜度她，一定是想念她的丈夫了，就像我有时候不是也想念侍红吗？我在看书或写笔记的时候，侍红突然就会出现在我的脑海里。侍红的出现，有时候很清晰，有时候又很模糊。清晰的时候，她和我妹妹躲在房间里说话的样子，我都能感受得到。模糊的时候，我连她在学校的身影都印象全无了。所以思念（或想念）是没有规律的，就是我和张会计聊天时，侍红不是也会突然出现在我的脑海里吗？现在的小胡，看到我而想起她丈夫王连长，也是人之常情的。

小胡也会有意无意透露一些植物园的事。当然，她显然是有节制的，不太愿意说，更不去添油加醋自由发挥。比如她也说小崔庄的事（植物园的事似乎怎么都绕不开小崔庄），说豆叶，说洋玉，说大白牙和银花母女俩，却不太加入个人的情感，只是客观地说已经发生过的事，或转述别人说过的话。比如他说丁家干，甚至也骂丁家干，但她口中的丁家干确实是那样的人。园艺所的人她也说，主要是说和她为邻的两个女职工，说她们一个假干净，一个真干净。假干净那个，连上完厕所都不洗手；真干净那个，从不在屋里梳头，凳子都不许别人坐。不过，她无意中透露的丁家干正在干的一件大事，还是让我大吃一惊。她说丁家干不该和崔园长作对，好好当你的所长，调查他干什么啊？她说崔园长那么忙，经常去多管局、卫生局、医药公司和药材采购站开会，为植物园奔波操劳，你丁家干好好当你的所长得了。我听出来，小胡在说丁家干的时候，是带有倾向的。我感觉丁家干积怨太多了，连小胡这样的老好人都表露出对他的不满。但我发现，小胡在说这么多人的时候，有两个人她始终没提，一个是老杨，一个是张会计。

一晃，我到植物园已经快两个月了，我对植物园的情况有了大致的了解，我也有辨别是非的能力了。而且，我的工作和生活也趋于正常。

说到这里，我还想说说我的日常生活。在植物园的这段时间里，除了前面提到的事，我还到小谢的宿舍玩过，还跟着小谢的手扶拖拉机去过县城。我自己也骑自行车去过几趟县城，去新华书店买过一回书，在邮局的报刊部买过杂志。去第一百货商店逛了四层楼。我的日常生活，大概就是这样子的吧。但有一件事很重要，不得不提，这就是我第一次领了工资时那非常激动的心情，这是我平生第一次拿到自己挣来的钱。在领到钱时，首先还了我的借款（张会计垫的饭菜票钱），然后，我跑到县城。花的第一笔钱，是请自己吃了一碗杂烩汤；花的第二笔钱，是看一场电影；花的第三笔钱是买了一件衣服，一件棉衣，而且一出手，就是最时尚的男装——深蓝色涤卡布活面中山装棉袄。

现在，我就穿着这件棉袄——从昨天晚上开始，气温骤降。我新买的棉袄突然派上了用场。我穿上它，感觉自己神气活现得像个“会计”了。“会计”，是小崔庄的人对植物园人的尊称，他们称谁都是会计。在他们心目当中，会计就是城里人，或“公家”的人。植物园里的工人，除了有职务的以外，大家都是会计，比如小谢，他们称谢会计，比如小胡，他们称胡会计，老杨就是杨会计，我自然就是陈会计了。我起初对这个奇怪的称呼感到好笑，后来居然也习以为常了。但内心里，总觉得我不像个“会计”，觉得自己没有“会计”的样子。真是奇怪，抑或是虚荣心作怪，穿上新买的中山装棉袄，感觉自己有些“会计”的感觉了。

天一冷，植物园正式进入了冬闲期，我的植物学研究也进入了一个新阶段。随着图书的增加，知识的积累，我开始学做标本了。标本是要有许多实物的。我开始往我的宿舍搬进一些植物，根块类的有何首乌、葛藤根等，瓢类的有瓜篓、葫芦等，入冬了，有些鲜活植物不太好找。而何首乌、葛藤根、瓜篓等脱水不易，需要必要的化学药剂来浸泡。整个程序稍微复杂些。我决定先从容易的做起，做叶类标本。先做什么呢？我突然想到了银杏叶，想到了三角地的杂树林，杂树林水塘边的那棵银杏树。对，先做银杏叶的标本。多做一些，可以当书签用，也可以送人的。送给张会计，她一定会很开心。还可以寄给侍红。

没想到惦记着银杏树的不止我一个人，还有张会计。

张会计来到我宿舍时，没有先说银杏树，而是先说崔园长。她带着抱怨而急促的口气说，真是的，崔园长还没出去。我看他今天不想走了。

这是我第一次看到张会计焦急的样子。她平时都是平静而温润的。

张会计还没穿棉袄，而是穿一件红色的风衣，风衣里是白色的高领毛衣。她一进我宿舍时，脸色红扑扑的——不是因为羞涩，而是骑车上班路上被风吹的。我听懂张会计的意思了，她可能自己想办点私事，崔园长又恰巧在办公室，而平时崔园长是很少在办公室的。

张会计不等我说话，又忧郁地说，那棵银杏树怎么样啊？叶子会不会落啊？天气这么冷……我想去看看那些叶子。

我和张会计想到一起了。天气日渐寒冷了，银杏树的叶子随时都有可能掉落，毕竟季节是无情的。但我也不能太打击她，含糊地说，天气这么冷了，叶子应该落些了吧？

那怎么办啊？张会计声音有些变了，我不想它落……我想它一直长在树上。

我笑了。这时候，我感觉她不像一个比我大三四岁的植物园会计，倒有些像我的妹妹了。她是在这时候发现我新棉袄的。她欣喜地笑着说，新衣服啊？她伸手捏了捏，试了试，翻起衣角，说，还是活面子啊，真漂亮，暖和吧？

暖和的。

可是，那些叶子要掉了……你不想去看看吗？

我告诉她，我准备做标本，银杏叶标本，要去的。还要去捡些银杏叶子来。张会计显然对标本感兴趣。她好奇地问怎么做。我告诉她，银杏叶子比较容易做成标本，可以采取干燥法，使叶子脱水。主要是要有吸水纸，药材公司的门市里可能有卖的。还要有标本夹。接着我告诉她怎么做，将吸水纸铺在标本夹上，将叶子洗净后，放到吸水纸上，要用镊子在吸水纸上进行姿态纠正，歪了不好。然后再盖上一张吸水纸，纸上再放叶子。可以放一片，也可以并列放几片，再覆盖吸水纸，这样一层层叠起来，最后夹紧标本夹，最好用绳子将标本夹勒紧，再在标本夹上压上一块大石头，吸水纸就能更快地吸干树叶中的水分。

张会计听了，觉得银杏叶子终于能够派上用场，情绪要好了些。她想了想，说，费这么多事啊？

不费事的。我说，主要是换纸，吸水纸要及时换，开始每天换一两次，慢慢可以隔三四天换一次，一直到干透的树叶成了漂亮的标本。

可是，你现在就要去杂树林吗？张会计显得很苦恼和无奈，崔园长在办公室，我不敢走啊。你可不要一个人去，我要和你一起去的。要不，中午咱们去，可以吗？

可以啊。

嘻嘻，中午后崔园长也许就不来了。张会计这才有点开心，在我屋里随便地看看，对我放在桌子上和地上的瓜蒌、何首乌等植物产生了好奇，一边观察一边说，这也是做标本用的吧？这些能做标本吗？

能啊，只要想，所有植物都能做标本的。

张会计还想知道瓜蒌这些东西怎么做标本，但她不能待久了，她要赶快回办公室。

中午时，我们草草吃完饭，骑上自行车向杂树林飞速而去。

轻车熟路，我们来到了林间。真好，虽然气温骤降，已经有了冬天的感觉，林中其他树种的叶子全部落光了，但这棵银杏树透明一样蜡黄的叶子依然如初生一样美丽。张会计激动得都要掉泪了。

我们悄悄地，尽量轻腿轻脚地走到银杏树下，仰望树枝上一动不动的叶子，觉得非常奇怪。枝条上的叶子密密匝匝，排列有序，枝和枝比肩摩挲，叶和叶相互簇拥，在秋霜的数次侵袭下，怎么不落一叶下来呢？按理说，这个季节，落叶才是树木的常态，可银杏树的叶子像相互约好了似的，没有一个先期掉落——地上个别的落叶，一看就是病叶。也许是时候不到吧。也许呢，是它生长在林子中间，四周的林子对它形成了保护，又紧挨着水塘，生活过于滋润吧。

你会摘几片吗？

如果我强行摘几片，回去做标本用，张会计也许不会反对，但她心里可能不乐意。于是我说，不用了，等它落下来时，我来捡。

这时，树梢动了一下。有风来了。

起风了。我说，也许大风时，它就会落了。

我不是希望叶子在风中落下，只是说了实情。我以为张会计会不开心的。但她并不反对我，她走到树干那里，靠到银杏树上，神往地说，如果叶子落了，我就不走，看它能不能把我埋了。

张会计的话真是灵验，有一片叶子，果然落到了地上，静静地，不声不响地，飘然而至。我要去捡。张会计已经抢先捡起来了。但是，第二片叶子也落了，接着是第三片，第四片……树梢在轻轻摇晃。整个林子的树梢都在晃，并且响起了风声。

真的起了风。

奇迹也随着风来而出现了，突然而至的景象也让我们异常吃惊，满树的黄叶凋落了，一片片的，一片片的。对，它们决不一拥而下，像是按照事先设置的程序，一片叶子，从树枝上飘然而下，紧跟着，又是一片叶子，它们随着风势，悠悠忽忽，并没有太多的旋转，也不是心急火燎，总是带着从容，落下来。但，随着风势渐大，还是越落越快了。张会计的头发上、肩膀上和她张开的双手上，也落上了落叶。很快，平整的地上已经被黄叶覆盖，不见了黑色的泥土。那堆积起来的、耀眼而炫目的黄，比在树上时更显得美丽而华贵。此时的张会计并没有悲伤，这或许是她亲睹了落叶的过程有关吧，脸上现出一丝感动的神色。

风越刮越大。银杏树上的黄叶像是约好一样，在风中纷纷而下，大约半小时，也许一个小时，整棵银杏树上，一片叶子都不存在了。

银杏树的黄叶，以集体的形式，告别了枝体。而且，它们告别的时候，我和张会计就在现场。让我们感动的是，这些叶子在坚守的时候，是那样齐心协力，一片都不肯落下，不愿落下。而在离开的时候，却前赴后继。

张会计索性坐下来，把黄叶围在身边。红的风衣，白的毛衫，黄的银杏叶，又粗又长的两根辫子，映衬得张会计分外美丽。我被张会计的美丽吓了一跳。我知道张会计好看，她和侍红很有些神似，特别是讲话的语调，但现在我突然发现她不像侍红了。我又想起丁家干在食堂吃饭时，说起张会计而跟我挤眼的动作。我知道丁家干的意思，但我很快否定了，觉得我对张会计不会产生情感的，张会计也不会对我有什么分外的想法。一来她比我大至少三四岁吧，二来我不过是一个植物园的临时工。我对我的胡思乱想很是不屑。

且慢，丁家干不会又在林中的某一棵树上吧？我在四周迅速看一圈。还好，在我视线之内没有发现树上有人。他说不定又潜伏到别的地方了。

张会计突然拉了拉我的裤角，另一只手指向水塘。

我看到，水塘里那根斜横在水里的枯树干上，有一只水老鼠在张望。它显然没有发现我们这不速之客吧。它比普通老鼠的个头大多了，身体是团胖型的，身上的毛发是灰黑色的，样子很丑。它发现没有动静之后，便啃咬枯树干。它很贪婪地伏下身子，露出尖尖的牙齿，把树干啃咬出金属般的当当声。

张会计有些怕，她的手悄悄勾住了我的手。

我小声说，别怕，它叫河狸，植物园里到处都是，说不定这片叶子底下也有……

我话音还没落，张会计惊叫一声，屁股像安了弹簧似的猛地一下蹿起来抱住了我。

但很快的，她就知道树叶下并没有水老鼠，我也不是故意在吓她，倒是那只水老鼠没了踪影。

张会计从我怀里逃出去，脸红透了。

跟 踪

阳历最后一个月的某天晚上，我的第一个标本做好了。它便是银杏叶。它不是一枚，而是十几枚。我已经承诺了张会计，准备送几枚给她，让她做书签用。此外，我还要送一枚给侍红，装在信封里，和信一起寄给她。她一定会惊喜的。

已经是深夜了。我待在宿舍给侍红写信。

宿舍很冷，屋里屋外一样的冷。就算是在白天，我也觉得屋内比屋外还冷，尽管外面有阳光普照，多少给人以温暖的假象。而屋内阴湿，加上周围都是树木，感觉寒意肃杀。我在这样的环境里给侍红写信，心情自然也是忧郁的。但是，给侍红写信，已经是我日常生活的一部分了，我每天都要给她写一封，就像日记一样，有时候会继续前一天的信往下续写。我在信上，向她报告我们植物园的工作和生活，还向她讲述我的孤独，讲述对学校生活的向往，对往日同学的思念。当然，我也担心，我的信，侍红不一定能收到，说不定真的会落在某位老师的手里。但我同时又幻想，侍红总会收到一封吧，所以我的信都是事无巨细。在前面的一封信里，我还着重问了她有没有给我打过电话，我把崔园长接过一个电话的事对她回忆了一遍。

对于即将完成的这封信，我已经断断续续写了三四天了。我决定明天寄出，连同一枚银杏叶书签。为了保险起见，明天，我要专门去一趟县城，把信投到邮箱里。我怕请别人代寄，不小心而揉坏了书签。

我把写好的信反复读了几遍后，确定万无一失，才连同书签装进信封，封好口。我觉得今天做的最有意义的一件事，就是给侍红寄了一枚树叶书签，这能让她看得见我在植物园的成果和收获。

我是带着轻松的心情去看电视的。

夜色已深，植物园的夜一直都洋溢着神秘的气息，夜空似乎比我记忆里的别的地方的夜空更加幽深，星星也更加冷峻。我抱着胸，裹着寒气，在去园部的路上，碰到了老杨。这时候正是看电视的时候，碰到老杨，虽不算意外，也不算正常，他不看电视干什么呢？老杨手里晃着电棒，他把电棒的光柱戳到我脸上，说，小陈啊，现在才去啊，正好看，快去。我应他一声，说，你不看啦？老杨说他不舒服，不想看了。是吗？我想，这鬼天气，谁都会不舒服的，便和老杨擦肩而过了。但他怎么不舒服啦？白天不是还好好的吗？他说不定就是去约会的。丁家干早在很多天以前就说他跟豆叶有一腿，捉他的奸一直捉不到，我看是完全有可能。丁家干鬼鬼祟祟，这里潜伏，那里布岗的，怎么就没逮住他？我觉得丁家干不过嘴上说说动作夸张罢了，他和小崔庄那些妇女儿童一样，一心只在电视上了。

我多了一个心眼，几乎是奔跑着，跑到园部（电视已经不在户外看了，天气越来越冷，早就移到了办公室里），看到办公室里坐满了人，我先去寻找豆叶。我突然紧张起来，心里怦怦地跳。在忽明忽暗的光影里，我没有看到豆叶。豆叶果然溜走了，果然和老杨约会去了。我看到了大白牙，她坐在条椅上，伸着头，很聚精会神。在她身边，是她女儿银花，在银花身边，是她好朋友洋玉。我没有在显著位置看到丁家干。丁家干不需要去扶天线了。电视机修好了，是崔园长安排小谢用手扶拖拉机带进城里修的。丁家干不在，他会去哪里呢？莫非他真的去跟踪老杨啦？这是完全有可能的，他早就怀疑上老杨了。可是，就在我松一口气的时候，鬼使神差的，丁家干又突然出现了。他出现在大白牙的身后，就像后洼的青梢蛇，不声不响地把头从水底竖起来。他就趴在大白牙条椅的后背上，脸向着正前方，而白煞煞的眼睛望着东北方向的窗户和东南方向的我。我有点替他着急，都什么时候啦，他怎么还按兵不动？我挤过去，拍拍他。丁家干看是我，低下头问，啥事？我把嘴堵在他的耳朵上，说，你看谁不在啦？丁家干这才来了精神，他脑袋在人群里转一圈，完全理解了我的意思，迅速出去了。

我紧张极了。我不知道我这样做对不对，我是否也卷入了是非的旋涡？我怎么会和丁家干混到了一起？我是什么时候改变了对老杨的看法？又是什么时候觉得丁家干值得信任？这种情绪的变化，来自于什么样的暗示？

电视我看不下去了。我心里一下子涌进了许多事，那么多事，那么多大事，在我心里膨胀着。我还觉得，植物园的故事远比电视上要精彩多了。我坚持着看了一会儿，完全不知道在看什么，电视里嗡嗡嗡的，我脑子里也嗡嗡嗡的，像飞进了一团苍蝇。

我出来了。我听到沙沙的风声，那是树枝被吹动的响声。我看到清冷的月光，我看到满天繁星。我看不到丁家干，也看不到老杨和豆叶。他们会在哪里呢？

老杨不在宿舍。我去看过了。他说他不舒服，但他不在宿舍。这就说明问题了。

鬼使神差的，我向盐肤木林里走去。我像影子一样，悄无声息地隐在树影里。地上的落叶软软的，发出蛇爬过般的细微的声音，似乎在对我说，小心小心小心……当然，现在是没有蛇的，蛇已经冬眠了。照丁家干的说法，现在是水老鼠吃蛇的时候了。但我后来从书上读到，水老鼠，就是河狸，是不吃蛇的，它们是素食主义者，而且只吃树枝。但我的确就像一条游走的蛇，不想弄出一点声音。林子越来越深，我不能再往前走了，我还是怕林中有什么奇怪的、我还未知的动物。我停下来，竖起而朵听。风声很细，时来时去的。我还感知月光洒在林子里的声音。老杨和豆叶还会在林子里吗？如果在，不会如此安静吧？我的判断没有错。我望一眼夜色中的水塔，还有水塔附近的一幢砖房，那里都是人迹罕见的地方，四周的树木更加茂密。他们不会在水塔那儿吧？我开始向水塔方向移动。

我突然听到声音了。是男人的说话声。我紧张地蹲下来。我看到前边的一个人影。不，是两个重叠的人影，他们抱在一起，躺在林间。我离他们太近了，也就十来步远吧。我大气不敢出，连退回去都不敢了，我怕我的喘气声能被他们听到。我蹲在一棵碗口粗的盐肤木树后，眼睛看着他们。月光显得稀疏，枝条的影子也朦胧。我有一种罪恶感。我觉得不应该偷窥别人的隐私，尤其像我这样还不满十八岁的少年。这应该是丁家干之流干的事情。我的行为难道也是近墨者黑的原因吗？

男的还在说话。他说什么呢？尽管我离他们很近，我也不能听清他说什么，他的话一直是在喉咙下面，被舌头挡住一样。他是谁呢？如果是老杨，这家伙也太傻了，就不能在屋里？在屋里约会也是天经地义的。就算偷情，至少也比在野外林中暖和啊。植物园的事真是不能用正常思维来度量的。他还再说话，还变着声……他个子挺高大的，是老杨吗？女的是豆叶吗？她怎么不笑，怎么不喳喳喳喳地笑？她不但不笑，还不时地吸气，发出嗝嗝嗝的吸气声，而且光吸不喘。她不会把肚皮鼓炸了吧。

过了一会儿，男的清一下嗓子，不再说话了。女的也不吸气了。

又过一会儿，男的滚到一边，女的又趴到他身上。女的又开口了。她的声音先是很小，但渐渐大起来了。

……我怀上了，你得给我一个主意，二朋都两月没沾我了，我赖谁去啊？不会是草种子叫风刮进去的吧？你带我跑吧，我喜欢私奔，太刺激了……啊？

这是豆叶的声音。果然是豆叶。我心里悬着的石头落了地。

男的声音也清楚了，他说，我是你叔，私奔也不是个事啊。

这个声音吓我一跳，低沉，厚重。对，他不是老杨，他是崔园长！

这可是我万万没有想到的。怎么会是崔园长？他要是老杨就好了。可他确实就是崔园长。崔园长说，再说，我工作也不能丢啊，我丢了工作，哪来钱花？怎么过日子？我这个园长还能当十年八年哩。我当园长，你才能过好日子啊，我每月才能给你钱啊……我每月给你的钱，你都花了啊？

你那点钱，够我花的呀？才够塞牙缝！

你真是好吃懒做。你是个懒女人！

喳喳喳……不都是你娇惯的呀！

我往后不娇惯你了。

你敢！

说着玩的……

……那你得给个主意啊？

什么主意啊？主意都是你拿，你说什么我都听！崔园长声音十分清晰。

看看你吧，这回就得你拿主意，你要是没有主意，你凭什么要我？我这么贱啊？我三个月的肚子往哪儿摆啊？

多给你钱……

不行，我不要这孩子！

是，确实不能要这孩子……好吧，你让我想想……

你想吧……

豆叶把崔园长抱紧了。豆叶把脑袋埋在崔园长的肩上。

我有个朋友，在县卫生局做股长，我送点礼给他，让他想想办法，做人流去……

你想疼死我啊！

不疼，就痒痒一下。

你怎么知道？

听说的啊。

不对，你肯定帮别人做过。

不可能……我只和你好。

豆叶满意地说，那就好……

于是，两个人抱着不动了。

树林里又恢复安静。我听到我的心跳。我听到我的喘息声。我努力控制自己。他们的话，我既想听，又害怕听。我冒失地闯入，没想到给我自己添了麻烦，连撤退的机会都没有了。我这时如果稍一动，就有可能被他们发现。但我如果不动，不走，也有可能被他们发现。如果崔园长发现我偷窥了他们的秘密，崔园长能放过我吗？就算不对我下毒手，也要想办法开除我的。真要被开除了，我研究植物学还有什么意义呢？我不知如何是好，我比干了坏事还紧张。

月亮被水塔挡住了。我向水塔望去，不是水塔挡住了月亮，是一团云挡住了月亮。天色顿时暗淡，这可是我逃离的好时机啊。如果不趁机逃离，也许就没有机会了。可就在我收回目光的时候，水塔突然动起来，我再定睛细看，不是水塔在动，是水塔顶部有东西在动，那是什么？是一群动物，它们绕着水塔站立一圈，有的金鸡独立，仿佛在练功；有的打着眼罩，眺望远方；有的做拜佛状……它们旁若无人，做着各种姿态。它们是黄鼠狼吗？还是传说中的狐狸精？抑或就是狐狸？或者是一群野猫？总之，它们聚集在水塔上，让我毛骨悚然，后胸发凉，心里在默念着，走开，走开，走开。然而，更让我后怕的是，当我收回目光，寻找崔园长和豆叶时，崔园长和豆叶不见了。他们突然蒸发了，一点声息都没给我留下。他们是发现我了吗？他们要是发现我了怎么办？这是我最为关心也是最感可怕的。我不知道事情怎么会突然变成这样，这都是我好奇心造成的。我也得赶快离开。我觉得四面八方都隐藏着危险，危险像梦魇一样缠绕着我，挥之不去。

我迂回着，转了好几个圈，可以说内心经历了无尽的磨难，才身心俱疲地来到办公室。

电视还没有结束。一颗颗黑乎乎的脑袋，在电视的光影下，忽明忽暗。

我稍事平静，在人群里看到了豆叶。她已经溜进来了。没有崔园长，也不见老杨和丁家干。那么崔园长呢？他趁着夜色回家了吗？我心中的两个疑问，有一个终于水落石出了，这就是，我上班第一天看到树林里约会的两对男女，其中一对，就是崔园长和豆叶。另一对的其中之一是小谢，另一个女的至今还是个谜。那么，老杨是怎么回事呢？他不在宿舍，没有看电视，他能上哪里？丁家干是不是跟踪了他？我觉得事情非常的不妙。

竹夹子

竹夹子是一种捕兽的工具，主要材料是竹片和弹簧。初冬季节里，有人把它下在动物行走的要道上，往往不会空过，不是夹到一只野兔，就是夹到一只黄鼠狼；当然，运气不好时，也能夹到一只硕大的水老鼠。而事实上，运气是经常不好，因为常常会夹到水老鼠。或者说，水老鼠的运气不好，常常被竹夹子捉住。丁家干的运气和水老鼠差不多，他也被竹夹子逮住了。

丁家干的脚脖子上，被竹夹子夹青了。

丁家干是跟踪老杨时被竹夹子逮住的。

丁家干看到电棒光闪一下，灭了。那是老杨的电棒。老杨灵猫一样从他宿舍的后窗跳出来，猫着腰，迅速跑到围墙根，踩上一块大石头，翻身而过。老杨的动作轻灵如猿猴，完全不像一个四十七八岁的人。丁家干也跟着跑了过去，他也踩上墙根那块大石头，但他没有老杨的功夫。丁家干两手紧紧扒住墙顶，做引体向上，当他试图翻腕撑住身体爬上墙头时，力不从心了。一次没有成功，两次也没有成功。

他没有做第三次，而是灵机一动，在地上的枯草窝里摸，丁家干摸到一块断砖了，再一摸，又摸到一块断砖，丁家干把两块断砖垫到石头上去，踩上去，爬过了墙头。月色中，他远远看到一个亮光向北移动。墙头以北一百多米处，是园艺所育培的一片雪松林，在松林的边上，是藏着无数只麻雀的金镶玉竹林，松林和竹林，可都是约会的好地方啊。

丁家干猫着腰，几乎匍匐着走在月色里，远远地盯着老杨——老杨手电光一闪一灭的。丁家干冷笑一声，心里涌起巨大的成就感，终于逮到你了，拿贼拿赃，捉奸捉双，这回你老杨逃不出我如来佛的手心了！

老杨突然跑起来。

丁家干一猫腰，也小跑了起来。

丁家干灵猫一样，速度飞快，影影绰绰、忽高忽低的路让他不时地打软腿，好在并没有摔倒。他也没有料到路上会有什么凶险，就是跌跌撞撞的，也紧紧跟着目标。在接近那片雪松林时，毫无预兆的，丁家干一脚踩上了竹夹子。丁家干被结结实实夹住了，猝不及防的疼痛让他“哎呀”大叫一声。丁家干只叫一声，就不叫了，他怕他的叫声惊动了老杨。但是，当他捂住脚脖子，再看老杨的影子时，老杨已经消失得无踪影了。丁家干知道老杨并没有真正消失，他不是躲在松林里，就是躲在紧挨着松林的竹林里。

丁家干不能断定老杨是不是发现了他，但机会难得，也不能轻易放弃。他从脚脖子上取下竹夹子，忍着疼痛，瘸着腿，继续往松林里走——他发誓要把老杨搜出来。

雪松还是苗期，只有一人高，清丽的月光洒在稀疏的林间，一眼能望去十步开外。在这样的地形里，根本不容易发现目标。相反的，自己还会成为目标而被盯上。丁家干的腿上还在隐隐作痛，一定叫夹青了，夹肿了。竹夹子的劲头很大的，能夹断兔子的脖子，能夹断黄鼠狼的腿，能把水老鼠的屎夹出来。丁家干上过战场打过仗，有实践经验，他担心自己的伤势过重，坚持走路会加重伤情，便坐下来，静静听一会儿——守株待兔对他来说，可能是最好的选择了。可坐下来才感觉，腿上的伤比预想要严重，而且越疼越厉害了，一跳一跳地疼。丁家干担心，即使有目标出现，他也无能为力了，不但捉不了奸，说不定会被对方暴打一顿。他决定先回去，检查一下伤势，弄不好要去医院的。

丁家干一瘸一拐地往回走，摸索着找到了竹夹子。夜色中，丁家干拉了拉竹夹子的钢丝弹簧，把竹夹子斜背到了身上。丁家干不用想就知道，这肯定是老杨故意干的。明说是逮兔子的，实际上就是防人捉奸的。这个老杨，看着老实厚道，小九九还不少啊，一肚子男盗女娼，敢在我面前拨弄算盘珠子。

丁家干心里带着气，疼痛似乎轻了些，但那条伤腿仍在地上拖着。他走到园区墙边才觉得，自己爬不回去了。墙头那么高，就算有脚踏，也爬不上去了。绕道，走大门吧。丁家干在心里恶狠狠地骂老杨。

所谓祸不单行，就是说丁家干的，他沿着园区外墙没走几步，又一脚踩上了竹夹子，“啪”的一声，干脆利落地夹住了他的脚脖子，而且夹住的还是那条伤腿。丁家干疼上加疼，瘫坐到地上，费了老大劲才算把竹夹子掰开。

丁家干不但没有找到老杨，没有找到豆叶，也没有找到他想象中的奸情，却收获一个竹夹子，不，是两个竹夹子。

丁家干身上背一个，手里拿一个，懊恼地从大门回到了植物园园部大院。

电视已经散场了，大院里一片寂静。

丁家干恼怒地敲响了老杨的门。

砰砰砰，砰砰砰，砰砰砰……丁家干把老杨的门敲得很响，好像一鼓作气要把他的门敲碎，好像把满腔的怒火都发泄到了门上。丁家干边敲边喊，老杨……

老杨拉开门，惊疑地说，丁所长啊，什么事，这样急？

什么事？乖乖我操你家二姨奶的，你问我什么事？老杨你真行啊，真看不出来啊，你说什么事？我老丁腿青了，肿了，断了，你说什么事？

是吗？怎么回事？

你说呢？叫竹夹子夹的！丁家干把竹夹子扔到老杨的脚下。

老杨身穿衬衣衬裤，披着棉袄，趿着拖鞋，瑟瑟发抖。老杨平静的脸色中带着笑意，说，丁所长你有事快说，我冻死了。

你冻死啦？你冻死活该！你说吧，你说你刚才干了什么！

我还能干什么啊？睡觉啊？我都睡一觉了。

你和谁睡觉？丁家干一语双关。

自己睡啊，丁所长……你啥意思啊？半夜三更的，我没犯错误吧？

你还敢装？

没有啊……要不，你进来查查？

丁家干一字一顿地说，你，说，瞎，话！

丁所长这是怎么啦？我肚子疼，坚持不了，才没看电视，跑回来睡觉的。

丁家干挤开老杨，一步就跨进了老杨的宿舍。老杨的宿舍非常非常简陋，除了一张床，单位统一配的三屉桌，没有别的东西，豆叶要是在屋里，除了床底，没有别的地方可藏。丁家干果然弓下腰，朝床底下望。老杨的床底都是他的破鞋，连一只老鼠都没有。丁家干虽然粗，也知道不能乱说，他张张嘴，还是忍无可忍地说了，你不看电视，跑墙头外的松林里干什么去啦？

老杨说，没有啊，你看你丁所长，怀疑我什么啊，我哪里也没去，冻手冻脚的，我往松林里跑什么啊，我有病啊？我刚才对你说了，我肚子疼，难受，才顶不住，回来睡觉的嘛，不信你问你隔壁的小陈，他看到我回来睡觉了。

丁家干发了一阵呆。丁家干知道又被老杨算计了，但丁家干也没有话说。他确实发现一个人翻墙而出了，发现他是打着手电走的，而且越走越快。丁家干没有抓到那个人，他就只能听任老杨的胡说。丁家干感觉腿上有疼痛直往上蹿。

丁所长……你看……我要冻死啦！

丁家干还是不甘心地站在老杨的宿舍里。

老杨说，丁所长，半夜了，要是没什么事，我要睡了。

丁家干嗫嚅着嘴，没说出来，两只“八字”眼分得更开了。显然，这样的结果他很不满意。

好……好！我操你家二姨奶的，我白叫狗日的夹一下了，谁他妈这么缺德！丁家干硬硬脖子，心里头仿佛下了什么决心，一边往外走一边骂，似乎这样才解气。

丁家干开自己的门，开了半天也没有开开。丁家干把自己气糊涂了。

丁家干好不容易打开了自己的门，坐到床上呼哧呼哧地喘气。他喘一会儿，开始回忆哪儿出了差错。他回忆不出来。又检查伤情。丁家干脱了裤子，看到小腿上对称地青了两块。脚脖子上也对称地青了两块。还好，没有出血，也没有伤了骨头。丁家干觉得大白牙交代的任务太艰巨了，他可能完成不了了。有好几次，似乎都要逮到豆叶的奸夫了，又让狡猾的对手脱了身。丁家干逮不到豆叶的奸夫，他就无法从大白牙那里得到好处。大白牙给他下的任务既明确又简单，承诺给他的好处也充满诱惑。丁家干长相丑陋，虽然一身本事，精通各种农活，当过生产队长，也呼风雨过，但始终光棍一条。好容易做了园艺工人，条件好了，又成了半老头。大白牙倒是天生为他留着的女人，白白胖胖，肥肥大大，正称他的意。可这女人硬是拿腔拿调，嘴上什么话都敢说，裤腰带却系得紧，紧得要死。她要有豆叶一半的风骚就好了。她那个瞎眼婶子也经死，早就说要死了死了，死了这些天还是死不了。要是死了也就罢了，死了死了，一死百了，她就不盯着大白牙管崔二朋和豆叶了。她不管崔二朋和豆叶，大白牙自然也就不管他了。丁家干越想心事越重。

笃，笃……

丁家干的门被轻轻敲响了。

谁啊？丁家干没好声气地叫一声。

笃，笃……

还是那样轻轻的节奏平稳而固定的敲门声。

谁啊？丁家干的叫声轻柔了许多，他可能把敲门人当成大白牙了。大白牙真要是在这时候出现，他的伤就好了。

笃，笃……

来啦来啦……丁家干从床上滑下来，一瘸一拐地去开门。

是我……老杨站在门空里。

老杨？半夜三更你敲什么门？丁家干惊疑又失望地说。

我给你送点树精树来。老杨把手里的纸包伸到丁家干的眼皮下。

树精树？什么东西？

一味中药啊，专治跌打损伤。老杨说，种药的人，你连这个都不懂？煮成水，洗几次伤处，好得快。

丁家干听了，火气噌地就从头顶冒出来，但他还是忍住了。老杨的好心，让他不能发作，但老杨的好心中分明藏着别的东西，更毒辣的东西。丁家干感受到了。

崔园长

我摇摇头，没，没有啊？

还说没有？

真没有。我们在装配车间里干活儿。有一搭没一搭的活儿，还是要干的。这全看丁家干的心情了。丁家干的腿伤不能爬树也不能追击什么了，崔二朋的瞎眼奶奶一时半会儿也死不了，大白牙交代的任务同样也不能完成。他不带人干活儿还能干什么呢？

所谓的装配车间，其实就是一间大仓库（有人也的确叫它仓库）。车间前边照例有一块大水泥场（植物园里，这样的水泥场有五六块），还有几排支起来的木架、铁架和几块水泥台，这些都是用来晾晒中草药的工具和场所。装配车间里堆着收上来的各种药材，我们分拣、炮制、包装以后，统一送到县药材收购站。这是我们植物园的主要收入之一。另一项主要收入，是来自园艺所那边的苗圃，他们卖花卉苗木，现在也是清闲期。所以，在冬季，他们也会抽几个人到我们车间帮助工作。装配车间在园部大院的东南，和园部相距有一千多米。或许是相隔较远吧，崔园长很少在我们干活儿时来视察。但也不是绝对不来。比如这会儿，他就出现在我们车间了。

我们都深感突然——崔园长是不声不响走进来的。

更出乎意料是，他居然这里看看，那里转转，还和不少人说说话。他平时的语言全是在脸上体现。他能够主动和员工说话，我还是头一回见到。

崔园长既然和不少人说话了，也就有人打破常规，跟他招呼。

园长过来看看啊！老杨在崔园长快到他面前时，停下手里的活儿，毕恭毕敬地说。

看看，看看。崔园长说。崔园长方言很重，说“看看”时，说成了“干干”。

崔园长没在老杨面前停留，继续手背在屁股上，一晃一晃地走。他再走就走到我跟前了。我不知道他跟不跟我说话，我也不知道我该不该跟他说话。我心里略略地慌乱，觉得我在盐肤木林里是不是被他发现了。后来他和豆叶的突然消失，像水一样蒸发，我就一度怀疑他发现了我。要不何以突然不见？我甚至猜测我可能要倒霉了，就等着崔园长找我谈话吧。但是由于我对植物学研究和标本制作还在兴头上，我对崔园长是否找我谈话、什么时候谈话的紧张感，也是一阵一阵的——来时突然，消失时也不由自主。现在他向我走来了，我该不该主动跟他笑笑呢？

让我心里暗笑的是，崔园长走到车间的中心位置时，突然不走了。不，不是不走，他威武又冷漠地在原地转一圈，环视整个车间后，走到了小胡身边。崔园长走到小胡身边，伸手抓起一把龙葵，说，唔，挺干燥的，连钱草吧？

这是龙葵，园长。

噢，是龙葵，能卖多少钱？

一公斤一块六。

噢，不值钱啊，收有多少？

不多，百把来斤吧，顺便收来的，去年没收，都扔掉了，今年人手多，我跟丁所长建议，就收了。小胡抓起一把药草，送到崔园长眼前，说，龙葵是好药，能治感冒发热，也能治慢性支气管炎，还有牙疼，也能治的。

小胡你知识面不错啊。崔园长表扬了小胡。口气不像是带着情绪，但脸色依然是黑着的。我第一次见到崔园长也是这样的黑。后来我知道他一直就是黑脸的。他脸色的黑，不仅是颜色的黑，还是一贯的黑。简单说，他并不是生气或要发脾气时才黑，正常情况下也黑，就是高兴时，也会把情绪藏在黑里。黑，就是他日常的形状。

崔园长手里还捏着龙葵，然后四下打量，他在看到我时，目光定住了。

他果然是在找我。

他手里碾着药材，一晃一晃向我走来了，一晃一晃就要走到我跟前了。

我开始紧张。他的一晃一晃让我头晕，他的一晃一晃是那么的胸有成竹。他终于找我来了。我犯大错了。我不该在盐肤木林里看他和豆叶约会。我看了就看了，应该主动向他坦白，现在说什么都晚了。好在，我没有向别人传播。植物园还没有人知道，丁家干同样还蒙在鼓里，但这不等于他不生气。他终于还是忍无可忍地向我走来了。

工作还习惯啊小陈？崔园长的口气里居然充满了关心。

……还行。

还行？还行是行还是不行，还是马马虎虎行，还是差不多行？崔园长说，很勉强啊小伙子，既然还行，那就慢慢学，你要向小胡多学点。我们园，年轻人不多，以后就靠你们了。我和你爸是老熟人了，有什么事情，多跟我谈谈，不要跟离边牛似的。你上班有两个月了吧？还是两个多月？还是三个月？你看，我都记不住了。你连我的办公室都没去过，生活啊，工作啊，学习啊，有什么想法啊，我们都可以交流交流嘛，新时期了，都是国家的主人，振兴中华，实现四化，大家都有份，不要把我当领导，好不好？

我不敢说我经常去他的办公室。事实上，他也是知道我常去办公室的。他虽然不常在办公室。但是，只要他在办公室时，基本上都会让我碰到。他看报纸，喝药饮。我都见过多次的。只是他看到我也像没看到我一样罢了。这当儿，一般不过问园工生活的崔园长，跟我说这些，是不是别有用心呢？完全有可能。我唯唯诺诺，不敢多说什么。崔园长也没再说下去，在我肩膀上拍拍，又往另一边晃去了。

南边第三个窗户下边，有一个蛇皮口袋，旁边还有一个小口袋。两个口袋引起了崔园长的注意，他没有跟大李、徐师傅他们说话，也没有跟丁家干说话。不，丁家干不在车间里，他刚招呼大家来干活儿后，跟老杨嘀咕一声，就出去了。崔园长为什么不问丁家干去哪里呢？他可是所长啊？崔园长冲着蛇皮口袋，一直走过去了。崔园长用脚上的三节头皮鞋踢踢鼓鼓攮攮的蛇皮口袋，说，这里是什么？

我知道那是什么，是小偷在断魂岗偷的葛藤根和何首乌，我和丁家干从土窑里扛回来的，丁家干把它扔在这里了。但是我没有跟崔园长说，我怕再说出什么是非来。

老杨走过去，说，谁知道啊，好像是丁所长扛来的，对了，是他从小偷手里没收的。

小偷？我们植物园会有小偷。崔园长说着，解开口袋的扎口绳，弓下腰去看个究竟。崔园长像是被突然熏了一下，直起了腰，呀的一声，说，臭了，有臭味！这个老丁啊，既然没收来了，就好好处理好啊，这样随便乱扔，还不如被小偷偷去卖点钱花花了。老丁呢？怎么没看到他！

老杨嘿嘿笑两声，像是被逼迫似的说，丁所长去小崔庄了。

去小崔庄干什么？

嘿嘿……

老杨继续笑着，他的嘿嘿声是上一个嘿嘿声的延续。

老丁有事往小崔庄跑，没有事也往小崔庄跑，我是小崔庄的人，都没有他在小崔庄时间长，这个老丁真有问题了。崔园长直直腰，提高了声音，啊？你们说说，有问题没有？

有人像老杨一样笑两声。

老杨，你说这个老丁是不是不想干所长啦？

老杨说，崔园长你不知道？

什么？

老杨依旧平静地说，我们还以为你知道的。

我知道什么？老杨你也吞吞吐吐啦？说！

还不是那个事？

哪个事？

我都知道丁家干往小崔庄跑是干什么的，难道崔园长不知道？还是明知故问？我发现小胡也看我一眼。我知道小胡看我一眼的意思。她是说，看啊，要有好戏看了。但我知道更多的事。我知道丁家干要查找谁，他要找豆叶的奸夫。豆叶的奸夫就在你面前，我倒是要听听老杨怎么说。再看看老杨说过以后崔园长的反应。哈，这出戏真是越唱越大了。

崔二朋家里的事啊。崔二朋和豆叶不是闹了点事吗？就是离婚的事。就是二朋离家出走的事。后来二朋回来了，在外赌了个把月，他奶奶不行了，再不看到二朋就要死了。二朋知道后，这才回了家。他奶奶听到二朋的声音，倒是活过来了。可他和豆叶还是闹。这回更凶了！

能凶到哪里去？崔园长倒是饶有兴趣地说，上次豆叶喝了药，二朋尿都吓下来了。

老杨说，这回是豆叶凶，她说她上次就不该喝药。这回她硬要逼着二朋喝一回，说二朋赖她偷人养汉，坏了她的名誉，逼她喝了药，二朋只有也喝一回，才算两清。

老杨说话时，眼睛看都不看崔园长。

崔园长淡定地问，二朋喝啦？

二朋又不想死……

我说他喝啦?

这不是闹吗?

我不知道老杨是否知道我知道的那些。据我观察老杨现在的表情和语气，他应该不知道，否则他不会继续讲崔二朋的事。他讲崔二朋，就是讲豆叶。他讲豆叶，势必要牵涉到崔园长。牵涉到崔园长的事，凭老杨的小心谨慎，他是不会说的。

闹?崔园长继续问，怎么个闹法?

我也不知道，听说很凶，原来只知道二朋凶，没想到豆叶更凶。豆叶一凶，二朋就尿了，豆叶就更要逼二朋喝药了。

胡闹嘛。

老杨放开胆量说，丁所长是叫大白牙请去的，大白牙跟丁所长的关系，崔园长你又不是不晓得?丁所长也是怕崔二朋吃亏啊，那药喝下去……可是人命关天啊。

崔园长说，老丁管得也太宽了，这种事情，他老丁能管得了?家庭纠纷，清官难断。也许人家闹闹就不闹了，别人掺和，越掺和越乱，本来没有什么事，能叫他掺和出事来。我不信二朋会喝药……这个老丁啊，我倒是要看看他能耐有多大。

老杨笑呵呵地回应着崔园长，老丁就那样的人。

哪样的人?

这一问，难为了老杨。他一笑，说，老丁嘛，好人啊，就是太热心肠?

你不就是说他爱管闲事吗?好，让他管好了。崔园长说，你们好好干活儿，我抽空找老丁谈一回。

谁都看出来，崔园长是带着一肚子气走的。

这是我头一次听崔园长说这么多话。我听到的崔园长所有的话，加在一起，也没有今天的多。今天他是一个实实在在的崔园长了，下车间，找职工谈话，了解情况，把他的真实面貌都展现了出来。

崔园长后来找没找丁家干谈话，我不知道。就是谈了，丁家干也不会对我说。崔园长更不会告诉我。丁家干领着我们干活儿，有事没事的，还会朝小崔庄跑，从他嘴里，还会听到崔二朋和豆叶的事。倒是老杨，常被崔园长叫去谈话。我甚至还见过崔园长在园部办公室前的水衫林里，和老杨一边散步，一边谈心。显然，那次车间视察，老杨在崔园长心目中留下了很好的印象。这对丁家干来说，可不是什么好兆头。

果然就有人私下里议论，丁家干要不当所长了，要让位给老杨了。这话不会是空穴来风，因为小胡也这样说。小胡对谁当所长无所谓，但口气里，似乎更倾向于老杨，可我却希望不是老杨。现在，我已经学会一分为二看问题了，学会客观看待丁家干了，他说话的口气，做事的动作，还有那双眼睛，当然也包括长相，虽然比较夸张，比较有个性，容易造成错觉，让人对他产生不良印象，但这个人本质不坏，性直心善，没有恶心眼。而老杨，表面上是个和气佬，实则上很阴的。丁所长好像也知道他比不过老杨，吃过老杨的阴亏，却也是有苦说不出，很多事情还得靠老杨。所以，内心里讲，我希望还是丁家干当所长，但这样的希望其实很渺茫。因为丁家干和崔园长结下仇了，丁所长死活要把豆叶的野男人找出来，崔园长能让他找？崔园长能不给丁家干小鞋穿？能不把丁家干往死路上整？拿掉他一个小小的所长，已经是放他一条生路了，就是开除他回家，也是一句话的事。

有一天，我到办公室去。办公室就张会计一个人，她照例还在读书。张会计看我进来了，眯眯笑着说，我猜你就要来。你平时都午饭后来。知道我为什么猜你要来吗？

我摇摇头，说不知道。

崔园长到多管局开会啦。

崔园长到多管局开会的事我并不知道。张会计的意思，无非是说，崔园长不在了，我们可以多说会儿话了。张会计果然合上了书。张会计在合上书时，我看到她把一枚书签夹进了书里。那枚书签就是我用银杏叶子制作的，非常的精美。如果侍红也收到书签，也会像张会计这样使用吗？张会计喜欢书签，后来她和我又去过一次杂树林。杂树林里的那棵银杏树，在脱光了叶子后，已经显不出它的特别之处了。而它落下的叶子，经过几天的风霜日晒，也失去了刚落下时的光泽，暗淡了。我们又在厚厚的树叶里寻找了几十枚相对好些的叶子，带了回来。张会计的意思，准备再做成标本。

张会计小心地使用银杏叶子的书签，让我有些小小的成就感，但我今天的兴趣显然不想说书签。我小声问张会计，听说老杨要当我们所长啦？

听谁说的？张会计又合上了笔记本，看一眼崔园长的位置。那里当然没有崔园长，只有崔园长的大玻璃杯。大玻璃杯里黑红色的药饮没有了，上面的茶垢却同样是黑红色的。张会计又一笑，说，你也听说啦？

真的呀？

张会计轻轻摇摇头，含糊其词地说，我也不晓得啊。

张会计的话尽管不太过瘾，也没让我失望。我能听出来，这事不会有假了。因为作为张会计，在没有宣布之前，她也是不便透露的。

我哦一声，在窗户下边的条椅子上坐下，随手拿起散落在条椅上的报纸。

你女同学回信啦？

张会计经常关心这个话题。有时是有意的，有时是无意的。这回她又说了。她经常说，经常关心，我已经习惯了，不再像开始时脸红。倒不是我脸皮厚了，是因为收不到侍红的信成了常态。难道不是吗？有时候我自己到办公室来，并不是来查信的，仿佛也成了常态。因此，对于张会计突然提起信，反倒有些不自然。

我说，还没，可能……不会有回信……

哦——

你还给她写信吗？

也不会……

是吗？

应该是吧。我说。

事实也正是这样。我给侍红写信，不再是每天写了，也不再是每封信都寄了。有时候给侍红写信，居然是为了自己看看的。不久前，我又给侍红写了一封信，主要内容还是问问她给没给我打过电话。这个问题我在此前的信中已经问过了。现在还想问，主要是我一直被这个电话纠结着，后来我觉得，即便是侍红的电话，也是要告诉我，让我别再打扰她了。我这封信还向她道了歉，说我不该给她写了几十封信。我的行为打扰她了，请她原谅。当然，我知道侍红还是不会给我回信的。我不再有希望，或者说已经死心了，她不会给我回信，永远不会了。我的初恋（权且这样说吧），也就此无疾而终了。没有什么好悲伤的。悲伤的时间长了，就像一块已经长好的伤疤，虽然是一块疤痕，已经不疼不痒没有知觉了。

张会计说，人家还念书，将来还要上大学，不想跟你谈恋爱。你年纪也轻轻的，太轻了，才多大点啊？着什么急啊？这时候谈，叫早恋。早恋你懂不懂？早恋不好。学习使人进步，早恋使人退步。

张会计脸色红红地说着，眼睛笑笑的，始终看着我，口气和表情有点调皮的意思。

早恋？对，应该是早恋吧？确实不好，确实使人退步。但是，它结束了。我在心里说，它结束了。事实上，它的结束，也和张会计有关系。我喜欢看张会计的脸红，看她的笑眼，她脸红的感觉让我想入非非，她的笑眼让我心情愉悦。我也喜欢听她说话，喜欢到她办公室里，我要是不上班，要是崔园长不在，我天天都想待在办公室，就是一句话不说，我也喜欢。其实，张会计比我大三四岁，或者四五岁，也就二十多岁吧，正是女孩最漂亮的年龄，我的喜欢，纯粹是浮光掠影，是一个十七八岁的少年自然的冲动，真正的恋爱是不可能的。说不定她正跟城里的某个青年谈恋爱呢。不过她每天骑着自行车下班的身影，我都喜欢看，一直看着她消失在大门口，然后对她胡思乱想起来。有时候我在灯下给侍红写信，也会无端地想起她来。有时候我思念侍红时，她也会喧宾夺主地挤走了侍红而出现在我的思念里，就像我看到她时会想到侍红一样。有时候，我更天真地想，张会计要是再小几岁就好了，或者干脆，张会计要是侍红就好了。而张会计好像也说过，你怎么这么小啊。她的话，不是也在表达着某种意思吗？特别是那天在杂树林里，她坐在嫩黄色银杏叶里突然蹦到我怀里时的样子，让我久久回味。我当时也被她的行为吓住了。以为树叶里真的有水老鼠。当然没有了，当然是我的话吓着她了。她知道不过是虚惊一场后，很不好意思。我当然也不好意思。我们两个人都像做错了事的孩子，都不再说话。直到我们各人找了许多枚叶子，准备回时，她才把叶子交给我，才一笑说，别弄坏啦。

那次经历以后，我们之间的说话和交往，似乎发生一些细微的变化。要说出这些变化来也是困难的。只是我心里是更喜欢和张会计在一起了。

此时，张会计的目光凝视着我——她的眼神是有变化的，有时像玻璃碴儿般锐利，有时像幽潭般深邃，有时又会嫣然一笑。这些变化，能在同一束目光中完成。开始我胆怯她的目光。在她这样的目光下，我往往不敢和她正视，也想不起要说的话，心里不停地发毛，怕被她看出我心里的秘密。久而久之，我迷恋她的目光了，也敢于和她的目光对视了，甚至有几次，我的目光把她的目光弹了回去。

你最近心里有事吧？张会计的目光躲闪了一下，突然说。

张会计还在看着我。

我知道张会计所说的“有事”，不是指侍红，也不是指我给侍红写信或等侍红回信的事，而是关乎植物园的事。

不要七想八想的，也别操心跟自己不相关的事，趁着年轻，多学点文化知识，多钻研植物学……你都会做标本了，以后你还会做很多事，大事，做一个有益于人民的人，做一个脱离了低级趣味的人。

张会计看穿了我的心思，口气像大人，又像领导，更像老师，但我总觉得她说得不自然。不过，她说我心里有事，这倒让她说中了。

我心里确实有事。本来，植物园的工作枯燥而乏味，而我的植物学研究刚刚开始。但是由于我无意间撞见了崔园长的秘密，使我的生活变得紧张起来。我天天像背着什么心事一样，害怕在园部里见到崔园长，有时候，又希望他找我去谈谈，把事情谈开来，该怎样就怎样。崔园长要是找我谈，我已经想好了借口，我什么都不承认。我不承认我看到他们了，我什么都没看到。我到盐肤木林里，是看狐狸的，狐狸跑到水塔上了，到水塔上去作揖拜月去了。这是个非常有趣的现象，我年轻，我好奇，所以我去偷看。我只看到了狐狸，我只看到了狐狸拜月，别的……哪有什么别的啊？我还可以装疯卖傻对付崔园长，总之，我决不承认我看到了他们。

怎么样？我说你心里有事嘛。张会计得意地对我笑着，说，你呀，人小鬼大！

张会计这句话吓我一跳，难道我心里的秘密都让她发现啦？人小鬼大？莫非还是指我写信的事吧？还指我早恋的事吧？

我略有慌张，看着崔园长的大茶杯，打岔说，崔园长天天喝什么茶呀，怪吓人的。

崔园长讲究养生……我也不晓得是什么茶，领导的事情，少关心为好。你也别问。你真的要趁着年纪小，学点文化的。研究植物学当然是大目标大志向了，文凭也不能不要，夜大啊，职大啊，补习班啊，找一个读读去。

张会计这句话又像大姐姐，她似乎也在告诫我，不该问的不问，不该管的不管，不该看的也不看。也许，她一直都是这样做的。她要把她的经验传授给我。我已经切实地感觉到张会计对我的好了。

但是，万万没有想到，我又一次撞见崔园长和豆叶在一起了。这回不是在树林里，也不是在夜晚，而是在白天的医院和饭店里。这天是星期天，说起来真是冤家路窄，我不过是普通的感冒发烧，到县中医院去拿点药，就看到捂着大口罩的豆叶了。豆叶没有看到我，但是她捂着大口罩我还是认出了她来。我以为她也是来看病的，但是，当她走后，当我也离开医院，到人民饭店去吃一碗杂烩汤时，我又意外地看到了崔园长和豆叶正在一张桌子上吃面，他们在吃汤面，我看到几只小蘑菇漂在汤面上。我没有走进人民饭店。杂烩汤也没有吃成，我像做了错事一样落荒而逃了。

崔园长一定是带着豆叶到中医院做人工流产了。

这可是大事。崔园长可以当成流氓被抓起来的，也可以判刑的。我想起张会计告诫我的话。我对自己说，我什么没看见，什么没看见。

几桩怪事

植物园的几桩怪事，是不能不说的。

先说我们的所长丁家干，他的所长还没有被撤（不过是迟早的事，许多人都这样认为，我也这样认为），还人五人六地指挥我们干这干那，还很认真地关心着崔二朋家的事。他的行为，当然一如既往地怪异。但这一回的怪事，是在某天夜里，他突然杀猪一样地嚎叫起来，啊啊啊啊，哈哈哈哈，还拐着弯啊，喘着粗气，连床板都吱吱呀呀叫起来。我当时没有睡觉，正在灯下写“条目”，旁边是打开的《植物学大典》。自从开始研究植物学，这本大典成了我的宝典，几乎一回宿舍就读，就抄，就连给侍红写信，也不像以前那样勤了。刚来植物园时我每天都写，有时一天一封，有时一天写两封、三封甚至四封。当然，也有几天写一封的时候，那是因为信太长了。这些信件除了寄出的那些（石沉大海），还有一些没有寄出，它整齐地躺在我的抽屉里，成了我个人最大的秘密。而读书、研究、写条目，成了我新的秘密。我的秘密大都在夜里完成——这会儿我正重新修改“银杏”

的条目，主要是“现场”部分，我描写了银杏落叶时的美丽，记录了做标本时的细节。我文化程度不高，写作能力差，正在我苦思冥想、搜肠刮肚寻找词汇时，隔壁丁家干的嚎叫，中断了我的书写。起初我很反感他的怪叫，接着我又担心起他的安危来，怕他出大事——他像是个出大事的人。我便悄悄打开门，到他门口细听。丁家干屋里的灯是熄了的，什么动静都没有了，好像只翻了一个身，就响起如雷般的鼾声。对于丁家干的鼾声，我非常熟悉，像炸弹的巨响一样可以穿透墙壁，对我实施袭击。但是他刚才怪叫的时候，前边并没有鼾声做铺垫。就是说，他当时没有睡着。他的怪叫，是在自己清醒的情况下发出的。又或许呢，恰恰相反，他被恶魔缠上了，连鼾声都没了，被憋才发出大喊大叫的。

总之，他怪异的声音让我有些害怕。我睡在他隔壁有一段时间了，这还是我头一回听到。我便在门口多待一会儿，多观察观察。就在我分析他的反常喊叫时，看到大门口方向晃着一把电棒，光影一闪一闪的。谁这么晚才从外面回来？莫非是老杨？或者小谢？反正我屋里的灯是亮着的，我便站在门空里等他。

来者从走廊的尽头走来了，他的电棒也灭了。从身形上我看出来他是老杨。老杨和我的宿舍隔着四个门，和丁家干的宿舍隔着三个门，和小谢的宿舍紧挨在一起，小谢和丁家干中间有一间空屋，没有人住。

小陈还没睡啊？老杨没有开自己的门，而是走过来跟我打招呼。

睡不着。我说。

老杨声音很小地对我说，是不是丁所长的鼾声太响啦？你是小孩子，睡眠时间长，应当给崔园长汇报汇报，给你调一间宿舍。你没看到丁所长西边空着一间？谁都不愿挨着他。这事，你别说是我说的。

这也不是什么大不了的事，这么神秘干什么啊，不过我还是点点头，把刚才丁家干的怪叫也跟老杨说了。我说，打鼾我不怕，他刚才大喊大叫了，我怕他出什么事。

老杨笑了，说，他能出什么事？没事。

怪吓人的。

老杨想都没想便说，不用怕，他是想女人了。

老杨看我发愣，朝前凑一步，说，不懂啊？

老杨也太小瞧我了，想女人的事我怎么能不懂？我又不是三岁两岁小屁孩。

他想大白牙啊……哈哈我瞎说说逗你玩玩的——他呀，可能是做梦，恶梦。

灯光中，老杨的脸上没有血色，白煞煞的，有些失真，难看，不像白天的老杨了。

老杨深夜归来，也是怪事之一，他干什么这么晚才回来？但是我没敢问，问了他也不说，说了也不是真话，反而对我产生不好的印象，我何苦多嘴？

老杨把身上的大衣抖一下，关心地拍拍我肩膀，说，太冷了，睡觉去吧，过几天，我带你去打几只兔子玩玩。我有枪。到时候让你放一枪过过瘾。

老杨神出鬼没、夜出夜归的怪事，让我犯了思索。我把我的想象插上了翅膀，开始飞翔。我想，他确实是到小崔庄去的。大白牙不是也说老杨常往小崔庄跑吗？大白牙还说他常去崔老鳖家。他往小崔庄跑什么呢？而且都是夜里。丁家干去是因为有大白牙。莫非他老杨在小崔庄也有女人？丁家干往小崔庄跑，没有人不知道。而老杨，趟数没少跑，却神不知鬼不觉。他和崔老鳖的女儿洋玉怎么样呢？丁家干的话不能不信，也不能全信。要不，他就是去断魂岗。丁家干也说过，断魂岗的偷药贼可能是老杨。那些葛藤根，那些何首乌，说不定就是他偷的。可这事说过也就没了下文，也不知丁家干要作何打算。倒是我，见过老杨背着一只人造革大黑包，星期天一早，天没亮就出门了，是骑车走的。他是去县城的吗？莫非他真的是去卖药的？一只大黑包，也不会盛多少药吧。那么，他偷的药都藏在哪里呢？崔老鳖家？崔老鳖是他的同伙？洋玉也是他的同伙？我发现我的思维太活跃了，会沿着某个思路一直追下去。这也不能怪我，要怪也怪植物园确实怪事太多了。

而小胡身上的怪事也有一宗，说起来谁也不能相信，小胡竟然跟踪一个身穿黄军装的乡下人。乡下人看样子是一名退伍军人，一身都是军用品，黄军褂、黄军裤、黄军鞋、黄军帽，身上甚至还背一只军用黄书包。小胡跟踪他已经好久了。小胡的鬼鬼祟祟，引起了我的注意。本来，我是想跟小胡打招呼的。能在县城和小胡巧遇，让我很是惊喜，因为小胡每个星期天都回县城的家里。小胡也曾邀请过我到她县城的家里玩玩。那是她的父母家，住在县委的家属院里。我在县城巧遇小胡，是希望她真的邀请我上她家的。但是我还没跟她打招呼，她就眼睛直直地盯上那个身穿黄军装的人了，尾随他走了。我起初以为那是她的丈夫，但一想，不对呀，她丈夫在部队的保密单位服役，八年以后才允许回来探亲。这都是小胡亲口告诉我的，还能说变就变啦？我便也悄悄跟踪上去。在五金商店门口，小胡追上了那名退伍军人。小胡跟他打招呼，并提出要买他身上的军装。小胡说，你出个价吧，你要多少钱都行。那个人说，我刚退伍，军装都送人了，只留这一身做个纪念的，不想卖。小胡说，你都穿这些年了，有什么好纪念的，卖吧？我出大价钱。对方坚定地说，不卖。说完，就走进五金店了。小胡犹豫了一会儿，也跟了进去。接下来的事情我就不知道了。五金店是一家不大的店，我怕我进去被她发现。我觉得，小胡买别人的军装，肯定是不想被人知道的，大概也不是什么光彩的事。说不定，她送给别人的那些军用品，并不是她丈夫从部队寄来的，都是她想办法买来的。我对这个发现感到不安，觉得小胡真不容易。小胡真是虚荣心很重的一个人啊。我对她的认识又有了改变。

我在夜里睡觉时，被什么声音惊醒了。不是丁家干的鼾声。我已经熟悉丁家干的鼾声了。这种声音比丁家干的鼾声还要特别。不需要仔细地听，就听到门外有“嚓啦嚓啦”的声音，“嚓啦嚓啦”中，还有喘气声和说话声。我心里先是紧张，后是好奇，再听听，既不是说话声，也不是喘气声。至少，不是人在说话。但总归是有声音的，说不清的声音。那是谁在说话和喘气呢？我披着棉袄，悄悄出去。夜很冷，是那种沉得住气的冷，干干的，硬硬的，月色也清冷而明亮。我看到，在走廊上，在屋里灯光照射的地方，是两只刺猬，没错，是刺猬。它既不是水老鼠，也不是黄鼠狼，它是两只褐黄色的很大的刺猬，刺猬的样子还不算丑陋，甚至还有一点点可爱。我以为，它看到我，看到灯光，会被吓跑的，可它并没有跑，旁若无人的，就像是散步。我附身看去，它发出一种怪异的气味。我用脚碰碰它，它便卷成了一团。它干什么来的呢？约会来的吗？冬天，它不冬眠？我用脚轻轻地把它拨到走廊外的枯草窝里，看着它要往哪里走。它滚在草窝里并不打算走，而是紧紧地挨在一起。难道它们有什么事吗？我蹲下来，低着头，观察它们。就在我低头看刺猬的时候，毫无先兆的，我的肩膀上突然被人拍了一下。这一拍，简直把我的魂都吓掉了。我几乎是跳了起来，嘴里都喊不出人话了。

拍我的不是别人，是老杨。

老杨身穿军大衣，戴着三块耳棉帽，围着围巾，不知什么时候站在我身后的。他身上寒气袭人。

老杨问，你干什么，小陈。

我打着寒战，说，这儿有两只刺猬，我想捉住它。

老杨见怪不怪地说，这东西不好玩，有一股骚味。

可是……我怕它冻死。

它敢出来，就说明冻不死它。老杨声音平静地说，就是冻死了，也是它找死，想死。你救了它，反而是帮了倒忙。随它去吧。

老杨的逻辑虽然怪怪的，也还有道理。

我信了老杨的话，随它去是最好的办法。其实老杨不这样说，我也不准备捉它们。可让我奇怪的是，穿戴整齐的老杨，他要干什么呢？他是要准备出去，还是已经从外面回来了呢？深更半夜，他如果是出去，是到哪里？干什么去的？如果是刚回来，他是从哪里回来的呢？他在外面都干了些什么？虽然我不是第一次看到他深更半夜出去或深更半夜回来，但每一次，我还是要多想想的。自然的，我还是把他和小崔庄联系在了一起，还是把他和盗药贼联系在了一起。

最怪的事情还不是前边所述的这些，而是发生在黄鼠狼和水老鼠之间的战役。水老鼠全都屯居在被枯草败枝覆盖的水洼地底下，有的干脆就在水里建窝筑巢，以后大洼和断魂岗一带最多。水老鼠以啃食树枝为主食，冬眠的青梢蛇不是它的主要食物（丁家干的话不能当真，没有科学依据，但物极必反，在植物园这种特殊环境中，什么事都能发生）。丁家干曾对我说过，要我在冬天把门窗封好，防止水老鼠混进来咬人（如果水老鼠真能咬人，吃青梢蛇也不是没有可能）。丁家干说，水老鼠会咬人耳朵，失踪的老会计就被水老鼠咬了，左耳朵被水老鼠咬去吃了，成了秃耳朵，老会计就成了秃耳朵会计。

这是我第一次听到老会计这个人。他有两点让我好奇，一是“失踪”，二是“秃耳朵”。怎么会失踪呢？丁家干没往深里说，我也就不再追问。

丁家干所说的水老鼠专门咬人的耳朵这句话，我感觉有些言过其实了。难道本来喜食素食的水老鼠，会专门对人的耳朵过不去？不过，我在一个冬日的早晨里，看到的不是水老鼠，而是一只黄鼠狼。它死了，脖子好像被咬断。它是怎么死的我不得而知，但是第二天，在黄鼠狼惨死的地方，死了无数只水老鼠，却是让我大为吃惊的。一只只水老鼠的脖子全被咬断，足有数百只，像坟包似的被堆在一起。水老鼠的个头比一般的老鼠要大两三倍，尾巴有筷子粗，棕色和灰色的两种。死了这么多水老鼠，我的推断是，水老鼠攻击了一只落单的黄鼠狼，并把它咬死，大批的黄鼠狼才报仇来的。然而，事情并没有结束，隔一天，和这堆水老鼠相距不远的地方，又死了一堆。水老鼠显然不是黄鼠狼的对手。我的感觉是，水老鼠散兵游勇各自为战，而黄鼠狼却有着严明的纪律，可以组织成庞大的集团军。但是，又一个问题出来了，哪来这么多水老鼠呢？平时只能看到这里一小群，那里一小群的，比如杂树林里的那几只，只是一个小家族。我看到过的最大的一群，还是秋天时在断魂岗的一个较大的水塘里。突然死了这么多水老鼠，让我不得不想，如果这些水老鼠不死，它们的威力该有多大啊！还有黄鼠狼，我在水塔上见过它们，在别的地方还没有见过。它们能把凶悍的水老鼠消灭这么多，也让我觉得非常可怕。有那么一两天，我在中午或者黄昏时分，会趴在墙头上，对墙头以外的枯草杂林仔细地观察，希望能发现一两只水老鼠或黄鼠狼，如果能看到它们相互残杀，会更让我兴奋。当然，我什么都没有看到，除了大片大片的荒草和一丛丛明目不清的荆棘、树林，就是分布在荒草和荆棘之间大小不等的水塘了。但是我知道，在这些水塘、荒草和荆棘里，隐藏着无数只水老鼠和黄鼠狼，还有许多冬眠的青梢蛇。

还有一件事，不知算不算怪，是张会计告诉我的。我们本来的话题是研究崔园长的药饮究竟是哪些药材配制的。张会计太高看我了，她认为我研究植物学，看一眼就能知道崔园长这些药草的名姓和特性的。其实我的研究还很粗浅，还没有深入到那一步。可不知怎么说着说着，就说到钱上了，张会计说她帮崔园长保存一个存折。崔园长每月发工资的时候，都要交给张会计二十块钱，让张会计帮他存起来。起初，张会计也真的去存了，可崔园长又经常十块、二十块地跟张会计要。张会计怕麻烦，就没有帮他存，而是留着现金，以备崔园长不时之需。可平时里，崔园长也会二十、三十地给张会计，让她帮他存着。张会计是拿这个事情教育我的，她说，小陈，别看你工资少，节省一点花，每月也能剩余一点。你看人家崔园长，养活一大家人，都存点私房钱。你年纪轻，花钱的时候和花钱的地方多了，要及早准备才对。我感激张会计对我的关心，不过，我更关心的是崔园长的私房钱，我想起崔园长在盐肤木林里对豆叶说的话。是啊，崔园长的私房钱都贴豆叶了。这个秘密张会计未必知道。可我知道了我也得保守这秘密。我不知道的是，崔园长平时那些三十、二十的进项是从哪里来的呢？

打狗引出的事同样荒诞不经。

植物园的园区大院里发现了一条狗。这是一条白花黑狗，个头不大，甚至太小了点，身上也没有什么肉，还脏不拉叽的。它不知道什么时候误入植物园的大院里，东张西望，鬼鬼祟祟，显得很胆怯。丁家干早就看到它了。有人要把它赶走。丁家干说，为什么？把它逮了杀肉吃！别看它小，总比水老鼠大吧，别看它干瘦，也能杀半盆肉。有人附和说，那就杀吧。丁家干说，杀！丁家干说干就干，提起一根可手的棍子，腰一弓，就往大门口跑。丁家干跑到大门口，哗啦一声，又哗啦一声，就把两扇大铁门给关上了。

我认出和丁家干说话的人是小谢了。他也拎了根棍子在手里。

植物园到处都是棍。我远远地看着可怜的小狗，怕它会被逼疯了，对谁都下口。为了防止万一，我也拿一根可手的棍，紧紧握在手里。小花狗可能感觉到气氛不对，哼哼两声，夹着尾巴躲到了墙根的树下。

此时正是凌晨，天刚亮，植物园里的房屋、树木好像还没有睡醒一样，白霜覆盖在树枝和屋顶上，和空气一样冷冰冰的。大群大群的麻雀在枝头抖着翎，好像也刚刚睡醒，还没有活动开，身体像变大了似的。麻雀的啁啾声渐渐稠密的时候，住在院子里的人也大部分起来了，他们有的从厕所回来，一边走一边煞裤子，有的正在走往厕所的路上。他们在听到杀狗的指令后，还没有睡醒的眼睛突然有了神，精神也为之大振。那条狗便倒霉地落在人们的视线里了。

老杨说，丁所长，哪来的狗啊？

丁家干说，呶，这不是？眼睛不会看啊？

老杨说，就这点小狗啊？浑身没有四两肉啊。我看算了，说不定是小崔庄的狗，别让人家来找我们要狗啊。

丁家干说，小崔庄的？你认识？

老杨说，不认识，不知道谁家的。

丁家干说，管它哪儿来的，送上门的肉，不吃白不吃！老杨，你吆喝吆喝，没起来的赶快起来，不参加打狗的，别他妈想吃狗肉！

老杨看看四周，大家呈扇形围在以大门为半径的周围。老杨说，我看差不多了，该来的都来了，几个女人就别叫啦。

老杨拖着一根棍，悄悄向小狗逼近。老杨对这条狗很眼熟，感觉像崔老鳖家的。但，老杨当着丁家干和大伙儿的面儿，不愿认这条狗。

谁一大早从外面来的？丁家干又大声问。

没人回答。

天没亮就把大门开了，也想不起来锁门。丁家干说，老杨，是不是你？是不是你从小崔庄来的？

胡说。老杨说，我有大门钥匙，出入都锁上大门的，我不会放狗进来的。

我看到你进来的。丁家干说了真话，是你老杨从小崔庄把人家的狗引来的吧？

老杨结巴着说，胡说，你看到鬼……鬼了吧？我没去小崔庄。我哪像你，你……你老往小崔庄跑。

丁家干说，我去是光明正大。

老杨不再接他的话，而是说，狗还打不打啦？

打啊。你把着门老杨，我去追！丁家干挥着手里的棍，喊道，小陈你往左，小谢你和小陈一起也往左，大李、徐师傅，你们跟着我往右，包过去！

当心狗急跳墙啊！老杨说。

没事，跳墙好，正好搂头一棍！

要不，我去拿枪！老杨说。

不能使枪，你那枝破枪，火烧棍都不如！

小花狗可能知道它的末日要来了，突然就不见了踪影。丁家干噢噢地叫着，声音怪异，要是在深夜里，会吓得人睡不着觉，连水老鼠都不敢出窟。我们学着丁家干，也噢噢啊啊惊逮起来。一时间，植物园大院里响起恐怖的怪叫声。小花狗沉不住气了，果然从什么地方蹿到了路上，撒开腿向大门口狂奔而去。老杨正巧守在大门口，看着小花狗向他冲去，吓得向一边躲。他先是拖着棍，后来，看狗来势太凶，便把棍举起来了。小花狗发出惊恐的叫声，一头冲向了大门。植物园的大门是铁皮门，铁皮门开了一扇小门，小门是钢筋焊制的，钢筋和钢筋之间的缝隙有十多厘米。小花狗以为它能从钢筋缝隙里钻出去的。它的头确实钻出去了，但上身体却被两根钢筋卡住了。小花狗一边发出绝望的叫声，一边徒劳地蹬着后腿。

我们向大门口冲去。

丁家干边跑边喊，老杨，打呀。

老杨说，怎么打?

打！丁家干的声音嘶哑了。

老杨抡起棍，砸在小花狗的腰上。小花狗凄惨地尖叫起来。老杨又一棍砸下去，砸在它的脖子上，小花狗塌了下去，不叫了，只能抽气。

大家围上来了，看着很快断气的狗，脸上都露出了笑容。

老杨这时候才说，哎呀，我认识这条小狗，这是崔老鳖家的狗啊。

丁家干看着老杨——两只白眼虽然分向两边，但我确认他是望向老杨的。丁家干奇怪地说，你怎么不早说?

我不是才认出来嘛。老杨的口气里充满了懊悔。

管他呢，剥了皮再说。有人说。

丁所长，你可要帮我讲讲情面……反正，不能算在我一个人头上。老杨想推脱责任了。

没事，大不了赔钱。丁家干说，崔老鳖又不是神仙，他算不出是你打死的。

说崔老鳖，崔老鳖就到了。崔老鳖老远看到我们，就一边跑一边举起一只手大叫，别打呀，我家的小花……

崔老鳖上气不接下气地跑到门前时，小花狗似乎感知主人来了，出了几口气，奋力睁开眼睛，又慢慢闭上了，不动了。

崔老鳖白着脸，喘不开气。崔老鳖刚才的跑，还没有走快，跌跌撞撞的，临到大门跟前还差点摔一跤——他是跑累了。崔老鳖身材矮小，尖嘴猴腮，长得也像那条小花狗，黑色的棉袄上都是油灰，像剃头匠的当刀布，油光闪闪。他看着小花狗，呼哧呼哧地喘一会儿，脸上的表情渐渐发生变化，禁不住悲从中来。

我的小狗啊……我的小狗啊……我的小狗啊……崔老鳖鼻涕一大把，嚎着唤着，不像人声了，和刚才绝望的狗叫声差不多。他隔着铁栅门，把狗头抱住，声不成句地说，我的乖乖小狗啊，谁让你一大早就乱跑啊，把命都跑丢啦……

老杨看一眼狗，又看一眼崔老鳖，有些不知所措。

丁家干适时地说，老杨，你这狗日的，知道是崔老鳖家的狗，怎么不早说?

老杨看看丁家干，又看看地上的小花，脸上的笑凝固了。

丁家干又说，老杨你还笑，我就看不惯你什么时候都笑的样子。有什么好笑的?

老杨说，我没笑。

还说没笑！老杨你知道是崔老鳖家的狗，你就不该下手！

小谢、大李、徐师傅纷纷把手里的棍棒扔到路边了，他们装出和自己无干的样子，看着崔老鳖干嚎。

崔老鳖嚎了一阵，要从门缝挤进来。深感内疚的老杨把小门打开了。

崔老鳖进来后，先把狗头拔出来。他小心地拍拍狗脑袋，喊道，小花，小花……

小花狗已经一动不动了。

崔老鳖看看狗确实死了，便扔下狗，冲老杨喊道，姓杨的，我一直就知道你姓杨的不是人种，没想到你姓杨的连狗都不如，你明明知道是我家狗，你还下毒手，你良心都叫狗吃了，你半夜三更蹩在我家草垛根儿别以为我不知道，你半夜三更推我家笆门……你学猫叫……我家小花都认识你了，哪次小花没跟你摇尾巴，哪次小花没舔你臭脚丫，老杨啊老杨啊，我一直以为你他妈是人，没想到你不是人，你怎么忍心下得了手？我家小花碍你事是不是？姓杨的你别欺人太甚，从今往后你别想再欺负我这老实人了，我……我……我受够啦，你要是再敢半夜三更蹩在我家草垛根学猫叫，你要是再再再再推我家笆门，我一枪崩了你狗日的脑壳，我日你妈妈的！

老杨不敢说话，他笑笑的脸上浮过一丝阴云，有些慌乱，也有些呆滞和迷茫。

老杨的老底被揭穿了。

是的，我们从崔老鳖的话里听出了他话里话外的意思。我们都知道，崔老鳖是小崔庄的老实人，老实到什么程度呢？老实到自留地里的树被邻居赖去了；老实到自家粪池里的粪被人家挖走了；老实到自家的鸡钻进别人家的鸡圈却不敢去要回来；老实到瘸腿老婆明目张胆地把他一脚踢下床，让位给一个卖糖球的，最后，跟那个卖糖球的远走高飞了。但是，就这么个平时一棍砸不出屁来的老实人，也敢对老杨大吼大叫了。老杨当然是理亏了，起初人们以为老杨不过是和崔老鳖有什么瓜葛，后来才听出来，没想到老杨是和崔老鳖的女儿洋玉扯上了干系。

就在崔老鳖满腔怨恨地抱着狗准备离开时，洋玉来了。

洋玉是骑着自行车来的。洋玉骑着一辆崭新的凤凰牌二六式女车。这可是最时髦的车了，估计在整个小崔庄也是独一份。洋玉可不像崔老鳖那样哭狗，她把自行车支在身旁，脸渐渐红了。她脸一红，就像初升的太阳。洋玉什么话都没有说，像旋风一样跳到老杨跟前，两手一齐上，以迅雷不及掩耳之势，抓在老杨的脸上。老杨脸两边，立即放出了彩虹，一边四条，十分对称，鲜鲜艳艳的。

洋玉突然的举动，不要说老杨，就连我们都惊呆了。

我说过，我能杀你！洋玉说，声音很小。

崔老鳖喊道，洋玉，你也去死吧，你跑来丢什么人现什么眼啊，你还好意思骑车子来，你把车子扔了！

洋玉眼里噙着泪，把眼睛睁得圆圆的。洋玉就这样看着老杨。

老杨这时候很可怜，比崔老鳖还可怜，比那条死狗还可怜。

你把车子还给狗日的，跟我回家！崔老鳖又说。

洋玉没有搭理她父亲，也没有再跟老杨瞪眼。洋玉骑上凤凰牌二六式女车，疯一样远去了。

我们都看着老杨，看着他有什么样的反应。老杨的表情只能用尴尬来表示。老杨两手垂到膝盖上，两眼有些木，人也整个地木了。对于急转直下的情节，他也始料未及吧。

丁家干毕竟是所长，他朝老杨跟前走两步。我们以为，他是去安慰老杨的。可丁家干却连阴带损、毫不留情地说，老杨啊，你本事大多啦，我还以为你和豆叶有一腿的，没想到你更牛逼，玩人家大姑娘，还送人家一辆凤凰牌自行车，这事儿，我看你怎么收场！

老杨脸上又渐渐浮现出笑容，他说，这不，已经收场了，还能怎么着？

丁家干看起来，既佩服又无奈，他说，我操你家二姨奶的老杨，你牛逼死了！

我们都听出来，丁家干言语上是说老杨牛逼，其实是在说，你完蛋了。

丁家干也许没有料到，在打狗这件事上，丁家干完胜了老杨。

看电影

丁家干和崔园长吵了一架。丁家干和崔园长的矛盾还是公开激化了。

在我上班的第一天，我就看出来，崔园长在丁家干跟前并不具备权威。或者说，丁家干并不买崔园长的账。丁家干为什么有底气敢和崔园长过不去？为什么敢对崔园长脸不是脸腚不是腚的？其中原因我还没有想明白。也许根本就没有原因，完全是丁家干的个性决定的。崔园长显然是不能接受他的个性的。崔园长作为园长，可能在某些方面会迁就丁家干，但这种迁就应该是有限度的。这次丁家干和崔园长吵架，很可能是崔园长实在忍无可忍才大爆发了，同时也从一个方面验证了我的判断。

他们的争吵是在办公室里，声音很大，很响，都能震破屋盖儿。特别是丁家干，喉咙都变声了，不像是人在喊叫了，像是负疼的狗叫。常言说，有理不在言高。他的尖声嚎叫，把植物园的职工都吸引来了。

……

可以！可以！丁家干口气里带着狠毒，可以啊崔园长，我不当所长可以！你一句话就行了，可你得说说撤了老子的理由！

没有理由，人事变动，很正常。崔园长说，脸上一如既往的没有表情，就像冬日里的树皮。

没有理由？这可是你说的？

是我说的，没有理由。

不可能，不可能没有理由，我丁家干工作很好，很……很他妈出色！姓崔的，你是打击报复！别把我当猪！不行我把官司跟你打到多种经营管理局去！找局长我也不怕！丁家干声音一声高过一声，充满着仇恨，你他妈想撤我职，鸟门都没有！你今天撤我职，明天你就得复我职！你姓崔的手摸胸口窝想想，你把植物园里搞成什么样子了，狗屁一团糟，就像我腿裆的鸟毛！敢撤我，我看你把自己撤了还差不多！

崔园长说，我不跟你吵，我是有组织有原则的人，我敢撤你职，有一千条理由，但是我不跟你说，这是组织原则。实话跟你说吧，我跟局领导打过招呼了，有本事你去告吧。对不起，我要到局里开会去，没工夫跟你吵。

不行，撤了老子不是你一句话的事，要有文件，你他妈把文件拿给老子看看！

崔园长不理他了，一晃一晃地出门，骑上自行车走了。

丁家干跟出来，冲着他自行车喊，老子还是所长！

崔园长走后，丁家干没了对手，就在院子里跟自己吆喝，他主要是讲自己的光辉历史，讲他当年在朝鲜战场上如何跟美国鬼子拼刺刀，讲他身上的五处枪伤，讲他身上的弹片，还脱了棉袄，扒下裤子，把身上的五处枪伤亮出来，让我们看。自己跟自己壮胆说，枪林弹雨都过来了，大风大浪都过来了，还怕眼前一泡尿宽的小阴沟？不干所长也没什么大不了的，谁当所长还敢不听我的？他崔园长屁眼也不干净，也臭烘烘的往外爬蛆，别以为老子没有掌握他的材料，等有机会，看老子不把他的糗事抖抖，保证虮子虱子满地爬！我不当所长，我有事干，我烧澡堂去！他姓崔的要是不当园长，我看他吃屎都是冷的！哈哈哈……我屙泡屎，要等冷了才喊他吃，热屎留给狗吃，哈哈哈……等有一天，他姓崔的请我当所长，拿八抬大轿请，我还要考虑考虑！他妈的，老子当自己的所长！

丁家干在植物园的大院里甩着膀子走来走去，见到人就讲。许多人都怕他了，他就对天讲，对墙头讲，对树木讲。他在水池上洗手时，对水池讲。他在厕所里，一边撒尿一边对着尿讲。他眼睛的方向还是和人体的方向不相一致，白眼珠子似乎更多了，讲着讲着，眼里还闪着绿光。

植物园的人好久没见过如此热闹的景象了。大家嘻嘻哈哈的，都在议论丁家干，说他嘴巴太损了，太脏了，都能掏出蛆来。有人还当面叫他丁所长，多少带有嘲讽的意思。他也不见怪，继续骂崔园长，还大言不惭地说，所长有什么了不起的，园长老子都照当。老子当生产队长，领导的可是二百多口人，一个营的人数。小小植物园，连头带尾二十来人，还不到一个排的编制，他崔园长连个小排长都不是。有人开他的玩笑，当场任命他当园长，说不当所长当园长。丁家干反而大笑了，我当园长肯定比狗日的崔大个子强，别看他个子高，个子高顶个屁用？个子再高，伸手也摸不着天。老子当年在朝鲜和美国鬼子拼刺刀，美国鬼子个子比他崔大个子还高，老子怕过？

不当所长的丁家干，似乎比当所长时还忙了。至少在我看来他一点也没闲着。他当所长时不怎么管事的，天天甩大袖，一有空就往小崔庄跑，无时无刻不在操心大白牙的事，操心豆叶的事。但从另一个方面看，他又十分尽职，为植物园的利益操心，比如到处潜伏，到处抓贼，甚至腿都叫竹夹子夹肿了。不当所长了，他应该不去潜伏了吧？应该不去抓贼了吧？应该不会吆喝别人出工干活儿了吧？应该全心全意和大白牙谈一场轰轰烈烈的恋爱了吧？应该一门心思操心崔二朋和豆叶的事了吧？是的。他完全是这样操心的。该他操心的事他照样操心，不该他操心的事他也操心了。他照样天天喊人上班，连食堂吃什么饭，都要过问，还张罗着烧澡堂子。大院里的卫生他也要管管，脏得实在看不下去了，自己拖着大扫帚，把植物园里清扫得干干净净。

丁家干不当所长，反而更像一个所长了。

我有时候也会想想忙忙碌碌的丁家干，觉得他挺亏的，还觉得他和崔园长吵架也不会吵，抓不住重点，该说的话没有说出来，无端地讲自己在朝鲜战场的事，无端地谩骂，无端地大呼小叫，把自己搞得像个冤妇。其实，在很多人看来，丁家干当不当所长，没有多大变化，和当所长时一样，该管的管，不该管的还管。特别是一有空，就和大白牙黏到一起，嘀嘀咕咕，交头接耳。小崔庄更是让他跑断了腿。有人见到他，会好奇而关心地问，丁所长，豆叶家的事解决啦？丁家干会把脑门皱得跟卵皮一样，为难地说，没有，棘手啊，二朋又叫豆叶逼走了。问话的人又说，那……豆叶的奸夫查到啦？丁家干干脆地说，快了！对方听了，也会替他松口气，进一步打听道，谁啊？丁家干翻翻眼，没了下文。对方也觉得没劲得很。

大约是丁家干被崔园长捋了所长一周之后吧，他突然关心起我来了。丁家干在他自己的房间里，大声喊道，小陈在不在？

在！我大声回应他。

成天躲在房间里干吗？想媳妇的吧？

我怕丁家干到我房间来。他完全有可能大大咧咧地推门进来的。我的房间里搜集了不少植物标本（大部分还没处理），有的变质了，发出酸臭味，还没来得及扔掉。有的材料也是植物园的药材，我怕丁家干小题大做，说我这些东西是偷来的。

我赶快跑出去，站在他门口。

丁家干果然在穿大衣了。他屁股朝着门，一边穿一边问，我猜你在房间里是看书的，对不对？我一猜就能猜准，因为张会计也天天看书，你们都是年轻人，好学习。

怪了，他是屁股朝着我的，怎么会知道我到他门口啦？难道他的八字眼会拐弯儿？丁家干这样的关心也算不上什么坏事。我便呵呵笑两声，表示认可了他的话。

小陈，学习要抓紧，也不能学成小痴子啊。丁家干转过身说，小崔庄今晚放电影，听说是战斗故事片，好看得不得了。你今晚跟着我，一起看电影去！

我自己能去。我觉得到小崔庄看场电影如此简单的事，不需要跟着他的。

不光是看电影，看电影之前，还要吃饭——我带你到大白牙家喝酒！

这可是新问题。我还从来没喝过酒，而且是到大白牙家喝酒。莫非大白牙派他的任务完成啦？或者他是想从我这儿套出豆叶的奸夫？丁家干可不是傻瓜，这酒可不是好喝的。

看电影怎么喝酒啊？

先喝酒，然后再看电影。这个账还不会算啊？亏你还是个高中生！

我不敢说不去喝酒，我也没说去。电影我是喜欢看的，我还在星期天跑到县城的海陵电影院看过几场电影呢。我的意思是，不想跟他到大白牙家喝酒，看电影就看电影，喝什么酒啊？但看他的表情，又不像有什么心机。我有些为难，如果他还是所长，我还能说不去。他刚不当所长，我就说不去，这不是太不给他面子了嘛。尽管多管局还没有正式宣布他不当所长，也没有任命新所长。但他不当所长，在我看来，已经是板上钉钉子的事了。崔园长的狡猾和阴险，是丁家干都想象不了的。崔园长的确屁眼不干净，连我这个初来乍到的人都看出来了。他和豆叶就是例子。丁家干不知天高地厚地查这查那，崔园长能容忍得了他？所以所长他是肯定当不了了。他和崔园长的疙瘩算是结下了。但是，丁家干就算不当所长，也是植物园的工人，和我一样。他请我喝酒，是给我面子。我要是怕跟在他的屁股后边有风险，不给他面子，他会觉得我是势利小人的。

不就是喝酒嘛！我脑子一热，喝啊！

这才像个男人。走！

骑自行车去啊？

一屁远的路，还骑车，步撵！

我跟在丁家干的屁股后，走在去小崔庄的路上。丁家干显得很开心，脚上带劲，把田间土路上的尘埃都踩飞了起来，嘴里还不时地哼着小曲。或许他嗓子不好，也或许他本来就哼不出完整的一首曲子，断断续续的哼哼唧唧中，我实在听不出他哼得是什么曲，像《双堆磨》，又像《十劝郎》，还会冒出拉魂腔的《十二月花魁》。

丁家干自顾自地唱，能感觉他快乐的心情。我的脚下也不比他慢，一步一步地撵着他。走着走着，丁家干突然说，小陈，你有知识，有前途，我眼睛不瞎，最看重你了，你跟老子说说看，我这人到底怎么样？

好啊，挺好啊！我不假思索地说。

崔大个子他敢惹我，等着瞧吧小陈，我可不是好惹的！小陈，你说我能怕他？我要怕他崔大个子，我要怕他崔大黑子，我就枉在世上混了。

崔园长有个外号，叫崔大个子，我是知道的。崔大黑子，我还头一回听说。崔大个子是个中性词，崔大黑子就有些贬义了。丁家干在我面前发狠，是说明他自己厉害呢，还是还有下文。我也只好含糊其词地哼一声。

崔黑子也不是没有把柄，我已经揪到他尾巴啦，他妈的，敢在我面前冒充大马队，老子可是上过战场的！

崔大黑子又变成崔黑子了，可见丁家干一直没少琢磨崔园长。我不知道丁家干揪到的尾巴是什么尾巴，崔园长的把柄又是什么把柄。莫非就是和豆叶的事？如果是，可不是从我这里传出去的。我没有把崔园长和豆叶的事说给任何人听，包括我最信任的张会计。

我他妈就是这点不好，谁都不怕。丁家干继续说。

我没有答他的腔。他说谁都不怕，他说就这点不好，其实是夸自己有多好，有多牛。

老子扛过枪，打过仗，受过伤，死都死过了，我他妈怕谁呀我！

前半程没听他说话，先是他沙沙的脚步声，后是听不清曲调的小曲。这后半程他却不停地吹牛，像是给自己打气。恐怕，接下来我都要听他自说自话了。

快到小崔庄了。小崔庄茅草的屋顶、门口的树已经清晰可见了，村口那座古老的石拱桥也近在眼前了。丁家干突然说，小陈你怎么不说话?

我……我听你说呢。

你也说说。

我想起老杨说丁家干在朝鲜差点惹出国际主义的乱子来，觉得好玩，便问他，你怎么没把朝鲜的女人带回来?

丁家干听了，哈哈大笑了，他说，是老杨狗日的败坏我的吧?他只知道其一，他还不知道我干过一个美国女兵呢，那是我抓的一个俘虏，我看她人高马大的，就摸她一下，她就朝我叫了，一边叫一边露出大牙笑。老子也就没客气，把她给办了。可我又想立功，没有放她。她狗日的反咬一口，把我告了。连长为这事审我，我才把跟朝鲜女人的事交代出来。连长跟我是老乡，我救过他，对我不错，他问我是想立功，还是想回家。我知道立功就是叫我在战斗中战死，成为烈士。我不想死，我刚知道女人的事，还都是外国女人，国内的女人还不知道啥味道，我就说不想立功。连长骂我没出息，就把我送回国了，我的战功也一捋到底了。哈哈，这事情，以前感到丢人，现在人老了，皮厚了，也没什么了。

丁家干说完，又神秘地问我，你小子，还没碰过女人吧?

我被他问得不好意思起来。我脑子里一下就跳出了侍红，侍红在我家门口打水，侍红在雨中奔跑，还有路遇时扶着自行车的拘谨。但是侍红的面貌不是越来越清晰，而是渐渐模糊了，渐渐变成了张会计。

丁家干鬼鬼地看着我，说，张会计挺好的。

她好归她好……我的话总是提不起气，脸上火烧火燎起来。我怕丁家干看到我不安的脸色，假装弄下鞋带——我的毛病总是不能掩饰自己的心思。

好在，说话间，小崔庄到了。我们看到打谷场上已经拉起来的银幕了。

天还没黑，村上就有很多奔跑的人了，大多是孩子，也有老人——反正闲也闲着，早去早占个好位置。丁家干只让我远远地望望白色的银幕，就说，走，先去代销店！

代销店的酒是桃林大曲，这是本县最好的酒了，三块三毛五一瓶。丁家干买了一瓶。代销店的店员跟他很熟，我似乎也见过他去植物园看过电视。丁家干买酒时，店员说，天还没黑，正是喝酒的好时光，一瓶够啊？丁家干看看我，问，小陈能喝几两？我说我没喝过，我不喝酒。丁家干说，没喝过不怕，我教你，就跟喝水一样。老杨就是我教会的。好吧，来两瓶，喝个痛快！

大白牙可能知道丁家干要来喝酒，弄了好几个菜，鱼啊肉啊大白菜烧豆腐都有，还有一盘炒兔肝，黑乎乎的。我不知道这是什么菜，拿筷子拨一下，没敢吃。银花说，吃吧，没事的，不药人。大白牙用筷子指着那盘菜，说，没吃过吧？这是兔肝，野兔子的肝，银花在崔老鳖家拿来的。崔老鳖用竹夹子逮了不少兔子，吃不了，就把肉腌起来了，腌成了咸兔肝，炒出来好吃，很筋道，来，尝尝！丁家干恍然地说，崔老鳖拿竹夹子逮兔子，那天夜里差点把我也逮住了。大白牙说，你的肉也不好吃，稀罕逮你！小陈，别听他吹，吃！银花也拿眼睛看着我。我却不敢尝。我是属兔子的，吃兔子肉，就像吃我自己的肉一样。我在植物园食堂吃过一次兔肉，吃一口就恶心。当时我就说，什么肉啊。有人说，兔子肉啊。我就再也不吃了。现在是一大盘兔肝，那要宰杀多少只兔子啊。银花看着我，足有一分钟，才说，我知道了，你是属兔子的。我不怕，我属牛，牛是吃草的，怪不得我不喜欢吃草呀！银花的话惹得丁家干和大白牙都笑了。丁家干还被笑噎了一下，不停地打着喷香的酒嗝。丁家干差点把嘴里的兔肝喷出来。丁家干说，银花银花你真聪明，你要是做我女儿就好了，你要是做我女儿，我就让小陈做我女婿，这事我包了……丁家干的手上挨了大白牙一筷子。丁家干被抽疼了，甩着手，说，你打我干吗？我说错啦？你要能找到小陈这样的女婿……丁家干的手上又挨一筷子。大白牙说，你要再乱讲，我把你牙敲了，你没看银花脸都红啦？你看看小陈，脸也红得跟猴屁股一样，你还给不给小孩子喝酒啊，来来来，我敬你一杯，堵堵你这张臭嘴！丁家干拿碗和大白牙碰一下。丁家干说，一共两瓶酒噢，你和银花包一瓶，我和小陈包一瓶，喝完不许再拿了啊？大白牙说，两瓶酒算什么啊，我家里还有酒，尽管喝，喝好为止。

他们的话吓我一跳。要我做大白牙的女婿？天哪，我可没这样想过，那么这场酒就是事先预谋了。但他们的话没有继续下去，又不像是预谋。只是两瓶酒喝完还要再喝，我是害怕的。我已经头晕目眩了。我赶快说，我不能喝了，我就喝碗里这点，这都有二两了。丁家干说，二两酒算个屁啊，你至少再喝二两！剩下的六两，是我的！大白牙也说，银花都能喝四两，你好意思说二两，不行，少了四两不许你出门！别以为我家没酒！我说，不行啊，我醉了。丁家干又喝一口酒，考验我说，醉？你知道醉酒是什么样？说自己醉的人一定没醉，说没醉的人，拼命要酒喝的人，那他一定是醉了。银花这时候倒是帮我说话了，她说，那小陈要是喝醉了，就不能说醉，因为说醉，那他就没醉，还可以喝。小陈要是没喝酒，也不能说没醉，因为没醉吗，继续喝。你们是文说文有理，武说武有理。小陈，你莫理他们。大白牙敲了银花的手背一下，死丫头，你醉了！

但是，我还是喝醉了。

我从来没喝过这么多酒，我也不知道我能喝多少酒。我把大白牙安排我的酒喝完了，脑袋就开始了旋转。我看到大白牙家的屋顶在旋转，大白牙家的墙壁在旋转，墙上挂的一双鞋也在旋转，就连大白牙也不停地往一边倒，银花也跟着倒，不是一个银花，而是两个三个银花。而大白牙又从床底摸出一瓶酒来。我心底就没底了。我说我看电影去了，我不能喝了……可大白牙还是给我又倒上了，大白牙说，喝，男子汉，喝点酒，胆子才大，才敢干大事情……喝！我说我真的不能喝了，我想去看电影。大白牙说，不能喝酒还能看电影啊，看什么屁电影啊……你要去看看电影，你就去看……银花，你你你……你带小陈去看电影去……银花你没醉吧？银银银花不醉……我我我……我跟丁……再喝一阵，我要把丁……灌醉了……

丁家干跟我挥着手，说，都走！

我站起来，摇摇晃晃地走了。

陈会计你你你……真走啊？银花……你护一下小陈会计……

银花也站起来了。银花比我要清醒些，她在我身边，团着舌头说，陈会计你没……没事吧？

没事……我跌跌撞撞就冲了出去。

我听到丁家干说，这点酒量……也敢跟我出来喝……喝酒！

天已经黑透了，村子里也黑透了，村路上更是影影绰绰的。人家的房舍啊，树啊，草垛啊，猪圈啊，也是黑的，只不过和黑夜的黑不太一样而已，是更黑的黑。风有些冷，刮在脸上我感到冷，说明我还没有醉到不省人事。我还能听到电影里的枪弹声。这是战争片，我想，听这炮打的，跟炸鞭炮一样热闹！

在我身边是银花，她深一脚浅一脚的，也有些打晃，像风中的一棵小树。她会不小心晃到我的身上。我很想扶住她，可是我不敢，我怕她不让我扶。我怕她并不像我这样的醉。但是，她不朝我身上晃的时候，就往路边晃，有一次，差点撞到猪圈上，有一次，差点撞到树上。大白牙让她来保护我，看来我要保护她了。正当我要伸手拉她或扶她的时候，她又晃回来了，她胳膊撞了一下我的胳膊，让我感到疼。银花说，快点走，电影要演完了！但是，银花还是没有站稳，她旋转一下身体，一歪，倒在路边的草垛上，顺着草垛，就滑坐到了地上。我眼前一下就没了银花，原地转了一圈，还是没有看到银花，倒是听到她说话了，她说，拉……拉我……拉我……拉我呀。我看到草垛下的黑影，伸手拉她，我手往她身上捞一下，不知捞在她身上的什么地方，反正都是棉衣。我想把她拉起来，可我身上没有力气，反而被她拉下去了，差点趴到她身上去。我跌坐在她身边，摸到了她的手。我拉拉她的手，拉不动，她的手冰凉冰凉的，软绵绵的，在我手心里很小。银花另一只手又抱上来，抱住我的手，也拉我一下，她也拉不动我。我一带劲，她被我带到怀里来了，银花一晃身子，趴在我怀里不动了。银花嘟囔着说，看电影，看电影……看，电，影，你就看吧……看吧。银花把我的手拿在她的胸脯上。隔着厚厚的棉袄，我能感觉到银花胸脯的坚挺和柔软。这是我第一次触摸女孩的胸，那里的神秘，一直是我无法想象的。我的手隔着衣服摸了一会儿，像蛇一样游进了她的棉袄里了。我碰到了银花的乳房。我突然有种想吐的感觉，想把心都吐出来，因为它的确已经堵在嗓子眼里了。银花的乳房结实而硕大，我的手根本抓不住它，它胀我的手，有种喷射的愿望。它真要喷出来了……银花咻咻地喘着气，把我抱紧了。在最初的莽撞和冒失之后，我开始细细品味它，感受它，开始轻轻抚摸，在乳头上弹弄，我的心也渐渐回到心窝里。而银花的头一直埋在我的肩上，我感觉到她不时地抽搐，抽搐，感觉到她血液的流动……

我酒醒了，可清醒后更是肆无忌惮了。

有人走过来了，不是一个人，是两个人，一高一矮，也是摇摇晃晃像醉酒一样。莫非是丁家干和大白牙？他们喝完酒啦？他们看电影去啦？不对呀，电影在南面的打谷场上，他们是往北走的呀，是往村子里走来的呀。我一动也不敢动，我的呼吸声很不争气，我耳朵都听到我的呼吸声了。别怕，他们很快就走过去了。然而，他们并没有走过去，他们在我们前边不远的地方，其实就在路的斜对面，十来步远的一棵大树下，站住了。高的背对着我，他在撒尿。矮的也在撒尿。

他们一边撒尿一边说话了。我一听声音就吓得差点往草垛肚里钻——他们一个是老杨，一个是崔老鳖！

这是二十块钱。老杨说。

才这点啊！崔老鳖说。

别搞错了，这五十是崔园长的，崔园长的钱，你还敢赖！想死啦你？老杨说。

他什么也不干，凭什么拿那么多！崔老鳖说。

别搞错了，他是园长，没有他顶着，我们两人全完蛋！老杨说。

我不怕，我又是不你们植物园的人，凭什么怕他！凭什么我就拿最少？东西都是我偷的，我最累，我最苦……我每回都最少，他妈的，老子不干了。

又不是你一个人。老杨说。

你才偷多点？崔老鳖说。

你笨啊，不是我掩着盖着，拿到城里去卖，早让丁家干给查出来了，丁家干老跟我们作对，你晓得不晓得？我打死你家一条小破狗你还跟我记仇啊？我这回也才拿二十块钱……拿去，你要，都给你，算是我赔你家的狗！老杨说。

崔老鳖不吭声了。

两个人煞好裤子。崔老鳖说，反正我吃亏了。

一条小狗，我都赔你了！

反正还吃亏……

你吃什么亏？你家女儿迟早要嫁人……我老杨还能亏待你不成！

电影不看啦？

这么好的机会，看什么电影？你傻啊？老杨推一把崔老鳖，说，听说丁家干在大白牙家喝酒了……走啊。

两个人又继续走了。

两个黑影叫黑夜的黑淹没了。

我醉意全无。我明白了一直困扰我的事。原来，崔园长、老杨和崔老鳖，他们都是贼！他们合起伙来，偷销一条龙。我晃晃身边的银花。银花睡着了，她就在我怀里睡着了。我有些手足无措地继续推她，继续小声叫道，银花……

银花动一下，含混不清地说，你坏……

逮兔子

我觉得植物园里暗涌着一股杀气，很可怕。我越发地觉得，丁家干很孤独，很无助，他有点像拿着长矛和风车决斗的堂吉诃德。他常常拉着我去做这做那，是因为他能拉得动我。他要是拉别人，是没有人会理睬他的。而我，对植物园的情况还没有深入了解，还不知道植物园里的水深水浅。但是，随着我在植物园工作时间的增长，随着我对周遭情况的熟悉和了解，我想，我也应该多一些明哲保身的想法了。就是说，我不会把我看到的事、听到的话、告诉丁家干的。以前没说，现在也不说，而且，我也不对任何人说。我要把我这张嘴闭紧，打上封条，免得那股杀气冲撞了我。何况我还有我自己的打算呢，何况我正做着植物学家的梦呢，何况我植物学的研究已经在进行中了呢。

药材研究所的所长还没有任命，临时由老杨带着大家工作。老杨给大家的印象，本来就是很负责任的，让他做临时负责人，他就更像个领导一样负责了；而丁家干真的烧澡堂去了。不知是崔园长的安排，还是他自觉自愿。据说，往年的澡堂原来是每周烧一次，由小谢负责烧，而且很不定期，根据小谢自己的工作安排而定，有时是星期三烧，有时是星期五烧。水温也保证不了，有时冷，有时热。冷时，基本上不能洗，热时，又像烫猪毛，把大家烫得哇哇叫。丁家干专事烧澡堂以后，改为每周烧两次，并固定在星期二和星期六下午。丁家干烧澡堂果真是一把好手，他能把洗澡水烧得不冷不热，正正好好。

也许是吃过大白牙家兔肝的原因吧，丁家干突然喜欢吃兔子了。他不知采用什么办法，只需走出植物园的大院，到植物园的地盘上去转一圈，有时是东大洼，有时是南小荡，有时是后洼，有时是西塘，有时是杂树林，有时是断魂岗，他不管到哪里，都能拎来一只野兔，有时是两只野兔。丁家干把兔子剥了皮，把兔肉交给食堂的崔师傅，把兔皮钉在墙上。他宿舍门左门右两边的墙上，已经有十几只野兔皮了，起初，他左一张右一张的时候，有点像春节时贴的对联，后来兔皮多了，又像十年前贴的大字报。兔皮有一股兔腥味。还好，冬天里，没有苍蝇，阴干了的兔皮，看上去像是贵重的东西。丁家干会在上面拍一掌，跟我炫耀地说，看看，够弄件皮袄了。有时候，丁家干拎来一只兔子，并不杀，而是拎着去了小崔庄，并把我也喊上。他说，小陈，走！

现在的我，和以前也不一样了，只要丁家干说一声走，我就跟他往小崔庄跑了。我知道他到小崔庄都要到大白牙家喝酒。到大白牙家喝酒，我就能看到银花。但是，在银花家，我和银花都没有话说，说一两句客套的话不作数的。我和银花当然还是在一张桌子上喝酒了，不过我们都不再喝醉了；就是喝醉，村上没有电影看，也没机会出去了。每次喝完酒，丁家干都赖着不想走，都是叫大白牙赶走的。而我，也多了一层心事。这心事就是银花丰满的胸部，我曾在那里抚摸过。我多想再抚摸一回啊，如果能在没有一丝醉意的情况下，重温一次草垛里的情景，真的太美妙了，可这样的情景没有再现。因为我们不再喝醉。没有酒醉的冲动，我的胆量完全没有了。我每次见到银花，感觉银花都是想我去摸她的。她胸脯挺挺的，似乎在跟我招手，可我只有想想的份儿了。有一回，我在大白牙家喝过酒，大白牙要到植物园看电视。我看出来，丁家干不想走，他说，小陈和银花去看吧。丁家干的意思，是让我们走，他们留下。大白牙说，不行，我也要看。银花，我们一起去。大白牙的话，让我觉得，她是对我和银花不放心。在去植物园的路上，银花便不再说话。银花本来就是个少言寡语的女孩，加上她严厉的母亲，还有丁家干在身边，她就更不愿说话了。在园部办公室看电视的时候，银花都是我不时注目的焦点。我有时候也会产生错觉，银花要是侍红多好啊。想到侍红，我心里就会难受一会儿，就想跟银花要保持距离。银花当然没有侍红漂亮了，但是，如果把侍红美丽的面孔换给银花，我会怎么样呢？会毫不犹豫地选择银花吗？我拿不定主意了。可正因为有侍红的存在，我的心里才充满障碍，才没有在看电视的时候，把银花约出去。我知道，只要我敢约，银花就敢跟我走。我看到过前边成功的例子了，崔园长、小谢、老杨，他们都约过别的女人。崔园长和豆叶，老杨和洋玉，这是我已经知道的，可和小谢约会的那个女孩是谁呢？我至今还不知道。我有时候会这样想，崔园长是有家有口的人，他勾引人家有夫之妇，当然要偷偷摸摸了。老杨也是有家有口的人（他家在三十公里外的沭阳桑墟），他勾引一个小姑娘，同样不敢光明正大。至于小谢，他是大青年，他最有可能公开他的女人。可他偷偷约会，一定也有不能公开的原因。而我就不一样了，我跟他们俩都不同，我是未婚男青年，跟女孩谈恋爱是正常的，不应该偷偷摸摸，不应该模仿他们。我想，有机会，我要请银花进城看场电影。但是，这时候，张会计就向我笑了。张会计的微笑有无穷的魅力，让我心生感动，同时也一直让我心虚。张会计是好姑娘，美丽，温情，善良，乐于助人，我对她充满好感。但现实是，张会计只是对我关心而已，不知为什么，我总觉得她像个姐姐——不仅是她的年龄，她的做派、言语，都是。

只有银花是最真实的。但是，现在，真实的银花可能看我又不真实了吧？我们总是处在若即若离中。我甚至连问问她是不是有个姐姐叫金花都没有机会——当然没有。如果我这样问了，也不过是一种没话找话的伎俩罢了。

所以，除了上班，除了躲在房间里摘抄我的植物笔记，记录下我亲眼观察的植物的特征和属性，我最大的业余爱好，就是和丁家干出去打猎了。

有一天，刚下班，我和他们一起走在回园区的路上，听他们夸丁家干澡堂烧得真好，听他们夸丁家干打来的野兔真好吃。还有人说，知道丁家干不当所长比当所长乖，早就请崔园长捋了他了。说话间，我们就走到植物园大门口了，丁家干已经在那里等我了。他说，小陈，走，跟我逮兔子玩！

我便随着丁家干走去。

有人说，小陈，逮到兔子别独吞啊。

人家小陈不吃兔肉。有人替我抱不平了。

丁家干说，饿不饿？要不要先弄点东西垫垫肚子？

我知道逮到逮不到兔子，我们在植物园广阔的田野里转到天黑，就会去小崔庄大白牙家吃吃喝喝了。如果逮到兔子，不用说，还有酒喝；就是逮不到兔子，也有可能有酒喝。大白牙已经把丁家干当成自家人了。有人说她这叫“坐山招夫”，有人说他是上门女婿。既然成了一家人，大白牙也并不吝啬几瓶酒钱。她也不再纠缠丁家干是不是查到豆叶的奸夫了。豆叶在逼崔二朋喝药不成后，也老实了许多（可能在中医院做完人流后，感觉没有后顾之忧了，抑或是崔园长做了工作），加上崔二朋出村赌钱去了，豆叶家又归于平静。至于崔二朋的瞎眼奶奶，大白牙是怎么安慰她的，我不得而知。反正老太太经常吃了大白牙送去的兔肉，常常瞎眼里笑出泪来。

今天来点绝的，丁家干说，小陈你有没有胆量？

我知道丁家干总有出人意料的举动，来些绝的，也可能是逮兔子的手段变化了吧，便随口答应一声，就跟他走了。

丁家干没走几步，又说，小陈你酒量还没有练好，醉一次不行，得多醉几次，醉他十次八次的，酒量自然就练出来了。男人喝酒不留量。

我没留量。

还说没留……老子后来就没见你醉过。丁家干诡异地一笑，说，想不想再醉一回？

我不知道丁家干葫芦里卖的什么药，心里紧张一下，随即又想，他不会知道我和银花在草垛里的事吧？我也牛气地说，醉酒也没什么大不了的。

行啊小子，有点男人的样子啦！哈哈哈哈……好！

丁家干说过“好”，就没了下文。

我们走上一条大路（所谓大路，也不过是田间的一条能开手扶拖拉机的土路而已），没走多远，就从大路拐下去，往西塘方向拐。通往西塘是一条片滩，所谓片滩，就是夏天时一直被浅水覆盖，没有路，杂草有膝盖深。到了冬春季，就成一片盐碱滩，裸露出来的土都是白色的，像结了一层盐霜。片滩的地形不像后洼和鬼魂岗连在一起那么复杂，一眼能望下去好几里。

走在盐碱滩上，丁家干又想起醉酒的话。他说，小陈，今晚我弄几个菜，好好再多喝几杯，你得再醉一次。

我说不行，不想醉了。

丁家干说，醉了好啊，醉了胆子大，敢干！我操他家二姨奶的，我那天喝醉酒，借着那股劲，把大白牙操翻了！哈哈哈哈……狐狸再狡猾，也逃不过好猎手，她天天假模假样的不让我沾边，小酒一醉，服服帖帖的……小陈我对你说你可不许告诉别人，大白牙有三个奶子哈哈哈……骗你的，她肚皮上的暄肉跟奶子一样！你看这草多深多软，绊在脚上多舒服，注意脚下，看看有没有新鲜的兔屎……好地方啊，哪天跟大白牙在这里睡一觉……那也是野味啊！

我不知道别人的性启蒙是在哪一个年龄段、是在什么环境下接受的，但我清楚地知道我是在植物园里完成了这种仪式。丁家干把大白牙身上的每一个器官每一个神经末梢都给我比画和形容了，我一边听他说一边拿他的话跟银花做参照。这样的参照让我热血沸腾，让我糊里糊涂。我听到我自己心里在说，今晚也要醉一回！

我们走在草地上，脚下会一脚踩空，连草及脚会陷进湿漉漉的地里，仿佛掉进陷阱里一般。我已经知道，踩空的地方，是水老鼠的洞穴。有时候是前洞，有时候是后洞，冬天的水老鼠，就藏在洞穴里。水老鼠似乎也有两种族群，一种是把窝建造在水中的小岛上，那小岛是它们拖来树枝堆成的，它们在那里过冬。一种就是生活在滩地的草窝里。草窝里，会有一堆堆新土，那是水老鼠新打的洞。它冬天打洞，是为明年做准备的。明年雨季一来，那堆新土也成了水中的岛屿，洞口周围就长满了新草，它的洞口也就非常隐蔽了。有时候，新土也不光是为了打洞做窝，而是觅食。水老鼠能知道蛇的藏身之处，几只水老鼠一路打下去，会把正在冬眠的青梢蛇抓住，当成晚餐吃掉。青梢蛇还在睡眠中，浑然不觉就成了水老鼠的美味，也算是安乐死吧。上回和丁家干逮兔子，就看到过水老鼠吃蛇。一群水老鼠，缥在一根蛇上，像一根辫子一样，互相拥挤着，场面颇为好看。等到水老鼠被我们惊散，一条蛇已经被啃得面目全非了。

走在这样的地形里，我极感不适。但野兔子会从这里经过。

我们越向草地深处走，脚底下踩空的频率就越高。

一望无际的金黄色的草地上，迎来西天最后一抹晚霞。美丽的暗紫色渐渐褪去时，真正的黄昏来临了。有风吹来，风吹草低并没见到野兔，而我已经看到了夜色的影子。

我说，兔子都叫你逮光了，连兔屎都看不到了。

不会，到处都有兔子。你不知道，兔子比我们还聪明，我们不踢到它尾巴上，它不会动的。

要是踢到它尾巴也不动呢？

那它就不是兔子。

它是什么？是崔园长？我想起崔园长在盐肤木林子里，在我眼皮底下都不慌不忙的样子。

我话音刚落，丁家干便拉我一把，小声说，别动。

丁家干瞅着密密匝匝的蒿草，从口袋里掏出一个特制的布袋。丁家干观察半分钟，对我说，你蹲下别动，也别出声。看没看到前边那棵矮矮的老柳树，对，就那棵大一点的，我到那里下好袋子，你看到我向你招手了，你就瞄着老柳树走过去。

我点点头。

丁家干绕一个大圈，走到老柳树那儿。一会儿，他就向我招手了。

照丁家干说的，我瞄着老柳树，一直走过去。

一路上，有二三百米远，我什么都没有发现。离老柳树有十多米远的时候，跟枯草一样颜色的一只灰喱色兔子突然跳出来，在草地上飞蹿，它就像插上翅膀一样，在草上飞，一头钻进了老柳树下的口袋里。随着它钻进去的惯性，口袋口也被细麻绳收紧了。趴在草窝里的丁家干哈哈大笑着，跑过来，说，看到了吧，兔子就是这样逮的。兔子不走回头路，你只要在草丛里看到它走路的方向，逮它就很容易了，就跟逮女人一样！

丁家干拎着口袋，往肩上一甩，说，走，杀兔子，喝酒！

我跟在丁家干的后头，脚下绊着厚密的枯草，很吃力。因为逮了兔子，因为要喝酒，因为马上就要和大白牙会面，丁家干脚下很轻灵。可丁家干一脚踩空，漏了下去，摔在草地上。丁家干一把抱住口袋，说，我操，差点叫它跑了，哎哟，陷这么深啊。我跑过去拉丁家干，也一脚踩空，漏了下去。丁家干揉着脚脖子，说，你要小心啊，当心叫水老鼠把你脚给啃了。我赶快抽出脚。丁家干笑了，他说，不用怕，水老鼠藏得很深。

它真会咬人吗？我赶紧拔出脚，不放心地问。

丁家干说，大活人，它不敢。白天它见人就吓死了。

夜里呢？

夜里也不敢，水老鼠再厉害也是老鼠，不过你要是在草地里睡一觉，就不一定了，第二天，你会发现你不是少了一只耳朵，就是少了一根脚趾。

它咬人不疼吗？

它会给人打麻药。

我心有余悸地看着草地，赶紧跟上了丁家干。

我们快速走出这片盐碱滩时，天已经黑了。丁家干变戏法一样，从腰里掏出一把小手电，对天空晃晃，照着路面了。我们就踩着一圈昏黄的灯光，深一脚浅一脚地进了村，鬼魅一样地仄进了大白牙家。

不巧的是，银花不在家，只有大白牙一人在。我在大白牙家四处看看，也没有看到银花。也没有听到银花说话。

大白牙知道我的意思，说，银花去你们植物园看电视了。本来我也要去的。我老感觉左眼皮跳，跳，跳，怕有事，没去。幸亏没去，我不知道丁所长你狗日的要来！我要是知道，我就不让银花去看电视了，让她帮我烧火做饭。丁所长你也不给我发个暗号。小陈你坐，我弄菜去！

大白牙你少放屁，我没发暗号你左眼皮怎么跳啦？

大白牙听了哈哈大笑着说，敢情就是你发的暗号啊！你这小狗吃的！

丁家干也开心地笑了。

银花不在家，我一点劲都没有，而且我在大白牙家还有碍事的嫌疑。可我又不好马上说走，我怕我的心事叫丁家干和大白牙知道了。

可丁家干还是知道了，他说，小陈你回去吧，逮兔子的技巧让你学去了，那可是我的绝活。你再去逮一只好了！回去吧！回去吧！回去看电视去，年轻人喜欢看电视的！别和我们老年人鬼混。

说谁鬼混啊？大白牙快乐地说。

老不问少事，人家小陈想走，想看电视，你强留干吗呢？丁家干跟我挤一下眼。

大白牙一嘴对不起我的口气说，对，小陈，你吃点亏，今晚就少喝一回。银花也不在，我也不想做菜了，就老丁让他对付着吃点算了，下次我一定做好菜让你下酒。

大白牙和丁家干都想我走。他们有共同的目的，也各有不同的意思。我听出来丁家干话里的言外之意。

那么好吧，银花既然不在，银花既然去看电视了，我也没必要待在这里了，便说，好吧，我先回啦。

大白牙又说，小陈你看到银花，帮我照看一点，不要让她跟豆叶乱跑。银花不懂事，我怕她学坏。

我应一声，走进黑暗里。

小崔庄到我们植物园这条路有三四里远，从小崔庄的石桥走过来，横穿过通往县城的砂石公路，和砂石公路是“T”字走向的上边一横，那一竖就是去我们植物园的路了，走二三百米，又是一道石桥，这是新式的石桥，和小崔的石桥不能相提并论，小而新。过了桥，路的东西两边就是我们植物园的地盘了。我没有心思想着藏在路边草丛里的野兔子了，我心里的兔子是银花，银花就是我要逮的兔子。

当然，如前所述，我只是想想而已。我一路小跑着，跑进办公室，在一屋看电视的人群里，我看到了银花。银花的身边没有洋玉。没有洋玉就没有老杨。我又找豆叶，豆叶也不在。豆叶和洋玉这两只小野兔，分别叫崔园长和老杨捉走了。这在我预料之中。我想，我也去捉银花吧，可我不敢再看她，我怕我真的会把她带走。

我悄悄绕过人群，走到银花的身后，碰一下她的肩膀，然后，就出去了。

我站在办公室前林子的暗影里等银花，不消两分钟，银花果然就心有灵犀地出来了。我在她前边悄无声息地向前走，她也跟我走。我想把银花带进林子里。银花说冷啊冷啊，冻死了。我就三拐两拐把银花带进我的宿舍。其实宿舍最好了，林子里并不安全，不知道会遇到谁（林子里肯定有人）。我本不想开灯的。但银花要开灯，我就只好开了。我们坐在床上说话。我们只是说话，我想拉拉银花的手。银花的手就放在床沿上，离我的距离不到一尺，离我的手不到三寸。我只要一抬手，就能捡起银花的手了。可我没敢。我要是喝口酒就敢了。银花说，我们喝酒吧。银花和我一样，我想到了，她也想到了。可她也不敢。她想喝酒，她喝酒就敢了，可我的宿舍没有酒。银花坐了一会儿，说我冷死了，说我我我……我就回去了。我没让银花回去，我要去抱她……

我的想象只能到这里，下边我就没有想下去。我眼睛盯着电视，心里想着要和银花怎样怎样。想到后来，我连再看一看她的胆量都没有了。

夜 色

我的胆量有时候也很大。我居然决定去小崔庄了，而且决定一个人单独去。我要去找银花。

天气很恶劣。连续的阴天，连续的西北风，连续骤降的气温，让植物园非常的冷清、萧条。这是今年的第一场寒流。我决定到小崔庄去，并不是怕冷，而是觉得太孤独了。连看电视的人都少了很多，大白牙、银花、洋玉、豆叶都没来，姑娘媳妇们全躲在家里了。只有几个淌着鼻涕的小男孩还坚持着跑来。

这是我第一次单独行动，我一定要做得巧妙一些，绝不让别人看见，尤其不能让丁家干、老杨、小谢他们晓得，也不能让小胡知道。要是让他们晓得了，他们一定会拿我开玩笑的。他们的嘴巴既尖又损，像刀子割肉，叫人受不了。因此，我是在天黑之后上路的。我没有老杨那样的电棒，走夜路也是第一次。我看不见前边的路，眼前都是黑对黑。我拿脚在前边探路，老是一脚深一脚浅的。好在这条路我还熟，比较平，没有沟沟壑壑的，也没有水老鼠，万一走到路边的枯草地里，拔出脚来再重走。

后边的风顶着我，推着我向前，好像在说，快点快点。我自己的心里也急，也在说快点快点，可我快不起来。我总怕一脚会踩上什么。我快不起来，风就不高兴，像针尖一样刺透了我的棉袄，让寒气灌进来。真的好冷啊!

还好，路上并没有碰到人（也可能碰到了，对方被我吓得躲到了路边，因为我就是这样想的，要是碰到人，我就躲起来）。我顺利地来到小崔庄。

大白牙家我知道，住在村中间，门口有棵槐树，槐树下是一盘石磨。

村上的地形比较复杂，我沿着墙、草垛、猪圈摸索着，试探着，一步一步向前挪。家家户户都是黑灯瞎火的，房屋也很类似，都是门口有树，树下是磨，磨边是猪圈，猪圈边是草垛。我要准确辨别大白牙家的方位也不是特别容易的事——虽然我来过多次，那可是都跟在丁家干的屁股后的。

个别人家还掌着灯，也有人家传出说话声。灯很暗，说话声也很轻。

我没有要偷听别人家说话的意思，但是这一家传出的声音有些特别，是一个男的和一个女的。男女对话本身没有什么特别的。但是一般人家，都是男人有本事，嗓门大得像驴吼，女人处于下风，像温顺的小猫。而这家，是女的声音特别大，男的支支吾吾不敢说话。但这两人的声音我都有点耳熟。我一听就听出来了，女的是洋玉，男的是崔老鳖。是的，他们是父女，没有小声说话的习惯。

天气冷，又有风，你跟我去打个混。崔老鳖说。

不去！洋玉说。

又不是叫你上刀山下油锅。崔老鳖说。

不去！洋玉的声音斩钉截铁。

真的很冷……

冷有什么好怕的？洋玉冷笑一声，你也知道怕！

崔老鳖说，我小狗要不死，我就不怕了，就有人打混了。

洋玉说，你活该！你把我当小狗啊？

崔老鳖说，我哪敢啦，我是说我那条小花狗，小花，不该死。

洋玉说，死就死了，没有该不该的，死了就活该！

崔老鳖说，都是老杨狗日的。

洋玉说，你要骂，当他面骂，我不听！

崔老鳖说，我不骂了。我骂他他也听不见……你真不去啊？

洋玉说，不去！

崔老鳖说，你看电视咋那样积极？

洋玉说，不一样，看电视不犯法。

崔老鳖说，挖葛藤根犯法啦？

洋玉说，犯啦，那叫偷！

崔老鳖说，你上次不是去过一回？

洋玉说，那是鬼迷心窍！

崔老鳖说，这次不迷啦？

洋玉说，不迷啦！

崔老鳖说，好吧，我去，有什么好怕的。

洋玉说，你也别去！

崔老鳖说：凭什么？

洋玉说，不凭什么，叫你不去你就不去！

崔老鳖说，凭什么要听你的？我不去，我还能干什么？我不去手疼，心痒，难受。我就是贼命。我要是不偷，一夜睡不着。

洋玉说，天冷了，会冻死人！

崔老鳖说，不怕。

洋玉说，刮风了，寒风……

崔老鳖说，不怕。

洋玉说，要是下钉子呢？

崔老鳖说，下炸弹都不怕。

洋玉说，你要冻死在断魂岗，我可不去收尸。

崔老鳖说，冻不死，贼身上有火。

洋玉说，那你就去死吧！

崔老鳖拎着一只小马灯出来了。崔老鳖把灯头弄得很小很小，只有一个小点点，四周一点亮都散不出来。我倚靠在他家断墙上，大气不敢喘。崔老鳖就从我身边走过了，他的脚差一点就要踩上了我的脚。我憋着气，不敢动，直到他嚓嚓的脚步声消失了。我想，崔老鳖要是到了断魂岗，会把灯头扭大的。崔老鳖在微弱的灯光下，像水老鼠一样挖洞……他在这样的夜晚偷葛藤根，寒风呼啸，也真够敬业的。丁家干就是知道了，也未必去抓。

崔老鳖刚走，我看到屋里划亮了火柴，煤油灯被点燃了。随即，又吹灭了。我以为洋玉会追出去，会把崔老鳖硬拉回来，或跟着崔老鳖去断魂岗，但洋玉并没有出门。我只听到门吱扭一声，便又没动静了。

我正纳闷时，又听到踏踏的脚步声了。

这又是谁呢？

踏踏的脚步声也是从我面前响过去的，也差一点踩上了我的脚。我还闻到劣质雪花膏的香味。

洋玉。来人轻声喊道。

是银花。我一阵惊喜，可我却不敢喊她，因为洋玉就在屋里。

洋玉。银花又喊道。

奇怪的是，洋玉没有答应她。

洋玉，洋玉，洋玉你别装了，我知道你在家。

对方还是没有回答。

我也感到奇怪，洋玉刚刚还跟崔老鳖说话的，洋玉就在她的西厢房里，几秒钟时间就能睡着啦？不可能，分明是她不想理银花。

咱们一起去看电视啊洋玉？银花又说，我知道你会说天很冷，我有办法不冷，咱们跑着去，好不好？跑，一跑就不冷啦……你说话啊洋玉。你别装死，你就在家里，我晓得。

看来，洋玉是下定决心不理睬银花了。

银花喊了一会儿，泄气地说，算了，你不去我也不去了。

银花的脚步声刚刚嚓嚓响起来，大白牙的大嗓门就在不远处响起来了。银花，你干什么啦？回家！

大白牙家和崔老鳖家只隔三户人家，大白牙的大喊声在夜色里异常响亮，还余音袅袅。

大白牙可能没听到银花的答应吧，又尖叫一声，银花——

银花也大声地说，知道啦，叫！叫！叫！

大白牙听到回声，才声音缓和地说，今晚不看电视了，哪里也不去，想冻死啊。

银花不耐烦地说，知道啦，还叫！

我想和银花约会，这阵势让我怎么喊银花？这边有装睡的洋玉，我不敢说话。洋玉正从门后边窥探呢。那边有大白牙等着银花，我也不敢去。我实在不甘地听着银花从我面前咚咚地走过去了。银花还丢下一句，装死，小臭货！

我又悄悄走到大白牙家门口，在她家猪圈边站了好久。我还听到大白牙和银花简短的对话。

大白牙说，不烫脚了，过几天去植物园洗澡。

银花说，你都要臭死了。

大白牙说，我昨天洗的。

银花说，你怎么不说去年洗的？

大白牙呵呵笑道，你别占着理似的……我是为你好……我怕你去植物园，冻死在半道上。

银花说，我才不爱去了。

大白牙说，小陈靠不住，他瞧不起咱庄户人家。

银花说，扯他干什么……植物园就没一个好东西！

……

下边的话我听不清了，大白牙的声音很小，而银花也不再说什么了。

我打个寒战，掩掩单薄的中山装棉袄，回去了。

真冷啊。回去的西北风正好迎面吹来，像小刀划我的脸。事实上，我的心里刚刚也被划了一刀。

我看到前边有电棒光在闪，一闪一闪，灭了一会儿，又闪，灭了一会儿，又闪。我们植物园，很少有几个人有电棒，而老杨又最喜欢用电棒。迎面走来的，十有八九就是老杨，他这时候上小崔庄，干什么呢？不言而喻的，他是去找洋玉的，是和洋玉约会的。洋玉故意不理银花，她就是在等老杨。我不敢和老杨撞对面，我赶快跳到路边的草棵里趴着不动了。果然是老杨。老杨走得急，呼哧呼哧的，不知是冻的，还是累的。

此后，银花经常出现在我的视线里，大部分都在植物园，在晚上看电视的人群里。银花会无意地看我一眼，我也会无意看她一眼。我那无意的一眼，却是有意的。她无意的一眼是不是有意的呢？

洗　澡

丁家干对老杨说，老杨，把你那枝破枪借给我用用！

老杨说，干什么，打兔子啊？

丁家干说，不，我不打兔子。我逮兔子不用枪，我有办法。兔子见了我腿就软了。我从前当生产队长，社员见我腿就软。我在植物园当所长，工人见我也腿软。我现在逮兔子，兔子见我腿更软。我借你枪用，是有人在断魂岗偷药，我要去看看！他妈的，小偷见我竟敢腿不软，我倒是要看看，他怕不怕枪子儿！

你都不当所长了，还管什么闲事啊？老杨说，丁所长你神经过敏了，大冬天的，谁去偷药啊。

丁家干说，你不懂老杨。老杨你也不要叫我丁所长了，我现在不是所长了，我现在是烧澡堂的，所长现在是你了，你叫我老丁就行了。按说，谁偷药也不碍我鸟事，但这事我还得管，我不是所长也得管。植物园的药是我们大家的，我们辛辛苦苦就指望它了，不能再让他们偷了。我昨天去断魂岗，葛藤根被挖得不像样子，连葛藤都拉了，心疼死我了。这贼也太狠了，老杨你把枪借给我，我要拿着枪在断魂岗趴几夜，我就不信逮不住这个小毛贼！

老杨说，算了吧丁所长，就凭你这副骨架，也能去断魂岗趴几夜，就怕你逮不到偷药贼，让偷药贼把你给逮了。再说，你把我枪拿去，真要是伤了人，我也会跟着倒霉的。

丁家干说，我有数老杨，木匠打女人，我心里有尺寸。我拿着枪，一来是为了壮胆，我怕水老鼠把我耳朵咬去；二来我也不能把小偷打死，我朝天放枪，把他尿吓下来，好抓他，我最多朝他腿上放一枪，把他腿打断了，让他长长记性！

那也不行。老杨说，药被偷了，咱可采取正常途径，逐级向上反映。

丁家干有些不耐烦了，老杨你别拿腔拿调了，你借还是不借！

老杨看来没有理由不把他那枝“土洋炮”借给丁家干了，一咬牙，说，借！

天阴了几天，没有下雨，也没有下雪，一转身，放晴了。

丁家干在澡堂门口擦枪。正是大中午天，刚吃完饭，澡堂门口的太阳亮堂堂的，丁家干晒着太阳擦着枪，脸上也亮堂堂的。他把枪端起来，对着天上瞄一下，嘴里“叭勾”一声，然后继续擦枪。丁家干对枪不陌生，他很有劲地擦，嘴里还哼着小调：

小丫头，
好没翘，
又要哭，
又要笑，
屁后来了大花轿。
大花轿，
一挂鞭，
吓得小丫撒腿颠。

丁家干还能记得这些童谣，这是他小时候就会唱的，今天能够想起来，全是小崔庄那群小屁孩勾的。还不到中午时，那群小屁孩就跑来了，要洗澡。丁家干把他们赶跑了。植物园的澡堂是供应植物园职工洗澡的内部澡堂，不对外。但是由于植物园跟小崔庄有扯不清的关系，小崔庄的不少人都跑来洗澡，男人女人都有，也包括许多小屁孩。丁家干不让小屁孩子们洗澡，他们就编顺口溜骂丁家干：

丁家干，
干得好，
大白牙，
咬他鸟！

丁家干，
擦钢枪，
大白牙，
喝面汤。

丁家干先是生气，一想，便笑了，觉得孩子们说得太对了，丁家干就自己笑起来。

植物园的澡堂是用一口大铁锅烧的，大铁锅里的水和水泥池里的水相连，在烧水的时候，要不停地拿一把铁锨，把热水往冷水里戽，直到水泥池里的冷水也热了为止。所以，丁家干在大太阳里坐的时间并不连续，他要不停地给锅底加煤，还要不停地到澡堂里戽水，戽水的次数尤其要勤。

自从丁家干接手烧澡堂，他就严格了起来，还做了许多规定。小崔庄要是有人来洗澡，必须在下午五点以后，五点以前，是植物园的人洗。因为是男女共用一个堂子，植物园的人洗，也要分女先男后。每次烧堂子的下午三点多钟，最先来洗澡的，都是张会计，紧跟着而来的是小胡和园艺所的两个女人。女人们进去洗澡的时候，丁家干都在门口把守着，防止有冒失鬼钻进去。其实，大家都知道，女人们洗澡也不过半个小时或四十分钟，到四点钟时，男人们会从不同的岗位提前下班，到了宿舍简单一收拾，正好，女人们也把堂子腾出来了。

小谢今天开着手扶拖拉机和老杨一起进城卖药，他们在药材收购站早早把药卖了，两人到电影院看场十点钟的电影，十一点四十又到人民饭店吃了碗米饭和冬瓜排骨汤，这才开开心心地回来。小谢事多，下午还要进城买柴油，他怕赶回来晚了洗不上澡，便想破坏规矩，趁着中午到澡堂去洗澡。可丁家干不让他进去，把在门口，说水还没热。小谢说我抄点水湿湿肚皮就行了。丁家干说，冻死你鸡巴不碍我！小谢说，冻不死。丁家干说，冻不死你就进去，我给你看门。小谢说，不用看，来个把女的正好……帮我搓搓脚。丁家干说，就怕你帮人家搓脚啊！两人哈哈笑着，一个待在锅房里继续添煤烧水，一个从另一个门进去洗澡了。丁家干添好了煤，不想待在锅房里，虽然锅房里暖和，但鼓风机的噪声太响，太闹，好像要把心肺给吹出来，加上灰尘大，迷眼睛，因此，丁家干宁愿待在门口的太阳里。

小胡走过来了。她棉袄上套一件黄军褂，怀里端着脸盆，脸盆里是毛巾、香皂盒，还有搓澡巾，从另一条道上款款而来。她知道来早了两个小时，怕丁家干不让她洗，看丁家干背对着她，便想偷偷溜进去。但是她忘了丁家干的眼光会拐弯抹角，还是让丁家干发现了。

回来！

小胡站住了，说，我下午要跟小谢进城去办事，就早点让我洗吧。

不行，回来。

是水冷吗？我不怕。小胡央求道，有点热气就行了，好吧丁所长？

丁家干说，不是我不让你洗，是澡堂子里有人了。

按照习惯，有人也是女人。因此，小胡便说，有人怕什么呀。

丁家干说，小谢在堂子里。

小胡脸突然红了，她像是被羞辱一样，骂道，这个挨杀的，我白给他一套军装了，等着吧！

小胡气鼓鼓地走了。

又一天，小胡喊我到她的宿舍，说帮我绣的鞋垫绣好了，要送给我。我说等我洗完澡再来拿。她说洗澡不迟，反正一晚上都是你们男人洗。她说的也是，我便走进她的宿舍了。她的宿舍永远比我们的宿舍要整洁，同样的东西，让她一摆放，就是与众不同，而且，总有一种特别的中草药的香气。每走进她的宿舍，身心都会为之一爽。小胡很快乐地拿出了鞋垫，说，试试看，小不小。我没有立即脱下鞋子试鞋垫。我把鞋垫拿在手里。这的确是一双精雕细作的鞋垫，色彩艳丽，一只上绣着“振兴中华”，一只上绣着“实现四化”。小胡很轻柔地推我一把，说，试试啊！我说不用试，肯定正好。小胡说，那你就收起来吧，别让他们来看到，也不要说是我送你的，好不好？我赶忙说好，我怕她再用手推我一把，或拍我一下。小胡说，喝水吧？我有白砂糖。小胡桌子上的一只玻璃糖瓶里，确实有大半瓶白砂糖。我还没有说喝，她又说，你想喝糖水还是想喝蜂蜜水？这是蜂蜜，崔园长送给我的。小胡指着另一只瓶。我马上就想到，崔园长的蜂蜜，是我父亲送给他的。我父亲送给崔园长的蜂蜜是一桶，足有二十斤吧，他一定分给了许多人。小胡分得了一瓶也不奇怪。小胡没有让我喝蜂蜜水，她还是给我倒了一杯糖水。她说，小孩子喝蜂蜜不好，还是糖水养人。小胡经常这样，把我当成“小孩子”。我喝着小胡的糖水，再次觉得小胡真是热情的人。我经常享受小胡的这种热情，有时候，我甚至觉得，小胡的热情都有些过分了，比如有一次，小胡说她脖子里痒痒，让我看看是什么东西掉到她脖子里了。我可不想看她的脖子，她的脖子太白了，都会晃我眼睛。但是她把头歪着，脖子伸过来让我看。她的脖子里什么都没有，只有一颗像苍蝇一样的黑痣和细绒绒的一些乱发。她说痒，让我再看看。我终于看到一根断发。我不好意思用手捏。我手指粗，怕捏到她的细皮嫩肉，便在她脖子里吹一口。她突然就哈哈笑了。她拿手搔着，说让你一吹更痒了。这一次她依然这样热情，她说，甜吧？我说甜。她说，甜你就常来喝，没事常到我这里坐坐，喝喝水，吃吃蜜，我这里好东西多了，想吃什么都有，对了，你想不想穿黄军装？我家小王从部队寄来好几套军装，你要是喜欢，我可以送你一套。对于小胡的话，我有些怀疑，我想起她在县城追赶那个退伍军人的情景。她所说的军装，说不定就是她花钱从别人身上买来的，并不是她家小王寄来的。不是说不定，肯定是这样的。那么她为什么要这样打肿脸充胖子呢？小胡说，来，你跟我来，我衣橱里有好几套军装，你来挑挑。小胡拉我一下，把我带到里间。里间是卧室，有一张大床，床的这一头是一只红木箱，另一头是一只大立柜。小胡拉开大立柜的门，一股儿樟脑丸味冲出来。小胡说，看看，看看，这都是我的衣服……这几件，是小王寄来的军装，你挑吧，挑一件，褂子裤子随便你挑，别挑花眼了，把我衣服也挑走了。小胡站在我身边，示意我挑。我没有挑，而是非常吃惊，我真的大吃一惊了，因为我发现，紧挨在黄军装旁边挂着的，是一件连衣裙，白底上是数朵金色的向日葵，硕大的向日葵。这条裙子我见过，我九月底来植物园上班第一天晚上，看到和小谢约会的女孩，就是穿这条裙子的。如果我没有猜错，那天穿这条裙子和小谢约会的，就是小胡！

又一个谜底解开了。

我的吃惊，让我久久不能释怀。同时，我也把这个谜久久地埋在心里。

然而，更让我吃惊的是，我和小胡在澡堂里不期而遇了。

中午我从食堂吃完饭回来，朝澡堂方向望去，没有看到丁家干，在食堂里也没有看到他。十有八九，他又到小崔庄了，他把澡堂烧了一半，就不管了。这个丁家干，他现在去小崔庄都不带我了。

小谢在我身后说，丁所长不在吧？好，我要先来洗个澡，我可不想等女人洗过了再洗，洗女人的洗澡水，会晦气的！

小胡在后边说，鬼话！男人的洗澡水才晦气了！

但是，小谢的话还是让我也记在心里了，我想，我也可以趁早来洗洗，前边有小谢开道，我也不怕丁家干怪我的。

小胡喊我到她的宿舍坐坐，我没有去，而是快步走回宿舍，拿上一身秋衣，就去洗澡了。

让我没有想到的是，小胡先我一步到了澡堂里。

澡堂分里间和外间，里间是澡堂，门上挂一个被子一样厚厚的人造革帘子。外间是换衣服的地方，几张木板床并排放着。我推门一进去，看到了外间的床上堆着一堆衣服，其中有一件黄军褂盖在衣服上，显然是有人到里面堂子里洗了。从衣服上看，很可能就是小谢。小谢是经常穿小胡送给他的黄军褂的，不是他是谁呢？总不会是小胡吧？我想，而我也的确听到了划水声。我喊道，小谢！小谢没有理我。我又喊一声，是不是小谢？还是没人理我，但是划水声似乎大起来，哗——哗——，是铁锨在划。我便把外间的门反插起来，站在床上脱衣服。外间的热气很少，虽然密封不错，还是冷。我吸着冷气，嘴里发出咝咝的声音，掀开人造革帘子，就钻进去了。

澡堂里只有一盏二十五瓦的灯泡，水雾蒙蒙里，灯光暗淡，我看到一个白人，背向着我，赤身裸体，抱着锨柄，正从大铁锅里往池子里扒热水，戽水声哗啦哗啦的。可能是戽水声太大了，也可能是注意力太集中了，根本没听到我说话。

我还以为他就是小谢的，我说，水热不热啊小谢？

对方扭头，看我一眼，扔掉铁锨，啊啊地怪叫着，往水池里跳。

幸亏是往水池里跳，要是往铁锅里跳，就出大事了。虽然锅上有几根木棍拦着，只要漏下去一条腿，也会被烫熟的。

我也看清对方是谁了，不是小谢，是小胡。我比小胡还怕。我转身就往外跑。我跳到床上穿衣服，但是裤腿老是套不进去。小胡在最初的惊叫之后，反而平静了，她在里面说，小陈你要死了，你赶快走，看我出去不收拾你！

我我我……我什么都没看到……

你看到了……你小屁孩，全让你看到了……

我跑出澡堂时，别说多狼狈了。狼狈之后我才松口气，幸亏澡堂门口没有别人，要不然，还以为我图谋不轨的。

我在我们宿舍的走廊上碰到了小谢。小谢是准备去洗澡的，他端着盆，盆里是准备换身的衬衣。小谢被我撞了个趔趄，说，什么事，慌的？

我没有理他。我摸出钥匙，打开门，钻进屋里了。

植物园的事情，越来越让我看不懂了。但碰到小谢，联想到他午饭后的话（小胡也听到了小谢要洗澡的话），这件事情我是看懂了，小谢和小胡是什么关系呢？谈恋爱显然不是的，小胡是有夫之妇。我觉得我又撞上了一件不该撞上的事。我突然害怕起来。我怕小胡讲我流氓，我还怕小胡告诉小谢，让小谢来找我岔子。说不定，她们这时候正在澡堂里一起洗澡呢。

奇怪的是，小胡不但没找我岔子，还从此对我更好了起来，她会关心我很多事，嘘寒问暖的。她甚至友善地提醒我不要再跟丁家干混在一起了，也不要朝小崔庄跑了。

小胡说，丁家干那个人，你不知道？

我不知道小胡话里的意思，我还真不知道丁家干有什么不对头的地方。

小胡说，你看上小崔庄的女孩了吧？

我说，没有没有。

我嘴上说没有，心里还是虚的。

小胡说，你看上银花啦？

我立即说，没有……

小胡说，小崔庄的女孩，我还没见到漂亮的，你小心别上了人家的套。

小胡又说，你是植物园的工人，长得不孬，年纪又轻，又有文化，要为自己的前途着想。小崔庄那些女孩，人人都很乡气，你图她们什么？她们人人都想嫁你，可你要把握得住。你会被丁家干带坏的。你将来，应该在县城找一个干部家女孩……

小胡说完小崔庄的女孩，又说到了张会计。她都是说张会计的好。怎么好，如何好，也没有具体。最后，又说，你知道张会计有多大岁数吗？嘻嘻，说出来吓你一跳。

我以为她会说张会计年纪很轻的，就看着小胡，意思让她快说。

张会计只比我小五六岁。小胡说，我三十二了。

我成绩再不好，这道题对我来说，还是很简单的。但张会计有那么大？我不相信，我觉得张会计也就二十一二岁的样子。但即便是二十一二岁，对我来说也是太大了。

但小胡为什么如此夸张张会计的年龄呢？

我不知道小胡是好心，还是怀有别的目的。她看我略略吃惊的表情，又仿佛说错似的说，哎呀，对不起小陈，我不该说张会计……她也许没这么大吧？

我真的不知道小胡的心思。另外还有植物园发生的诸多事，都和小胡的心思一样不可捉摸。

我越发糊涂了。

公　敌

那天，丁家干把澡堂烧了一半就跑了，是大白牙来叫走他的。大白牙像遭遇鬼火一样，疯疯癫癫地跑到植物园，跑到丁家干跟前，揪着他的耳朵，就要拖他走。

丁家干说咋回事咋回事，你让我添足了煤再走啊。

大白牙不由分说，把丁家干拉到家里，说，这回是真出大事了！

你老是这样吓我，你看你，牙都吓白了，你急火火是想我那个你吧？来，那个一把！

你还有心说笑，我一巴掌把你眼珠都打正了！

你要能把我眼珠子打正了，我做你家一条狗，一辈子为你摇尾巴！

那你要把我一嘴狗屎牙吓白了，我做你裤裆里的家伙，天天跟着你！

你倒是会说，那不是让你痛快死啦！

别油腔滑调了，快想想办法吧！

你等等再说好不好？有多大不了的事啊？我想跟你做一次……丁家干说着，手就上去了。

大白牙一巴掌扇开他的手，说，不行！

丁家干拧着脸上的肉，歪着头，把脸拧正了，拿正眼看她，说，你怎么像一条翻眼狗啊，有时候说行，有时候说不行，行的时候行的不得了，不行的时候就打人啊？要不要弄点酒喝？喝点酒，你就行啦，就服服帖帖的啦。没有一点酒意，我看你浑身都是刺啊！我把澡堂烧了一半，跟你来，你心里还没数，来吧来吧……只当你又喝酒了。

狗屁！我都能急死了，哪有心情跟你痛快啊，你不知道丁丁丁所长，二朋他可能不行了，这狗吃的在小吴场赌钱，让公安抓了，狗吃的二朋不要命了，对着蔷薇河就跳下去，水深流急啊，又穿着棉袄，活活淹死在河里。豆叶这张骚货认尸去了……也不知是真是假。二朋要是真死，就随豆叶意了，他天天就跟那个野男人快活了。唉，丁所长你真是个没用处的人，叫你打听豆叶的野男人，你怎么到现在都没弄明白他是谁呢？她昼夜不归，还能躲到天上去啊，还能躲到地里去啊，就是躲到天上，就是躲到地里，你姓丁的也该给我找出来！你那么大本事，怎么就这点事不能帮我办呢？我白让你……那个了！

我知道，我一直在找，我把老杨的枪借来了，从今往后，我什么事不管，专找豆叶的野男人，我就不信他真的会钻天入地！

丁家干的话不完全是真话，因为他后来并没有全力以赴盯着豆叶的事。他的心思，一半用在大白牙身上了。

大白牙说，你尽是吹，我要看你行动啊。你要拿不出行动，看我不把你卵泡捏碎！

要是崔二朋死了，你还能管人家豆叶啊？豆叶就成寡妇啦，爱睡谁睡谁。

什么话说的，二朋怎么死的？不是她骚货害死的呀，拿了证据，才能让她一辈子没脸见人！大白牙说，我们不在这里嚼舌根了，走，看看二朋他奶吧，她就要咽气了。

丁家干和大白牙转过一条巷子，来到崔二朋家。崔二朋的瞎眼奶奶，有病已经一年多了，半死不活的，有饭就吃一口，没饭就喝口冷水。几个月前，躺倒了，豆叶端什么她都不吃，还骂豆叶，说都是豆叶害得她家二朋，说二朋迟早要死在豆叶的手里。崔二朋的奶奶只听大白牙的，大白牙端饭给她，她就吃一口，大白牙扶她起来，她就起来，到太阳地里晒晒太阳。崔二朋的奶奶肯定地说，二朋迟早会叫这骚货害死，二朋要是死了，我一头也撞死算了，跟二朋去过好日子！

豆叶临去小吴场认尸时，没好气地跟她说，你孙子赌钱淹死了，我去认尸！

老太太没听清，只听到“死了”，以为豆叶又是在骂她，也就没再问。她不想跟豆叶多说半个字了。

大白牙和丁家干走到老太太床前，看到老太太像是睡了，正要离去，可她却说话了，他小婶，你身边是谁呀？

你看见啦？大白牙说。

我看不见，我听出是你脚步声，我听你身边的脚步有些生。

他是植物园的丁所长。

老太太一听植物园，嘴唇就抖了，说，植物园没有好人，我二朋就坑在你们手里！

丁所长是好人。

老太太相信大白牙的话，她说，好人，好！好人啊，你帮我把骚货的野男人交给我，我死了，把他也带走！

大白牙也没和老太太多说什么，更没让丁家干跟她说话。她是越说越糊涂的。

傍晚时，豆叶回来了。豆叶是骑自行车回来的。豆叶一进院门就骂了，什么事都赖我，什么事都往我身上赖，谁再往我身上泼屎，我日他妈！

大白牙赶快出来，问她，二朋……

豆叶不等大白牙把话说出来，就嚷道，一条死狗，说是我家二朋！

是死狗?

对，就是一条狗!

大白牙小声说，你是说，小吴场淹死的，不是二朋?

不是，我家崔二朋命大福大，哪能说死就死了呢。他要是死了，就算我前世修来的福！可该死的偏偏不死！拿一条狗冒充我男人，把我当成什么啦？我命苦啊，怎么摊了这么个男人!

你见到二朋没有?

我见他？我要死啊？我凭什么要见他？我上哪去见他？我这一辈都不想见他!

你到底见没见到?

没见着!

淹死的……真是狗？不是二朋?

不是!

怎么会是狗？大白牙好奇了。她以为豆叶说的“狗”真的是狗。

丁家干拉了下大白牙的袖子。他拉她袖子有两个意思，一是你真傻，这是豆叶转弯抹角骂人的话，二是没事了，赶快走。

大白牙也省悟地说，啊……不是二朋就好。我们回去啦。

小婶你走好，丁所长再见！豆叶说话一句是一句，嘎里嘣脆，头脑清醒得很。

回到大白牙家，丁家干拉拉大白牙的手，埋怨道，鬼惊鬼乍的，哪里就死人了！我烧了半拉子澡堂，半边冷半边热的水，要被骂了。都是你搅的，你今天要是不让我亲你一回，我就冤透了，来来来……

大白天的……真没出息。大白牙就把衣服撩起来了。

丁家干像猪一样在她怀里拱了一会儿，伸手去拉她的裤腰带。

大白牙一把把他打开了，说，死一边去!

丁家干说，都到这一步了。

大白牙说，哪一步啊？我没工夫……别闹!

要不了多长时间，十分钟解决问题。丁家干嬉皮笑脸地说，你来不来？你不来我要喝酒啦？

滚去！当我是狗啊？

丁家干从碗柜里摸出来半瓶酒，来，我们喝两杯，我知道你一喝酒就来劲了！

大白牙夺过丁家干手里的酒瓶，放回到碗柜里。

丁家干随手又抢出来。

大白牙又夺过来。大白牙这回没有再送回去，而是拧开酒瓶，嘴对嘴，咕咕咕咕就往嘴里灌酒。

丁家干说，这就对了，这就对了……唉，唉……你留一口给我呀，我操你家……丁家干抢过酒瓶，酒瓶里连一嘀酒都没有了，叫大白牙几口喝光了。丁家干扔了空酒瓶，说，这下该干正事了，来来来……

丁家干要去关门，被大白牙一把拉回来。大白牙说，你神经啊，你没听出豆叶她话里有话？这骚女人又不知要什么毒心眼了！我要再去看看，打探打探。

丁家干说，等一会儿不迟。

大白牙说，我要做饭给二朋他奶送去，还要烧点冬瓜汤。你就别想好心事了。你要不想滚，就老实坐这里，我多添一瓢水，让你也喝碗冬瓜汤。你要还想好事，趁早回！

丁家干火急火燎地说，你这人成什么人啦，酒都喝了，还不上劲，早知道，我也咕一口……那你让我看场电影总行吧？

大白牙说，你刚刚不是看过啦？

丁家干说，不行，我要换换片子。

大白牙说，就看一眼。

丁家干说，就一眼。

大白牙叹口气，朝门口望一眼。门口有几只老母鸡，在地上悠闲地觅食。大白牙说，你呀，说好了，就看一眼。

大白牙撩起棉袄，怀里水一样淌下两只冬瓜奶子……

丁家干心里更踏实不下来了。他在大白牙家喝冬瓜汤，心里盘算着，又省了一顿晚饭钱了。大白牙送冬瓜汤给崔二朋他奶了。算起来，大白牙心肠还不坏，就他妈人怪了点，都到这火候了，还假正经！

丁家干一口气喝了三碗冬瓜汤，大白牙才回来。

大白牙一进门就说，我不是假正经啊，我真是心里有事，没心情跟你闹……

你有啥事啊？

大白牙小声说，今晚有戏，豆叶在家涂胭脂抹口红了，肯定是会她野男人去的，我在后窗望着，她前脚走，我们后脚就跟着。

丁家干说，你笨不笨啊，天还没黑透，我们两人跟在她屁股后，不是打草惊蛇嘛。

大白牙说，也是，让骚货先走，天黑透了，我们再走。

丁家干说，这还差不多，现在闲着也闲着，不如我们做一把。

大白牙恨铁不成钢地说，你咋就这点出息呢？不行！

大白牙坚决说不行，丁家干还是不依不饶，抓耳挠腮，上蹿下跳。

大白牙说，憋不死你！

丁家干说，你咋就一点不同情我呢，就算借你一回。

大白牙扑哧笑了，说，这怎么好借？

丁家干说，好借啊，我们这次干了，下次再要干，你不干就行了。要不等你想干了，我再不干，就算还你了。

大白牙说，不行，你那点狗心眼，就会骗我。

丁家干到底没有如愿。

大白牙和丁家干走在通往植物园的路上时，天果真黑透了，黑得连丁家干都看不到大白牙的人影了，大白牙也看不到丁家干的影子。大白牙和丁家干只能手牵手。大白牙说，这回让你逮着了。丁家干说，光拉手有屁意思！大白牙说，天怎么这么黑呢？丁家干说，还没有你牙黑。大白牙在丁家干的手上掐一下，说，还没有你心黑！丁家干龇着牙，说，你掐我呀，早知道，我把电棒带来，还能照几只野兔子。大白牙说，你有电棒？丁家干说，我跟老杨借啊。你知道不知道，夜里兔子的眼睛是绿的。大白牙说，我就知道你眼是绿的。丁家干说，我眼真的绿了。丁家干说罢，转过身来，就把大白牙抱住了。大白牙在丁家干的怀里游了两游，荡了两荡，便不动了。丁家干说，你非要我来硬的！硬的痛快是不是？丁家干身子往下一缩，就把大白牙放到肩上了。丁家干扛着肉嘟嘟的大白牙，下了路。下了路便是西塘田野。丁家干扛着气喘吁吁的大白牙往没膝深的草地里走。丁家干说，我还没累，你喘什么呀。大白牙在丁家干的屁股上拧一下。干枯的草，在丁家干的脚下荡漾着，草香飘起来了，大白牙被草香呛了一下，打一个喷嚏。丁家干拿脚在地上趟趟，又趟趟，找到一处又深又软的草，像扔皮球一样把大白牙扔到草地上。大白牙哎呀一声，你想摔死我呀！丁家干说，松松你这脾气！丁家干跪下来，撩起大白牙的棉袄。丁家干有些失望地说，操，白天还是彩色影片，现在变成黑白的了。大白牙咯咯笑了说，你狗日的，这回得了，彩色电影看了，黑白电影也看了，我打也打不过你，骂也骂不过你，在这荒野老地里，由你摆布吧……哎哟……你狗日的轻点……哎哟哎哟……你家死人啦，使这样大力气……

丁家干和大白牙还不知道，他们在干枯的草地里忘情野合的时候，离他们二三十米远的地方，也有一对野合的男女，他们把大白牙和丁家干的话全都装到耳朵里了。

……

大白牙说，你莫怪我。

丁家干说，我就是要怪你。

大白牙说，我对你说过了，我对你不放心，我要等银花嫁人了，才正式嫁你。

丁家干说，你把我当成什么人了。

大白牙说，你是什么人，你自己心里有数。

丁家干说，天地良心……

大白牙说，你不要跟我起誓了，你要是真心跟我，你把豆叶的野男人交给我！

丁家干说，你老是关心别人家的事。

大白牙说，不是别人家的事，这事就是我家的事，我家的事就是你的事，你说是不是？

丁家干说，交给你又咋样？

大白牙说，我也不知道，你先交给我再说！

丁家干说，我知道了。我听你的。

大白牙说，这就好，来！

丁家干说，干吗？

大白牙说，刚才算你的，现在我再送你一次，再来呀，你想冻死我啊……

丁家干和大白牙又一次云天雾海之后，大白牙说，你胆量真大，不怕水老鼠咬你那东西？

丁家干说，我们这么大动静，早把老鼠吓死在洞里了。

不远处的一对男女，潜伏着，一动不动。一直等大白牙和丁家干走了，女的才说，我真想是一只水老鼠。男的说，做么？女的恶狠狠地说，把他……咬下来！男的抵她一下，你傻啊？你咬他的……我这不是现成的吗？于是，这对男女嘻嘻哈哈笑起来。空旷、冷寂的田野里越显得孤僻、荒蛮了。

丁家干和大白牙回到植物园的时候，植物园办公室里的电视也到了高潮，看电视的人屏息敛气，聚精会神，完全没有注意到进来的丁家干和大白牙。大白牙见到电视眼就直了，而丁家干心里有数，他在一张张闪烁不定的面孔上辨认着，他没有找到豆叶。丁家干撤身回了。

丁家干回到宿舍，给土枪装药。这是老杨借给他的枪。

丁家干拎着土枪出来了。

丁家干像黑夜的黑一样，在植物园的大院子里寻找豆叶。

丁家干没有找到豆叶。一直等电视散了，他还在各个有可能藏人的地方又寻找一圈。甚至，水塔上，他都爬了上去，水池里他都张望了一眼。

再接下来的连续几个夜晚，也没有找到。

丁家干为了便于夜间活动，还专门跑到县城，买一把电棒。其实，豆叶也没有刻意躲着他，白天还常在他眼前晃来晃去，还到澡堂里洗过澡，可一到晚上，就蒸发了。但是，也不能说一点收获也没有。豆叶有一次骂话给丁家干听，就露出了麻脚。豆叶从丁家干身边走过，一扭腰，说，跟屁狗！丁家干吓一跳，豆叶骂他跟屁狗，说明豆叶知道丁家干在找她。本来，丁家干千注意万小心，怕让豆叶觉察到蛛丝马迹，没想到还是让她知道了，这说明，豆叶在跟野男人约会的时候，差一点让她逮到。

跟屁狗就跟屁狗。丁家干在心里说，帮大白牙办事呢，跟屁狗算什么呀，痛快就行！嘻嘻，肥胖、肉感、野蛮的大白牙，你的心愿马上就要实现啦！豆叶已经沉不住气啦！她马上就要原形毕露啦！

丁家干就更有劲了。他不仅在寻找豆叶和她野男人的行踪，还一门心思要查出盗药贼。所以，他也会带上土枪，鬼魂一样地游弋、出没于断魂岗。如果不是烧澡堂的日子，他会趁着中午时，潜伏在断魂岗的某个坑塘里，守株待兔，妄想抓到偷药贼。有时候又是在天似黑未黑的时候，在进出断魂岗的要道上守候。更多的时候，是在电视散场或半夜里，一个人往断魂岗摸去——有时候，他自己都乱了，不知道是去找豆叶和她野男人呢，还是去找盗药贼的。但，无论他找谁，都是徒劳的。他没有看到偷药贼的影子，连一根毫发都没有发现。偷药贼也好像防到了他这一手，按兵不动，不再疯狂地挖葛藤根。即便这样，丁家干也没有放弃努力，他相信古人的话，常在河边走，没有不湿脚的。他还相信狗改不了吃屎的俗话。所以，偷药贼不会见好就收，他迟早会出现在他的枪口下。而豆叶和他野男人同样不会不露出蛛丝马迹的。

然而，出现在他枪口下的，不是偷药贼，而是小谢和小胡。

丁家干深夜从断魂岗归来，冻得两腿发麻。他有办公室的钥匙，想看看办公室的炉火熄灭没有，烤烤火再回宿舍。他刚把门开开来，回身关上门的时候，听到踏踏的脚步声。丁家干缩回了拉灯的手，从玻璃向外望。一个瘦高的人影，从他眼前一闪而过。丁家干认出来这是小谢。深更夜半了，小谢干什么去呢？莫非他就是偷药贼？丁家干轻轻拉开门，闪出半个身，他看到小谢走进了通往食堂的月亮门。丁家干便轻手轻脚地跟了过去。

一进月亮门是女职工宿舍，女职工宿舍那边就是食堂，食堂的后头就是篮球场，穿过篮球场就是澡堂。丁家干太熟悉这里了。但是丁家干在食堂门口没有找到小谢，食堂的门上挂着锁。小谢不会这时候去澡堂的。丁家干就悄悄走上女职工宿舍的走廊。丁家干在小胡的窗户下，听到了说话声。声音很小，一男一女在对话，丁家干听不清楚，只辨别出声音是小谢和小胡。丁家干把耳朵贴到玻璃上，断断续续能听到一点了。

……

你心眼真小！小胡说。

……啊？小谢说。

要不是崔……多大事啊？小胡说，还不是吃你下胡？

小谢说，……好……我好难受……

小胡说，我喜欢……

小谢说，他那么大个子……那东西都是黑的……澡堂里我见过，恶心死我了……

小胡说，嘻嘻嘻……你才让我恶心了，黑，嘻嘻嘻……没事的，崔园长说了，所长肯定是你的，你还担什么心！你当所长了，还要怎样？

小谢说，……他让我当……我是看你面子……

小胡说，别臭美了，男人都这样，不是你哭着赖着要当所长？我不下点毒药，所长凭什么轮到你？人家老杨都负责了，你还没数！先是负责，要不了几天，就扶正了。老杨和崔的关系，你还不晓得？我要不是为你，我让崔碰我？我要是不主动找他，他还不敢调戏我，知道不知道，我是军婚……

……

小胡说，你说什么啊？大声点，没人听见！小胡的声音突然大起来。

……

小胡说，你哭什么？你真哭啦？我知道你是舍不得我，可舍不得孩子套不着狼，我就这点本钱，就这点毒药可下……还不是那回事……

……

小胡说，嘻嘻嘻……好，我多给你几回……不就裤裆里那点事？你真吃醋啦？我倒是喜欢你这样子。

……

后来就没有声音了。再后来，声音就大了，床板都要颠了起来。丁家干知道是怎么回事，想溜，可脚下像钉了钉子。他还是太好奇了，还想听听他们再说什么。果然，几分钟以后，他们又说了。

这么快啊？小胡心有不甘地说。

小谢说，我不想了……

小胡说，你少装……谁都知道我是军婚，受到法律特别保护……你是讨大便宜了，还委屈……要是让崔……知道你跟我睡……他不剥你皮才怪了！

小谢说，那崔怎么……

小胡打断道，你又不是崔园长，崔园长是园长，想搞谁就搞谁！你是猪脑壳子啊？就你这样子，还想当所长！你先把所长当上，要不了几年，园长还不是你的？你要是当了园长，不是也像他一样，想搞谁就搞谁？

……

小胡说，你不要笑，你就是当了园长，你也死了那条心——我可不许你到处播种。

后来，两个人又哼哼唧唧的了。

丁家干对他的新发现又惊又喜又怕。

丁家干回到宿舍，整夜里都睡不着觉，巴望着天亮，巴望着见到崔园长。

可第二天，他见到崔园长，他又不敢说了。崔园长转着手里的茶杯，拉长着脸，等着他说。可他没有说出口，他觉得现在还不是说的时候。

不过，整个一天，他见到崔园长，见到小谢，见到小胡，心里很是得意，心里说，我知道你们的鬼事！哈哈，你们的鬼事，我知道！

丁家干想忍住不说，一点口风都不露。但他只是想了想，忍不住，还是说了。他太兴奋了。他先是对大白牙说，后来又对食堂的崔师傅说，他甚至对张会计都说了。丁家干不是说一次，仅仅对我，他就说了五六次。只要和此事无关的人他都说，有一次，他还把小谢、小胡和崔园长之间的事告诉了老杨。丁家干最后跟老杨总结道，你这个所长，也是兔子的尾巴，长不了！

那几天，丁家干特别想说，他实在找不到人说，就自己对自己说，或者对着一棵树说。他在厕所里撒尿，对着厕所的墙壁说，他还不知道，男厕所的隔壁，就蹲着小胡。

祸从口出，就是说丁家干这样的人。因为崔园长很快就知道丁家干都散布什么谣言了。

丁家干成了所有人的敌人。

张会计

一九八〇年元旦在不声不响中过去了。

新年于我来说，没有什么特别的，侍红的信照例是没有来；我的研究也陷入了停滞状态，主要原因可能是季节不对，没有鲜活的植物让我做比对。我在园区采制植物，然后再在《植物学大典》和《野菜治百病》上查找、比对、摘抄，再写我对这些植物的认识，观察它们的变化，甚至腐烂的过程我都记录了。这种工作开始很有趣味，也确实吸引了我，特别是在和张会计一起制作银杏叶标本的那些天里，是我兴趣最浓、工作最有效率同时也感到快乐无比的时候。但我认识的植物毕竟不多，植物园里常见的中草药也就二三十种，当我把这些中草药植物的特征、属性掌握、熟悉后，就没有更吸引我的东西了。我当然也想过到园艺所那边，向他们请教园艺所培植的各种花卉苗木和朵树林里的名贵树种。但我跟园艺所的人毕竟不熟，虽然也能叫出他们的名姓，还没有到打成一片、什么话都说的程度。所以请教他们也有相当大的难度。而且我又不愿意让更多的人知道我在悄悄地做植物学研究。我做这项工作的初衷是对植物感兴趣，如果他们因此而怀疑我有什么野心的话，也会让我处于不利的地位。另外，植物园里的诸多事情，包括一开始让我开心、好玩的而往后又渐渐变得无趣的事，当然，更多的是那些让人恶心的事，让我对植物园产生一种厌倦感。这种厌倦感一旦产生，就会在心中发酵，甚至无限放大。

但是，过了新年，我的好运气就来了，崔园长把我调到了办公室。崔园长任命我为办公室秘书了。秘书就是干部了，和张会计一样，就可以不到车间和田园里干活儿了，远离那些小鬼针和青梢蛇了，说不定也会远离那些是是非了。更有意思的是，真的有人喊我陈会计了，不仅是小崔庄的人，植物园的工人也有人这么称呼的。我也成会计了，成了有身份的人了，成了被人敬重的人了。我的兴奋之情溢于言表。我天天到办公室里抢着打扫卫生，夹报纸，生炉子，然后坐下来，看张会计平和而安静的脸，看她认真读书学习的样子，看她拿着圆珠笔在抄写，头略略地侧着，看她若有所思地默背着什么，红润而丰满的嘴唇微微蠕动着，当然也会听她那让人喜欢的清扬而柔和的说话声。如果崔园长不在，张会计会和我随意地聊天，有一句没一句，没有负担和算计，或把她带来的好吃的分点给我吃，无非是一块苏打饼干，几枚桃酥果子，或一块大白兔奶糖。这些都是快乐而美好的，觉得日子也跟着美好起来，甚至在每天上班时有了期待，期待崔园长赶快去开会，或办事，或去小崔庄，让办公室里只有张会计和我两个人。原先对崔园长的诸多恶感，对其他人的诸多恶感，对植物园的诸多恶感，也渐渐淡化了，甚至觉得那些跟我无关的事、那些恶心人的事也是生活的一部分，只有这些事物的存在，才显出张会计的沉静和美丽，才显出张会计的高尚和纯洁，当然，也包括我，包括我的研究。所以，关于植物学的研究，随着我工作的变动，并在张会计不停地鼓励中，重新有了热情。

在初到办公室做秘书期间，丁家干曾喊我到小崔庄去喝酒。

当时张会计正准备下班，她整理好桌子上的书和包后，把玻璃杯里剩下的小半杯白开水倒了，这才细心地围围巾，戴口罩，还对我说，你不去吃饭啊？早点吃饭，早点做自己的研究啊。我当时正在读一本新买的书，叫《植物的语方》，这是一本带有科普性质的读物，像随笔散文，又有植物的许多基本知识，读起来不累，轻松，容易让人接受，能激发读者对于植物的喜爱。丁家干就在门口喊我了，她也听到了，便看着我。张会计的眼睛很干净，很清纯，很深邃。她看着我，嘴唇轻撇一下，很不经意的，但有点意味深长的意思，仿佛在说，还跟他鬼混啊。我没有立即回应丁家干。我在想要不要理他。

丁家干没听到我的回答又着急地说，走啊，大白牙家死一只老母鸡，喝酒去！

如果在一周以前，我会毫不犹豫就答应的，但现在情况变了，跟张会计朝夕相处的几天中，我对自己的前途又有了新的规划；加上刚才张会计的眼神和不易察觉的轻撇的红唇，我迅速做出了决定，我坚决地说，不去！

丁家干显然吃惊了，我的回答完全出乎他的预料，他说，不去？傻啊？

我要看书。

丁家干说，当几天秘书，就跟张会计学看书啦？老母鸡烧粉条也不吃啦？

我说，不吃。

去吧，张会计也去。

张会计脸一冷，看都没看丁家干。

丁家干又说，真不去？要不要我留一条鸡大腿给你。

我说，不吃。

丁家干说，鸡大腿上的肉最多了，一口咬不到骨头，再抿一口酒，痛快死了！

你要去快去吧，我还真有事……真的……看书。

丁家干说，实话对你说吧，不是我请你去喝酒的，是大白牙请的。再实话对你说吧，也不是大白牙请的，是银花请的，银花想跟你喝两杯。

这当儿，我已经觉得丁家干是故意在弄我难看了。他拿银花来引诱我，还当着张会计的面。这不是要故意害死我吗？我对丁家干残留的那一点点好感，这会儿也烟消云散了。我也学张会计的样子，不再搭理他了。

张会计已经整理好了衣着，穿好大衣围好围巾，没跟我打招呼，也没跟丁家干打招呼，就到走廊上去推自行车了。

我一定要让张会计知道，我是绝不会跟丁家干去小崔庄喝酒的。我故意提高声音说，丁所长你以后注意了，你干什么都不要拉我好不好？我现在要读书，哪里都不想去！植物园就是我的家！

我的话张会计一定是听到了。她推着二六式凤凰女车，助跑两步，骗上了车，姿态特别的优美。

丁家干朝地上吐口痰，翻了翻白眼，说了一句让我深感意外的话，叛徒！

丁家干说完，接连吐着痰，恨恨地走了。

我既感到生气，也感到好笑，同时又有一种解脱的意味。我想，既然我已经被丁家干当成叛徒了，我就是个正面人物了。我不能让张会计觉得我是语言的巨人、行动的矮子，我一定要做个要求上进的青年。我可真的要读些书了，再发工资时，我一定要到新华书店去买几本好书，和张会计一样，有空就看书。

让我意想不到的是，第二天上班时，我桌子上放了一本书。

平时都是我先到的办公室的，因为我就住在植物园里，但是今天，张会计比我先到了。我进来时，炉子已经生好了，坐在炉子上的热水壶里的水都要烧开了，卫生也搞得整整齐齐，而张会计已经在看书了。

张会计见我进来，莞尔一笑，来啦？我都收拾好了。嘻嘻嘻嘻，我就给你捎一本来。张会计说完，脸红一下，又说，也不知你喜不喜欢——是我自己的书，我看完了，借给你看看。

这是一本《巴金最新作品集》，薄薄的，浅绿色封面。我心里涌起一阵甜蜜的快乐。觉得，知我者，张会计也。

接下来的一天，我都在读这本书。说真话，这本书好在哪里，不好在哪里，我没有读出来，很多时候我的读书完全是给张会计看的。办公室里一共三个人，张会计和我都在读书，只有崔园长在抽烟喝茶。

可以说，我重新有了读书的愿望，重新对植物学有了兴趣，和张会计不无关系。对我们两个年轻人的好学，崔园长大约打心眼里是认可的吧，对我们一有时间就读书的做法，他没有提出半句批评（不批评就是认可）。尽管我无意中发现崔园长那么多秘密，尽管这些秘密已经使崔园长在我的心目中大打了折扣，但他把我的工作调整得这么好，我还是打心眼里感激他的。我不知道崔园长为什么对我这么好，难道仅仅如他所说的，他和我父亲曾经是“四清”时的同事的缘故？我判断不出来。崔园长也是一本书，是一本大书，更复杂的大书。

可是说，在之前的一段时间里，崔园长在我的眼里就已经不是人了，现在说他是一本复杂的大书也太低看他了。他就是神，一尊大神，或者说是传说中的白胡子老妖狐。他在办公室里不大跟任何人说话，好像他除了喝那种怪异的药茶，就是抽烟了。他的嘴好像只是为了喝茶和抽烟而生的，如果不是喝茶和抽烟，他那张嘴完全可以忽略不计。喝茶就不用说了，他把几味中药放在杯子里，倒上滚开的水，一会儿，大玻璃杯里的水就变成了黑红色。至于抽烟，我几乎没看到他间断过，一支接着一支地抽。除了这两样，他也喜欢服侍火炉。植物园的大办公室一共是四间平房，其中的一间是套房，是张会计用来保管各种票据和档案的，平时门都紧锁着。另外的三间，没有隔断，放两组四张桌子，其实只有崔园长和张会计分别使用相距最远的两张桌子。而支在办公室中间的那个大火炉，在冬天的办公室里最为惹眼。崔园长每天都会把火炉服侍得很旺。他有时候就坐在火炉边，嘴里叼着烟，手边是添煤铲和捅炉钩。崔园长大约每抽半支烟，就要掀开炉盖，捅捅炉堂，大约每抽两支烟，就给火炉里添两小铲煤。勤添火旺，崔园长深谙火炉之道。崔园长的脸，在炉火红光的映照下，透着古怪的铁红色。

在崔园长办公桌的旁边，贴墙而放的，还是那张方桌，桌子上依旧是电视机和两只铁壳暖水瓶，还有几只断了把儿的玻璃茶杯和陶瓷茶杯。我已经不再担心暖水瓶和茶杯砸烂电视机了。我知道我们这台十二吋黑白电视机是个久经沙场的将军，打不烂，摔不坏，每天晚上，它都给植物园的工人和小崔庄的部分农民带来无限的欢乐。

办公室的四周有几张条椅，刚当秘书时，我习惯坐在条椅上看报纸。我当秘书后，看报纸的心情和以前溜进来看报纸的心情是不一样的。以前是在等待红的信，后来兼顾跟张会计说说话的。当了秘书后，我就真的对报纸上的内容感兴趣了。如前所述，植物园订了好多种报纸，崔园长喜欢看《人民日报》和《新华日报》，我喜欢看《解放军报》，而张会计是什么报纸都不看的。她一直在看书。以前她看什么书我不是太关心，或者关心一下就忘了。现在，她在看一本《大学语文》。她时时刻刻都像是在提醒我，她是工人文化宫夜校的一名学生。

火炉真是好东西，办公室里很暖和，棉袄是穿不住的。每天上班，张会计一到办公室就把围巾挂在身后的墙上，把大衣和棉夹袄脱了，也挂在墙上，墙上的一根木条上并排着几个衣钩，她的大衣、棉夹袄、红围巾、白口罩、花手帕紧紧地挨着，每次看上去，都让我感到温馨。这时候，她就只穿一件红毛衣了，那是手工编织的毛衣，很合体。她静静地坐在桌子前，看书，抄笔记，做小动作。大部分时间我都在关注着张会计，我喜欢看张会计学习的样子，她白静的脸上，始终是一种祥和的神态。她是长发，扎一根（有时也扎两根）辫子，鬓角和额头饱满而干净，嘴微微地有些鼓，让人觉得她正在发点可爱的小脾气。我坐在条椅上看报纸的位置和她基本平行。我的条椅是靠墙的，而她的椅子离墙还有二三十厘米的距离，我在打量她或者偷看她的时候，感觉她眼睛的余光也在看我，我心里便生一些胆怯，怕被她发现，时时做好躲避的准备。但是，每一次，她在侧脸看我一眼的时候，都要做一些铺垫的动作，有时是拿手掠一下额头，其实她额头上并没有乱发；有时是把笔夹进书里。我会趁着这时候把目光移开。就在她侧脸看我的时候，我又和她的目光对上了。我们的目光，常常在半空中弹一下，然后，她明媚地一笑，或者抿着唇，或者露出洁白的牙齿。我也会一笑，似乎在会意什么。其实什么都没有。再然后，那笑意便长久地留在脸上，在重新看书的时候渐渐隐退。那么，就是说，她一直知道我在偷看她。张会计的身材是我见过的女人中最让人动心的身材，高挑而丰满，臀部圆润、结实，腰姿细长、柔韧而有力，婷婷的，爽爽的，即便她坐在那里，也同样诱人至深。是的，她坐着的身姿变化不大，而每一次细微的变化，都让我心生一种美好的情愫。她伏在桌子上，有时候，腰肢呈“(”型。大部分人都是这样坐着的，比如崔园长，他只有这一种姿势。而张会计，她的细长而柔韧的腰，有时候呈“)”型，而每呈“)”型的时候，我就要多看她，目不转睛的，她毛衣紧紧裹住的腰，挺拔的乳房，翘起的丰满的臀……真是太美了！我感叹着。我的办公桌在张会计的对面，我和张会计坐对面桌。但我坐在她对面的时候，都不敢看她，可能是因为相距太近的原因吧。只有坐在她的侧面，坐在条椅上看报纸时，我才能如此肆无忌惮地看她，欣赏她。但是，自从那次她送我一本《巴金最新作品集》后，我就不到条椅上去看报纸了，我就把书摊放在桌子上，一页一页地读书了。这样，会显得郑重其事。事实上我知道我并没有读进去，只是做了读书的样子。有时候，都读了两三页了，想一想，还不知道读了什么。我的心思已经不在书上了，完全在我对面的张会计身上了。我知道我喜欢上了张会计了，很显然，张会计也喜欢我。但是，我们的年龄似乎不太合适，如果我心里有障碍的话，那一定就是这个了。所以，我们两个人只是互相有好感，互相喜欢，都没有去说破。说破之后会怎么样呢？我心里一直这样纠结着。

崔园长经常不在办公室。每当这时候，我心里就会很欣喜，甚至激动，因为张会计又会跟我说话了。植物园里的事她了解不多，或者她不愿意多了解。但是有一个人，她经常说起，那便是她的前任秃耳朵老会计。秃耳朵老会计失踪有两年多了。她是在秃耳朵老会计失踪后才来接任会计的。也就是说，她到植物园当会计，也就是两年多一点的时间。张会计不说秃耳朵老会计别的什么，她是说他留下的账目是一团乱稻草，她根本理不清。上面派人来帮她理账，都没有理出什么头绪来。后来，她只好重新建账，把以前的账目封起来了。张会计还建议我也上夜校。我说怕是不行，县城离我们植物园太远了，有十五六里路。张会计是下班以后直接去夜校上课，九点钟下课再回家吃饭。我要是去上夜校，九点钟下课还要往回骑十几里路，还要走过一段人迹稀少的长长的西双湖大堤，回到植物园就是深夜了，肯定不行。张会计也说，是的，你要是能住在城里就好了。张会计美好的愿望我也只能是憧憬一下，过后就忘了。但是，在和张会计闲聊的时候，联想到植物园里咄咄怪事，便问，秃耳朵老会计是如何失踪的呢？张会计被我问笑了，她说，这个呀，我也不知道，我来植物园上班的时候，他已经失踪了。你问这个干什么呀，管他呢。从张会计单纯的话里，我知道她是一点也不知道我们植物园的现状的。但是，张会计也不是什么都不知道，她关照我不要跟小崔庄那些姑娘媳妇多来往，甚至让我连话都不跟她们说。张会计说，她们都是妖怪、狐狸精、女流氓，要是让她们附了身，你就等着倒霉好了。你那天表现就很好，让我佩服，丁家干使劲让你去小崔庄喝酒，你都没去，这样好，就是不去！

张会计还让我没事可以常到县城去玩。星期天可在县城玩一天，新华书店开架售书了，只要不把书弄坏，你看多久也没人撵你；文化馆的橱窗里还有诗歌可以读，你知道雪莱和拜伦吗，诗歌广角会摘录他们的诗；海陵电影院每天都会有电影。也可以星期六晚上进城，在工人文化宫看一场职工篮球赛。张会计在说到职工篮球赛的时候，特意说，我也喜欢看打篮球，可惜星期六晚上我要上夜校。不过你可以去看一场啊，顺便看看橱窗里的招生信息，看有没有你想参加的夜校。

我知道张会计都是为我好。于是，在这个星期六，我和她商量好，一起进城。

我们一下班，就骑着自行车往城里赶。冬天天黑得快，路上又没有路灯，路边的树影黑绰绰的。特别是经过西双湖湖心大堤时，两边的湖水在夜色中更显神秘，也让人心生恐惧。我心里挺佩服张会计，觉得她每天早出晚归，真不容易，早晚最冷的时候都在路上不说，还要带着黑跑这么远的路回家。而且在周六的时候，还要赶去上夜校。相比较而言，我住在植物园的宿舍，比她可是省跑不少路的，也避免了风吹雨淋的辛苦。我流露这个意思的时候，张会计对此却习以为常，但口气中也不免表达说，只要自己本事大了，肯定能调到更好的单位的。

我们到达工人文化宫时，第一场篮球赛已经开始时了。我去看球，她直接去楼上的夜校上课了。临分手时，她说，别乱跑啊，会有小流氓找茬儿的，等会儿一下课我就来，能赶上看第二场的。

可第一场篮球赛还没有结束，天就下起了小雨。篮球赛很激烈，小雨又不大，可以忽略不计，所以并没有停赛。既然球赛不停，就有不少人还坚持在水泥看台上看球。我也没有要走的意思。就在这时候，张会计过来了，她急匆匆地走来，送一把花雨伞给我，她像我姐姐一样对我说，忘了让你带雨具了。我说不用，小雨。她说打上吧，想生病啊！张会计又告诉我，她们班就在对面的四楼，她在走廊的窗户里正好可以看到我。还说，夜校要改成夜大学了！张会计的行为和话语让我感动，她说她可以看到我，就是说，她在课间时会跑到走廊的窗口那儿注视着我。我问她放学了吗？她说没，下面的课不想上了。于是，我们就一起躲在她的小花伞下一起看篮球赛了。第一场篮球赛结束，小雨也停了。在第二场篮球赛开始之前，她带我到橱窗里看看那些招生的信息，有机械原理，有财会统计，有英语速成，还有硬笔书法、文学沙龙。这些都不适合我。但张会计似乎对什么都感兴趣，对每一个信息都说出好多好处。我急于回植物园，还怕下雨，估计她也要回家，就不想看第二场篮球赛了。她看出我的意思，问我路上怕不怕。本来她不问我还没想起来怕，叫她这么一问，反倒有些忐忑了。但想起她不是经常一个人赶夜路下班吗，便斗胆说不怕。她说，你还是怕了，主要是西双湖湖堤那截路，我也怕的……教你一个好办法啊，唱歌，你一边骑车一边唱歌，常走几次，胆子练下来，就不怕了。呶，带上伞，防止下雨。

星期一早上，我去办公室时，顺手带上她的伞。这是一把女孩用的小花伞。幸亏那天晚上没下雨，否则，打这把伞会惹人笑话的。但随即我又释然了，黑夜里，谁看你打什么伞啊。这是一把粉色的折叠伞，鲜艳而时尚，张会计一定是喜欢才买的，不及时还她她会惦记的。由这把伞让我想起她曾经遗落的花手帕。那次还她手帕的事对于我来说是非常尴尬的，我的邋遢和不讲究一定给她留下不好的印象了。我一度想买一条手帕还她。后来觉得并不是手帕的事，是自己的行为习惯问题，也就慢慢淡忘了。所以在还伞时，我得小心，至少别把伞弄脏了。

到办公室时，发现崔园长比我还早到，他在生火炉，炉火已经旺起来了。我先把伞放在张会计的桌子上，准备去淘洗抹布。这时张会计也来了。她看到伞时，会心地一笑。

我和张会计就一起忙着打扫卫生。张会计扫地，我抹着桌子。我先抹过崔园长的那组办公桌，崔园长的办公桌附近有一股浓烈的烟油味，我在抹的时候都要屏住呼吸。我迅速抹好崔园长的办公桌，就来抹我和张会计的桌子，我心里特别愉快。因为我知道张会计的桌子上有一种特别的香味。我也屏住呼吸，以便深深地吸一口。但是，我感觉我们这组桌子有些歪科了。这一准儿是昨天晚上小崔庄那些看电视的人把桌子挤得移动了。在我把桌子调正的时候，我发现在我和张会计两张办公桌之间的夹缝里，有一封信。这太意外了，什么时候会夹上一封信呢，而且藏得很蹊跷，不注意根本看不见。我看崔园长已经坐到他办公桌前了，正在看他冲泡好的药饮。张会计也倒完垃圾回来了。我便用一根大头针，小心地剔。其实并不难，两下就把信剔了出来。

竟然是我的信！

我简直不敢相信，怎么会是我的信呢？是的，没错，信封上分明写着我的名字啊。

我愣住了。

正从包里往外拿书的张会计也看到我惊异的神情了，她伸过头来，问，信啊？

是……

在哪里的？

这里。我指一下桌缝，刚找到的。

这里啊……怎么才看到？

……不知道。

拆开看看呀。好久了吧？

我看到张会计脸红了一下，眼神有些惊惶，笑容很硬地凝固在脸上。

我心跳很厉害，因为我看到已经稍稍发黄的信封下方那行字了，这是一封来自石湖中学的信。我坐到办公桌前，小心而急切地拆开信。

果然是侍红写来的，内容极其简单，只有短短的几行：

陈文江：

您好！

我的信你一直没有收到吗？我很喜欢听你说的植物园的那些

事，怪好玩儿的。下次再多说点哦。我于十月二十八日至二十九日，在县中参加全县中学生秋季运动会。我参加标枪和三级跳远的比赛。我不喜欢三级跳远，可老师一定要我参加，要是不出成绩就不好意思了。

对了，上次寄给你的白手帕，没有别的意思啊，听陈文梅说你喜欢这样的手帕，我就给你买了一块。

马上要熄灯了，就写到这里吧。

祝你工作愉快！

此致

敬礼！

你的同学侍红写于一九七九年十月二十日

侍红的信，我在近三个月后才收到，不免让我百感交集。而从侍红的信上，我至少看到四个信息，其一是，侍红给我写过信，而且不止一封，但是我一直没有看到她的片言只语。其二是，她收到我的信了，对我讲的植物园的事很感兴趣。其三是，她告诉我参加全县中学生运动会的日期，是想让我去看她比赛的。她的信我没有看到，比赛也没有看成，都错过了。第四，她见过我妹妹陈文梅了，而且她们还说起白手帕的故事，因此她给我寄了一块白色的手帕。当然，这块手帕我没有收到，也不知落在何方了。我掩饰不住内心的失落和悲伤，坐着，忍着眼里的泪，久久没有动。

张会计已经打开了书，在用功了，但她显然没有看进去，又犹疑地拿起一张空白表格在看。她手里的笔一会儿在手指上转圈，一会儿送到嘴唇和鼻子中间夹一下，一副心不在焉的样子。她不时地看我一眼，又快速地躲开了。过一会儿，才小声说，发什么呆啊小陈？

没呀……

还没……看你神都没了。

我鼻子一酸，差点失声痛哭。

谁的信？

不是谁……一个同学的……

哦……女同学吧？张会计调皮地一笑，还看一眼喝水的崔园长。崔园长的喝水声依旧响亮。

我嘴角牵动一下，不想说什么。一是崔园长在，不便多说；二是我脑子里很乱。我努力想象着，脑子里终于出现了侍红的影像，甚至还有她在操场上投标枪的身影……

别发呆了，一封信，至于吗？张会计小声道，你现在不是很好吗……我觉得，你可以参加文学沙龙的，他们有一次表演对口词和三句半，我们还趴在窗口上看了，笑死我了。他们后来还朗诵了，致一棵什么树……我不懂诗，但是……很好听。

我没有听进去张会计的话。她后来似乎还说了什么，我脑子里成了糨糊。

晚上我什么都没有做，我躲在宿舍里，反复读着侍红的信。我想象着侍红在县中运动场上参加比赛的身影，标枪、三级跳远，这都是非常好看的项目。侍红在比赛的时候，一定非常关注着场外，一定在场外的人群里寻找我的身影。她失望了。她没有看到我。她对我心生仇恨。她发誓不再理我——我想着想着，又哭了。

从侍红信上的日期里，我还推断出，侍红看到的是我的哪几封信。那么，我的信侍红并不是没收到，而是都收到了，而且一直在给我回信。直到我误以为她没有回我的信而不再给她写信了，她才不再给我写信——那么，她是什么时候不再给我写信了呢？这封信里，她告诉我她要参加运动会的事，实际上是暗示我到县中去和她见面的。

那么侍红给我的信是怎么丢的呢？难道她给我写的那么多信，都没有送到吗？不可能，既然这封信能送到，那么其他的信都能送到。而这封信又是如何落进两张办公桌之间的缝隙里的呢？难道是张会计干的？难道侍红给我的所有信件都让她给藏起来或销毁了吗？而遗漏的这封，确实是她的一次疏忽。就是说，她偷看了我的信。我只能这样想了——除了张会计，谁会这样干呢？

那么，张会计为什么要这样？

如果张会计不是爱我，她把我的信藏起来，纯属没有道理。想到这里，我又有些紧张，同时处于两难境地。如果张会计喜欢我（事实上是的），可她至少比我大四五岁，按照小胡的说法，那就是六七岁了。我们的爱情能成立吗？尽管我也喜欢她，那是不是爱情呢？我一点也不知道。如果说以前对张会计的喜欢是真实的话，那么对侍红的爱更是真心的。我渐渐区别了我对张会计和侍红的感受。前者只是喜欢，而后者才是爱情。这样的解释我不知道是不是合理或自欺欺人。可现在想起侍红，想起她正在读书，才是高一，命运不定，前途未卜，这样的爱情又有多大意义？

植物园短暂的工作经历让我成熟了许多，让我能够理性地分析问题和看待问题了。我知道我的对面就是张会计，她心里一定也在复杂地斗争着，但是她一直都是一副若无其事的样子。

而此时，另一个让我感到不安的事又像利剑一样斜刺过来，这就是银花。我抚摸过大白牙的女儿银花，这是我的人生第一次，她既不是我爱的侍红，也不是喜欢我的张会计，而我们确实有过那样的肌肤之亲。

我茫然不知所措。

接下来的几天里，我一直都处在茫然不知所措的情境中。我没能读到侍红的信，而侍红却一直在收到我的信。在我给她写的许多封信中，虽然没有直接抱怨她没有给我回信，事实上她也能看出来。她打的那次电话，也可能是想问我收没收到她的信。侍红对我一直不能了解关于她的信息，一定也很难过吧。

可张会计把我的茫然和不知所措当着另外的内容来理解了。张会计经常跟我聊天，循循善诱地聊人生，聊理想，还更多地劝我到夜大去读书。她说那些机械原理、财会统计、英语速成之类的都不适合我，还不如直接上夜大了，夜大是综合性的学习班，毕业时，总工会要发毕业文凭的，在县属企业中是承认学历的，享受中专待遇。她还暗示我，如果我们能一起上夜大，也就是同学了，就能互相鼓励互相了解了，就能共同探讨人生探讨理想了，有空的时候，我们还可以散步，可以去溜旱冰，还可以看电影。说到看电影，张会计脸红了一下。因为，一对男女看电影，只有恋人才可以这样的。张会计见我没有明确表态，又说，植物学研究也挺好的，可以自学成才。咱们这就叫植物园，你现在又是秘书了，算是干部了，研究植物学，不算歪门邪道了，崔园长都会支持的，说不定，还能给你报销点书本费呢。

回 校

任凭张会计怎么说，我心里还是放心不下侍红。我决定去一趟石湖中学。

我要去找侍红，向她说明真相。说明真相了，心里的石头才会落下，或许才会心安。

从植物园到县城，再从县城去石湖，这两段路我都不陌生。因为我经常在植物园和县城之间往返。而石湖我就更熟悉了，我家祖辈居住的村子和石湖相距不过十来里地，我从小就经常到石湖街去赶集，经常行走在石湖的各条石板街道和小巷里，还随着大人们在街头听小戏，听一段《薛仁贵征东》或《周法乾杀妻》，还会在街头吃一碗白糖豆腐脑或莲子小汤圆。但是，到了石湖街上，到了石湖中学门口，我却犹豫了，产生了陌生感。它已经不是我少年记忆里的石湖街了，石湖中学还记得我这个曾经的学生吗？这天是星期天，我怎么去找侍红？侍红肯定不在学校，她住在她父亲工作的粮管所了。粮管所我是知道的，在镇子的西南，靠近一条河边，正门对着一条通往海州的公路，我曾经在粮管所门前的公路上走过，和父亲一起在粮管所门市部里排队买过供应粮，粮管所大院里那一个个圆柱体的巨型粮仓一度非常吸引我，觉得它的外观十分神秘，很想近距离目睹其风采。如果有时间，侍红也许会领着我参观这些粮仓的，至少也可以在粮仓的“丛林”间走走。

但是，我支好自行车，却在粮管所大门口徘徊，不敢往里走了——会有人拦住我的，如果他们问我找谁，我是说找侍所长呢？还是说找侍红？

正是中午时间，粮管所的铁皮大门紧闭着，大门上割开来的一扇小门也紧闭着。如果侍红还住在粮管所里（一定会的，不住粮管所她还会住哪里呢?），她会从这扇小门进进出出。我知道星期天的晚上会有晚自习。头一天回家的学生会在星期天的下午返回学校。走读的学生也要赶去上课。可现在才刚刚正午，如果我守株待兔，大概要等到天黑吧？等到天黑也没什么，只要能等到侍红。可我等不及了，我现在就想见到侍红。我不敢打听也要打听，如果不打听，就要在粮管所门口等到天黑以后，侍红才有可能从粮管所的大门走出来到学校去。这要等多长时间啊，正是大冬天啊，河里结了厚厚的一层冰，有许多孩子在冰面上玩耍。他们都戴着三块耳棉帽。而我却没戴帽子，也没有围巾。我只穿一件蓝色的中山装棉袄，寒风已经吹透了我的棉袄，已经冻疼了我的双脚，我脚上一双胶底的布鞋早就被脚汗湿透了，现在感到不是穿在鞋子里，而是穿在冰水中。我缩着脖子，跺着脚，双手插在裤兜里，在粮管所大门口走了几个来回后，还是一咬牙，走到小门跟，抬起胳膊，推一下，小门吱呀一声，开了。我心里突然蹦跳起来，仿佛侍红就在门里一样，仿佛侍红就要从门里走出来了——其实什么都没有，空旷的水泥地上，白花花的，晃眼，那是冬日正午的阳光。一个个圆锥形的仓库，仓库粉墙上红色的编号也在阳光里格外惹眼。

我正犹豫着要不要进去时，一个粗暴的声音突然响起，谁啊？谁啊谁啊？

我看到，一个黑脸老汉一边冲过来一边跟我吼叫，今天不上班，找谁啊你？

我被他吓住了。他是从大门边的小耳房里冲出来的。小耳房的墙上伸出一个煤炉的炉筒，正往外冒着黑烟。这个烟筒我很熟，植物园办公室里也有一根，是从窗户里伸出去的，天天都冒着黑烟。这种小耳房，还有凶着脸的黑老汉，一看就是看大门的。家大奴大，这种大院里的守门人一般都很凶。我憋紧了脸，嗫嚅着说，我找……找侍所长。

对方显然又被我的话吓住了，他脸上的表情仿佛在说，一个乳臭未干的小青年，青瓜蛋子，敢找侍所长。他打量我一眼，脸色和蔼了些，声音也软和了些，你找侍所长，今天星期天，所长今天回家了，有事吗你找所长？

我说，没事。

你不认识侍所长？

……认识。我说，我确实认识侍红的父亲，有一次在路上，我和妹妹去她们村的粮食加工厂加工面粉，看过侍红坐在一个中年男人的自行车上，侍红从后车座上跳下来，为了能跟我妹妹说说话，她说爸爸你先回吧，我和我同学玩玩。那是我第一次见到侍红的父亲，当时他还没有调回石湖。但鬼使神差的，我说认识侍所长的时候，完全是一副撒谎的口气。

对方脸色又紧张起来，问，你是哪个大队的？

陈墩大队。

认识？还没事？呵呵，没事改天再来吧。

他今天能回来吗？

这我可说不准，所长每个星期天都要回家的，他不回家，他女儿就要回家，他女儿在石湖中学念高中，是尖子生，学习顶呱呱的，要考大学的。今天回家拿煎饼拿咸菜去了。看你这样子也像学生，不会是侍红的同学吧？

听了黑脸老汉的话，听他嘴里说出了“侍红”两个字，我的心再次怦怦跳起来，他一定是侍所长的红人，对侍红也很熟的，那他会告诉我关于侍红的消息吗？

就在我犹豫的当口，经验老辣、阅人无数的黑脸老汉已经看出我内心的波动，他的好脸色立即又收起来，声色俱厉、硬中带刺地说，你不是找侍所长的，你也不是侍红的同学，你是找侍红的。对你说啊小青年，我弟弟可是派出所大所长，不信你打听打听，大所长可不是吃干饭的，好多小流氓到他手里一个回合都不撑就尿裤子了。侍所长和我弟弟是好朋友，侍红是侍所长的女儿，也是算是我弟弟的女儿，你要敢有歪心眼，有人要挑断你的吊腿筋！滚！

我虽然不是滚开的，也相当于狼狈逃窜了。这个黑脸老汉根本不好对付，我心里的那点小秘密被他一眼看穿了，而且还把我当成了小流氓。我像小流氓吗？我的行为的确是小流氓——没有理由地找一个女中学生，慌慌张张、含糊其辞、东张西望、鬼鬼祟祟，不是小流氓是什么呢？

我再次穿过各个石湖街，往街东的石湖中学骑去。

石湖中学门对面有一片小树林，有几辆自行车支在林子的边上。我也把自行车支在那里了。

当我在走进石湖中学的大门，走在操场时，我更为紧张了，似乎所有人的眼睛都在看着我，似乎所有人都知道我那点心事似的。我没处躲没处藏了。

操场上有一个大会台，是石头砌起来的一个月牙形建筑，一米高的样子，背后是一道屏风，现在成了语录墙，上面刷着一条大红色巨型标语：“为实现四化而努力学习！”被这条标语覆盖的，是许多条标语，颜色有白有黑也有红的。我没有事，为掩饰心里的紧张，我连估带猜地读着那些隐约的字，我大致能读出这样几条：“深挖洞，广积粮，不称霸！”“反击右倾反案风！”“大快人心事，粉碎‘四人帮'!”这些标语，几个月前我还在这里上学时，曾挖空心思地想辨别出来，一直没有读全，现在居然能读出了完整的三条，真是怪事。如果能见到侍红，也可以拿这个说说话的。

操场另一边就是教学区，我一眼看到我们高一年级的那排教室了，其中的一口，就是我曾经读书的地方，几个月前，我就坐在教室里，是他们中的一员。

有几个回家归来的学生从我身边走过了，他们背着书包，急匆匆地从操场上穿过。也有一些乡下归来的女生，小声地嘀咕着什么，也是脚步匆匆的。有一个女生，身上一股腌萝卜干咸菜味，她从我身边走过后又转头看我一眼。她转头看我一眼的样子吓了我一跳——我不是怕她，她不认识我。我突然意识到，如果在这里遇上我们班的同学怎么办？他们问我干什么来的，我怎么说？或者我即便看到侍红了，在这么多学生面前，我怎么喊她？我喊她了，又能说些什么？

我赶快又溜出了石湖中学的大门。

我来到了供销社。我其实是躲进供销社门市部的。太阳就要落山了。我的计划是等侍红上晚自习的时候，我再去找她。供销社门市部里是一节节高大的柜台，各式各样的柜台，有时尚的玻璃柜台，有结实的水泥柜台，有老旧而笨重的木质柜台。我从五金柜看过来，依次是酱菜柜、食品粮果柜、百货柜，然后，在日用百货柜前站住了，这里的脸盆、茶杯、盘子、碗筷，没有什么好看的。接下来是布匹柜，再接下来是床单、毯子、毛巾。突然，我心里一动，我看到玻璃柜台里，一块块整齐的手帕了，男式的是方格子的，女式的式样较多，粉的、红的、鹅黄的，我没有看到男女都能用的白色手帕。这些手帕吸引了我。说真话，我自己一块手帕都没有买过。我还不习惯使用手帕。如果我买一块男式的手帕，似乎用不上。可我要买一块女式的手帕，营业员肯定会看穿我的心思的。

我没有买手帕，我买了一包花生牛轧糖，这是我爱吃的糖。我要把它送给侍红。我还在文具柜里买了一枝金星牌钢笔、一个塑料皮笔记本。

这包花生牛轧糖和钢笔、笔记本，让我有了一些信心。我就带着这三样东西，再次来到石湖中学。我这次没有乱跑，而是躲到了操场边上两棵高大的银杏树下。现在和几个月前完全不同了。几个月前，只知道这是两棵古树，树上挂着小铁牌，牌子上有几句简单的介绍，知道石湖中学的前身是一座寺院，这两棵古银杏和寺院同龄，有着近千年的历史，而且是一雌一雄。当时还奇怪，树还分公母吗？现在我研究植物学，虽然只摸着点皮毛，至少关于银杏树，我能说得头头是道了。如果侍红能来到这树下（她会不会来呢），我一定会不失时机地向她介绍我自学的知识。这样想着，我心里的期待更加迫切了。

晚自习铃声响起的时候，我已经站在我们班教室的窗后了。教室后边有一排长得威武而粗壮的罗汉松，教室里的白炽灯十分亮眼，从窗户里一直映照到罗汉松下。我就站在罗汉松的阴影里。我能看到教室里的一切，而教室里谁都看不到我。我一眼就看到侍红了。侍红坐着的位置在教室的中间，她的左边是孙西巧，她的右边是个男生，好像叫孟祥祝，她后边那个女生我也记得她的名字，叫陶平，是公社多种经营办公室主任的女儿。我心里一阵欢喜又特别紧张，几个月未见，侍红比那时似乎更白净了些，脸色平和，神情安逸。她和周边的同学一样，在安静地做一张考卷，而教数学的班主任周老师也在课桌之间的走道上走来走去。这是个严肃的老师，脸很长，平时一直像在生气，而且永远也没有消气的时候。不知为什么，他右手的小手指掉了，在写黑板的时候，那儿秃一截，总感觉别扭，但没有哪个同学敢拿他的小手指开玩笑。他是个高考狂，每周的班会上，他讲的话全是关于高考、大学，他的教育方法，只有一个逻辑，考不上大学，就回家拾粪！所以我们班人人都是学习狂。学习好的同学自然不在话下，学习差的就受苦了，而作为插班生的我，就更不受周老师待见了。

我远远地望着侍红，不，我和侍红相隔的距离并不远，从我站立的罗汉松到教室的窗户，目侧距离也就两点五米吧，从窗户到她的距离也不会超过两米。就这么短短的距离我们却不能说一句话，甚至连我来看她都不能让她知道——就算周老师不在教室，我也不能去喊她啊。如果我趴在窗户上，隔着玻璃喊侍红，全班的同学会怎么想呢？而且是在晚自习这样一个特殊的时刻。我突然觉得我犯了错误，大错误，一个很严重的大错误，倒不是我来看望侍红错了，是这样看望的方式，不不不，也许根本上就错了，根本上就不该来。侍红没有时间来理会我的，她要念书，而且她正在念书，她将来要考大学的，我一个植物园的园艺工人，有什么理由来耽误一个年轻女孩的前程呢？而且，即便侍红出来和我说话了。我们会说些什么？问她考了多少分？问她的理想？让同学们看到了怎么办？一个曾经的男同学，一个逃离学校去工作的差生，带着花生牛轧糖、钢笔、笔记本，来找一个漂亮的女同学，本身就是一个怪异的行为，司马昭之心路人皆知的行为，会让同学们笑掉大牙的。侍红肯定知道这件事的后果，她会拒绝和我见面，更会拒绝收下礼品。万一要叫老师知道了，说不定会把我抓起来，送到派出所去，我的小流氓的罪名就洗刷不掉了。

我是继续等侍红下课呢？还是在她放学的路上等她？正在我犹豫不决的时候，我看到三个人，打着手电，从远远的教室另一端走来了。这一定是学校督查组检查来了。由校长室、教导处、教研室组成的督查组，每天晚上在学校里巡视，也是石湖中学的一大特色。他们不仅是督查学生，也是督查老师的。我不敢再待下去了。我再看一眼侍红。侍红抬起来头，似乎向我这边的窗户望了一眼——天啦，她果真望过来了，难道她知道我在这里？不会吧？她还是那么美丽，美丽得让我惊愕。但她的目光只是随意地扫过，随即又低头写试卷了。我知道，侍红即便望过来，也不会看到罗汉松的阴影里有一个人在看她的。是的，侍红，亲爱的同学，我要赶快离开了。我最后又看了一眼她，心里突然悲伤起来，眼泪夺眶而出。我擦拭一下泪水，迅速跑走了。

枪 声

我要给侍红写一封信，无论如何，这封信是要写的。但是这封信给我增加了难度，跟侍红说些什么呢？说我昨天去看她啦？说我昨天看她时落荒而逃啦？说了又有什么用？我都好久没给她写信了，如果她突然收到我的信，会怎么想呢？关键是，我希望她怎么样？希望她回信吗？她那么爱学习，又那么漂亮……我久久没能下笔。

夜已经深了。我还在为写信而苦恼。

这时，有人敲我的门，笃、笃、笃，平稳而有节奏。

谁这么晚了还敲门？不会是风吧？

谁？

我，老杨。

我开了门，老杨站在门空里，手里拿一支双管猎枪。这是他新办的猎枪，我在几天前就领教过它的厉害，老杨手举枪响，五六只麻雀就从水杉树上噼噼啪啪掉下来。据说，老杨还有持枪证。我对他的枪很羡慕，摸来摸去的，让他填上子弹，让我放一枪。老杨说，你小孩子，不能教你。老杨又说，等有机会吧，等什么时候打兔子，我带上你，给你打一枪，过过瘾。

老杨这时候敲门，说不定是带我去打兔子，教我打枪的。

老杨说，我看你屋里亮着灯，估计你还没睡。看书啊？

睡不着，看看书。我说。我没有说要写信。

看书重要……那……你继续看。

我感觉他还有话或还有事，便说，不想看了，看累了，也睡不着……

睡不着跟我出去玩玩，打几只野兔馋馋嘴。老杨说。

我见过丁家干逮兔子的本领。丁家干不用枪，他用口袋套，用绳子扣，都是在白天。老杨要在夜里打兔子，夜里能看见兔子吗？

老杨看了我的疑问，说，我有办法，瞧瞧，这是电棒，刚换了电池。兔子夜里不敢跑，电棒一照，两只眼睛碧绿，一枪一只，打它个十只八只没问题。去不去？

去。能不能给我也打一枪？我说，其实我是看好了老杨的枪。老杨的双筒猎枪，光滑锃亮，小巧玲珑，十分可爱。

能啊。我就是让你去打几枪的。打不到兔子，让你练练枪法，壮壮胆量。枪法是练出来的，胆子也是练出来的。老杨笑笑眯眯地说，打到兔子，我们平分。

我不要的……我也不吃兔肉。

可以送人的。

送给谁啊？那就送你吧。打兔子的诱惑，让我心情大好，我又得寸进尺地说，明天能不能让我玩一天。

老杨说，你是说枪啊？

我应一声，盯着他的枪，很想伸手摸一摸。

老杨看出了我的心思，把枪递给我说，你先摸两下玩玩，尽管玩，没有子弹的。不过你明天要玩，要带我装好的子弹。你还不会装。你装的子弹，弄不好会走火。

我把枪接在手里，摸了一会儿，左看一会儿，右看一会儿，高兴地说，走啊，打兔子去。

我和老杨一起出门了。

我把枪杠在肩膀上，跟着老杨走在植物园的田野上。老杨并不急，他把电棒往天上戳一下，在路上绕几圈，像是写一个字，就灭了。老杨说，省点电，多照几只。

我们摸着黑，走进了西塘的枯草地里。

老杨把枪要了去，装上子弹，猫腰向前走一会儿，又开了电棒。一束白光像一根大棍，砸在空旷的草地上，更像一只探照灯，半圈半圈扫着，往前搜索着。电棒只扫了几个来回，就看到目标了。在五六十米远的地方，在静静的草棵里，藏着一个灰黑色的黑点，那黑点有一顶帽子那么大，它就是野兔？它并没有碧绿的眼睛啊？可能是和电棒昏黄的光线对冲了吧。老杨把电棒给我，示意我紧紧咬住目标。老杨半跪下，端枪，瞄准，轰，一声枪响，那个灰黑的亮点还在，只是晃了一下。与此同时，在灰黑色亮点旁边，跳起来一个人。我把电棒跟过去，看到对方只穿一件黑绒衣，光着屁股，两条腿像火杈，在电棒的照射下，正从脚脖子往上拉裤子。对方一边拉裤子，一边喊，你他妈眼睛瞎啦！眼睛叫裤子盖住啦！想把我打死啊！别过来啊，我还没穿裤子！

这是丁家干的声音。在丁家干的腿边，又冒出来一颗人头，是大白牙！

我看到丁家干在草棵里跳，往挨了老杨一枪的灰黑色亮点那儿跳。

把电棒灭了！丁家干又喊，别再开枪啊！

打到没有？老杨说话了。

老杨啊？是你狗日的，我操你家二姨奶的，差点儿！

老杨哈哈大笑了。老杨说，幸亏你把衣服堆在一边，不然你就没命了。

丁家干没有理会老杨，而是说，穿好没有？你快点！

大白牙说，我看不见，你急什么！

老杨偷偷乐了。老杨大声喊道，丁所长，你们玩儿你们玩儿，对不起，我不知道啊，我去打几只兔子，明天给你压压惊！

大白牙大声说，稀罕！老杨狗日的你听着，丁家干叫你吓坏了……你迟不打枪早不打枪，你在老丁要打枪的时候打枪……老杨你不要想走！你放一枪就想走，你的枪厉害了，老丁的枪怕不中了……狗日的老杨你要负责任……老杨你过来！

老杨不敢过去，哈哈笑着，说，丁家干的枪，久经沙场，在国外都用过了，你放心，没问题！

大白牙说，老杨，你看你存心要害死丁家干！

老杨哈哈笑着，拉我一把，跑了。

我们在西塘的草地里照兔子，东跑跑，西跑跑，有些草草了事的意思。大白牙的话言犹在耳，老杨便心不在焉，他可能对刚才那一枪心存顾虑吧。老杨说，还真是危险了，差点把丁所长屁股打成马蜂窝！

我也感到后怕，要不是那堆衣服和丁家干相差两三米，丁家干有可能真被打中了，会不会被打死都难说。

老杨嘿嘿笑两声，说，幸亏先照到他裤子，要是照到他大白腚，就坏啦。

我说，这也把他吓坏了。

没事，最多吓坏他那东西，就怕再也硬不起来了，哈哈哈……

我不知道老杨为什么很开心，这么危险的一件事，他倒是像玩儿一样。我突然觉得，是不是老杨故意要吓丁家干？故意给他个教训，或干脆就是要给他个下马威。这是完全有可能的。老杨可能知道丁家干和大白牙跑到田野来野合了，他就拉上我，借打兔子为名，给他一枪。如果是这样的话，那老杨的情报也太准确啦。我觉得老杨这个人，确实比丁家干更有心机。

过一会儿，老杨又嘿嘿笑两声，说，丁家干也是的，现成的宿舍，不把大白牙带到宿舍，跑到荒草野窠里，笑死人了。老杨嘴里不停地唠叨，在西塘转一个半圆，看到一只绿眼睛兔子，放一枪，兔子一步没跑就死了。我们拎着兔子，回去了，总算没有空手而归。走在路上，老杨又嘿嘿地说，小陈，你知道丁家干和大白牙在干什么呀?

我也嘿嘿着，表示知道的。

老杨用电棒照我一下脸，说，你小屁孩什么都懂啊!

第二天再看到丁家干时，他两只眼睛不再往两边斜了，而是向内收，成了斗鸡眼，白眼珠照样多。只是他再看人时，被看的人不觉得那么难受了。从前，丁家干的眼睛看人时，给人的感觉是被他眼睛拽着往两边撕。现在，虽然反了过来，仿佛又被眼睛夹着往里挤，但毕竟像人眼了。植物园的人都把丁家干当成奇迹，纷纷跑去看。丁家干也照着镜子看了半天。他显然对自己眼睛的变化感到满意，说，都是叫老杨那一枪吓的。又说，我操他家二姨奶的，要是再来一枪，我眼睛就正常了！而大白牙对他五官发生的天翻地覆的变化并不太关心，她担心的是他底受了多大的影响，她当晚又约丁家干到她家喝酒，特意添加了一盘炒猪肝，酒也多喝了二两。结果不得而知。不过，从大白牙得意的骂声里，她担心的事并没有发生。丁家干松了一口气。老杨为此也松了一口气，毕竟那一枪也不是轻动静，就算是经历过枪林弹雨的丁家干，也够他吃一壶的。

老杨果然把枪借给我了。

我把枪带到了办公室，就靠在桌腿上。张会计看到了，她也听到植物园的人关于丁家干眼睛和他被惊吓的议论了。不知为什么，当着张会计的面，我并没表现出对枪的特别兴趣来。我能感觉到，张会计对我把枪带到办公室并不以为然。这也是没有办法的事，女孩都不喜欢舞枪弄棒的。小时候在村子里，我们玩骑马打仗的游戏，我妹妹她们从不参与。我猜想，就是侍红也不会喜欢枪的。

如果我把枪背在身上，就像武工队员了。如果骑自行车，出植物园，很快就会骑上西双湖大堤，骑到县城，穿过县城的街道，要不了多久就会到达石湖。石湖中学高一（二）班的教室里，侍红一定在上课，她不会看到我背枪的英姿的。我也只能在教室的窗外，悄悄地看着她。我的心已经不像那天紧张得轰嗵轰嗵地跳了。我后来又在操场上看到她。她在操场上跑操，同学们分为两拨，她们女生在跑操，活蹦乱跳的，侍红是最好看的那个。男生们在打篮球，在操场上你争我抢。但他们突然看到我了，突然看到我身上的枪了。他们纷纷跑过来，围住我，羡慕我身上的枪。我警告他们，别动，当心走火。那么，我会在放学的路上等侍红。对，我知道侍红回家的线路。我不能在粮管所的门口等她，那样不合时宜，看大门的黑脸老汉太凶了，会把我赶走。他还拉大旗扯虎皮，把他当所长的弟弟抬出来。谁怕啊，他弟弟有枪我也有枪；我的枪是双筒猎枪。不怕也不能惹麻烦。那我只能选择在供销社门市部的门口了。这儿人流量大，没有人会注意到我。不多会儿，街上就有放学的学生了，他们三三两两结伴走来了。我看到侍红也走过来了。上一次看见她是在教室写作业时，连她穿什么衣服都没有看清楚。这一次看清了，她穿一件紫色的灯芯绒棉袄，大尖领子，很洋气，很好看，辫子前一根后一根地搭在肩上。她穿一条蓝裤子——暑假时也是蓝裤子——现在还是蓝裤子，她还是穿一双她喜欢的白色的球鞋。和她一起走过来的，还有我们班的三个女同学，一个是孙西巧，一个是陶平，还有一个是葛高梅。孙西巧的嘴巴很厉害，甚至有些刻薄，她是我们班的数学课代表。陶平是干部的女儿，总是有很多吃不完的零食。孙和陶肩搂着肩，一边走一边说话。侍红和葛高梅跟在她俩一侧，也说说笑笑的样子。是啊，她们都有一张欢喜而快乐的脸。我要不要上去跟她们打招呼？我身上背着枪。我以为我背着枪胆量就大起来的，就可以骑一上午的自行车来看侍红，以为看到侍红就可以跟她热情说话的，可我还是一个胆小鬼。我没有敢迎上去跟侍红说话。她们也没有人看到我。我在大街的这一边，她们在大街的另一边。在她们从我身边走过时，我甚至害怕她们会看到我。还好，她们并没有左顾右盼。她们并没有看到我。但是……但是……

我为什么要来石湖？

想什么呢？

我耳边突然响起张会计的声音。张会计把圆珠笔靠在下巴上，微笑地看着我。我正仰着脸，望着屋顶，脑子里胡思乱想游走不定。张会计的突然问话，让我的思绪收了回来。我立即从椅子上坐正，回到了现实里。

张会计又说，想什么呢？

没想什么。我说。我不能说想侍红。事已至此，再在张会计面前提侍红已经毫无意义了，也不能追究信的问题了。无论是我托张会计寄的信是否是寄了，还是侍红给我的信怎么失踪了，都不能提了。我和侍红的故事已经就此结束，而和张会计还要共事，还要朝夕相处。我便随口胡扯道，夜大也要考试吗？

考啊。

我是说……我是说，入学也要考试吗？

张会计显然对这个话题感兴趣，她说，入学也考的，不过很简单，一张试卷考语史地，另一张试卷考思想政治，及格不及格都会录取的。我觉得你真应该上夜大的，我们都是八十年代新一辈了，可不能虚度年华啊。

张会计的话很对。我这次真的被触动了。我以前怕那种正规的读书，像我在石湖中学的短暂高中生活，真是被有皮没毛。如果又能学到知识，又不受高考的折磨，我也会从心理上接受的。于是我又细心地听了张会计关于夜大的介绍，还频频点头。最后，张会计鼓励我，等明年春天，新学期开学时，我陪你去报名啊。

中午后，我就把枪还给老杨了。

老杨很纳闷，说，你还没打一枪呢。

失　踪

猝不及防的，下了场雪。雪很大，多年没有这样喜庆的大雪啦。

清晨起床，推门一望，就被雪震住了，树上、屋顶上、地上都是白的，晃眼的白，连绵不断的白，除了白，似乎一切色彩都不存在了。太阳已经出来了。阳光也被雪光融化，或者雪光被阳光消解，无论阳光还是雪光，在白中都更白了。

我跳进雪地里，跺着脚走路。雪地上已经有好多脚印了，互相交错着，重叠着，凌乱不堪。我不是第一个发现下大雪的植物园的人。第一个发现雪的人并没有大呼小叫。但肯定也是欣喜的，也像我一样，先在雪地里跑几个来回，先听了听脚踩在雪地上发出的“咯吱吱吱、咯吱吱吱”的声响。只有听到这种声响，才切实地感觉雪真的就在脚下，才能和雪一起高兴。

一上班，我们在雪地里一边玩雪一边扫雪。小谢和小胡最高兴了，他们还拿雪球互相砸几下。小胡砸得很准，都砸在了小谢的身上。小谢就是胡扔一气了，没有一个雪球击中小胡。这让小胡很开心，笑容很灿烂。他们就像情侣一样，说着，笑着，闹着，追着。他俩的快乐也感染了我。我想到了张会计，她要是跟我们一起扫雪，也会像小胡这样开心的，也会抓起雪往我身上扔吗？肯定会的。不过我可能不像小谢那样，故意扔不中小胡。我会也把张会计身上扔一身的雪。小谢和小胡每人穿一件军装，小谢穿一条军裤，小胡是一件军上衣，四个口袋的干部服，套在棉袄上，腰束得很紧。小胡已经多次跟别人说过身上的军装了，说是她家小王刚从部队上寄来的。并且，她家小王的官又升了，是副营级。又说，只有到了正营，才有资格回家探亲（关于探亲的话，好像她每说一次都不一样）。但是，至今，植物园里的任何人都还没见过她丈夫小王。虽然小胡不停地说，她家小王在部队是做秘密工作的，但已经有人对她的话产生了疑惑。因为人们在没见过她丈夫小王的同时，也从未听说过她何时结的婚。小胡这几天上火了，火气很大，右嘴角上被冲一个火跑，火跑结了痂，暗黑色的痂，和左嘴角那个胎记形成呼应，给人的感觉，就像长了两撇胡须。扫雪的人都看到小胡怪异的脸了，偷偷地笑，就连一向严肃的崔园长也扶着铁锨，笑呵呵的。不过崔园长并没有跟着我们一同扫雪，一同打雪仗，而是回办公室生火炉去了。丁家干一直不见踪影。有人说他还能去哪里，一大早的，下大雪了，肯定去小崔庄了，去小崔庄帮大白牙家扫雪了。有人说，也不见得，说不定又去哪里转魂了。转魂，是小崔庄的土话，就是没事瞎转悠的意思。但是因为断魂岗里也有一个“魂”字，听话的人容易产生误解。果然就有人说，这种天气，去断魂岗找死啊。大家乐得在雪地里开心，也就懒得去关心丁家干了。扫雪这种活，就是一当干活儿二当玩，人人都开心的，多一个人少一个人没人在意——谁愿意在这个喜庆的时候，操心丁家干干什么去呢？

我们堆了好几个雪人，巨大的雪人，每个雪人造型都不一样。我堆的雪人不好看，太像人了。小谢和小胡堆的雪人好看，呆呆的，傻傻的，有趣。老杨他们在大门口堆两个大雪人，两边各一个，像是站岗的哨兵。小谢突发奇想，还把一顶黄军帽戴在一个雪人的头上。小谢还找来红纸给雪人贴上两片鲜红的领章。小谢把雪人打扮成一个解放军了，还给解放军穿上四个口袋的军装。小谢说，你们看，这是谁？

大家都会意地笑。

小胡对小谢的行为并不领情，相反，她还极其不满。她扶着一把大扫帚，正色道，小谢，我哪里得罪你啦？你还想不想进步啦？小谢你不要骄傲，不要把尾巴翘上天，你所长还没当上呢，就翘尾巴啦？你信不信，我能让你当不成！

小胡的话太突然了，任何人都没有思想准备。在场有许多人，也包括小谢、老杨在内，都感到吃惊。

一场开心的扫雪运动，突然在小胡的一句话中，变了味。

他们都朝老杨看，看老杨有什么反应。我也以为，丁家干不当药材所所长，肯定是老杨接他的职。事实上，老杨也的确是代理所长了。丁家干不当所长以来，也正是老杨带着药材所的人干活儿的。不过丁家干散布不少关于小谢要当所长的话，那不过是散布而已，让人将信将疑。因为丁家干所有的话都会让人将信将疑。但小胡就不一样了，小胡这样说，就带有些证实的意思了。我看小胡不像是开玩笑。老杨脸色也真的不好看起来。老杨在什么场合都会有一脸笑容的。老杨难得没有笑容的时候就是现在了。我再看小谢。小谢也尴尬得没有话。不过小谢还算精明，他不声不响地摘去了雪人头上的黄军帽，戴到了自己的头上，把两片领章也摘了，还顺手把雪人的军装也改成了一件中式服饰，让它戴上一顶瓜皮小帽。雪人立即就变成了一个土财主。

正好这时候，崔园长站在办公室走廊里喊我们了。崔园长先喊小谢，又喊我。

我们一前一后走进了办公室。

崔园长问，你们看到张会计了吗？

我说没有。

小谢说没看到。

崔园长又问，张会计没请假吧？嗯，她没请假。你们早上确实没看到？

我继续说没看到。

小谢也继续摇头。

崔园长若有所思地说，你们说，张会计为什么没来？

小谢说，雪大呗。

崔园长焦急地说，对，雪大，就会有危险。西双湖大堤那么窄，两边可都是几米深的湖啊。你们两人开手扶拖拉机，往城里迎迎张会计，要小心啊。

张会计不会出事吧？我脱口而出。

崔园长说，八点上班，现在都八点四十了，张会计早该来上班了。她从来不迟到的。

我也一下子担心起来。

崔园长又说，雪大路滑，摔一跤也不轻的。你们俩一直往前迎，要是迎不到，就到县医院，还有县中医院，打听打听，看看张会计有没有摔伤住院。

我们一直迎到县城，也没有迎到张会计。我们又到县医院和县中医院。我们找遍了所有的病房，都没有看到张会计的影子。我们打听了医生和护士，他们也跟我们摇头。我们只好开着手扶拖拉机，往植物园回。在又高又窄的西双湖大堤上，手扶拖拉机开得很慢，几乎是游着向前走。去县城的时候，路上的雪还没有被碾化，车速不至于太慢。回程的路就不一样了，一来，有车辆碾过，化了雪；二来，气温升高，没被车轮碾过的雪下面也化了水，很滑，稍不小心，手扶拖拉机就能蹿进湖里。湖面上已经结了层薄冰，冰面呈波浪状，真是一道奇观。

小谢稳着车把，回过头跟我大声地嚷道，会不会掉到湖里？

我听到他的话了，但我不知道怎么回答他的话，我只好对他大声地啊一声。

小谢又喊道，会不会掉到湖里？

那怎么办啊？

啊？小谢也啊一声。

那怎么办啊？

小谢显然也没有好办法。

七八里长的西双湖大堤，感觉太遥远了，我们的手扶拖拉机就像螃蟹在玻璃上爬行。当我们爬行到排洪闸时，看到湖边站着许多人，有人在湖里打捞着什么。我们把手扶拖拉机停下来，跑到大堤的护坡上，跟他们打听。没有人愿意跟我们说话，大家都脸色严峻，因为已经从冰水里捞上来一辆自行车了。这是一辆加重的长征牌自行车，不是张会计常骑的二六式轻便女车。我松了一口气。

果然，等一会儿，一个男人被捞上来了。他是摔破了头，又滚到湖里的。他的头脑上血肉模糊的，可能是摔晕了，无法自救。我心里一揪一揪的，刚松的一口气又抽紧了。张会计要是滚到湖里，她肯定也没命了。就算她没被摔破头，她一个女孩也不会游泳啊。就算她会游泳，大冬天的，穿那么厚的棉衣，又是冰窟窿，她也爬不上来啊。我突然焦急起来，不祥的预感像冰水一样漫上心头，张会计的笑脸也在我的脑子里不停地闪现。

小谢看我一眼，他显然也想到这一步了。他说，我们回吧。

死亡的阴影笼罩着我。我站在手扶拖拉机的后车斗里，眼睛不停地向两边看。我想从西双湖的护坡上，看到有人滚落的痕迹。我当然不愿意看到这样的痕迹了。但是，我却感到张会计凶多吉少的命运了。

我们回到植物园，立即把情况向崔园长汇报。崔园长当机立断，组织全园职工，到西双湖大堤，沿堤寻找。

就在大家互相招呼的时候，崔园长突然问，丁家干呢？怎么没见丁家干？

不知道啊。

有人看到丁家干没有？

大家都说不知道。

小胡说，会不会在宿舍？我去看看！

老杨说，我一早就踢他的门了，没见他屋里有动静。

是啊，也没看到他扫雪，你们谁看到他啦？

还扫雪，昨天就没见到他的人影。又有人说。

胡扯，立即有人纠正道，一早去小崔庄了。

不对，他没去小崔庄。说话的是园艺研究所的人，他说，老丁一早往断魂岗去了。

这个老丁，关键时候指望不上他了。崔园长说，不找他了，让他转魂去吧，跟大白牙快活去吧，我们出发！

植物园除了留下小胡一个人守着电话值班外，其余人在崔园长亲自带领下，全部沿路寻找张会计去了。

非常搞笑的是，当我们十几个人挤在手扶拖拉机上，开到西双湖大堤上时，迎面碰到的第一个人便是张会计。张会计身穿国旗红色呢大衣，戴一顶红色毛线帽，围红色围巾，洁白的大口罩遮住她半边脸。她推着自行车，慢慢腾腾地走在雪地里，像雪地里盛开的花朵，非常惊艳。她先发现了我们。她取下口罩，惊讶地大声问，干什么呀你们？

大家先是愣一下，然后便轰地大笑了。

崔园长把事情的来龙去脉说给她听了之后，她也开心地笑了。不过她很快就跟崔园长补了假，说这么大的雪，她本来想请假的，可她跑了两三家单位都没找到电话。后来，太阳出来了，她还是上班来了。

张会计的目光，在人群里找到了我。她的目光在我的脸上停留了一下，嫣然一笑。我的感觉，她这一笑是专门为我笑的。然后，她说，对不起啊！没有人听到她的话。我听到了。我是从她的嘴形上“听”到的。她说对不起，究竟对不起什么呢？是她让我们虚惊一场，让我们大动干戈地找她，还是别的什么？她是看着我说对不起的，会不会是指她贪污了侍红寄给我的信？这时候，她不会记得这件事吧。不管怎么说，我通过这次对张会计的寻找，进一步证实了我心底的秘密，是啊，我是喜欢张会计的。

张会计找到了，丁家干却失踪了。不知谁说一句。

老丁失不了踪。老杨说，到大白牙家的被窝里就逮到了！

老杨的话也许是玩笑话，但却引起了大伙儿的共鸣。有人还不忘开玩笑，说老杨，你那一枪要再准点，丁家干就再也干不动了。

管他干动干不动，我们到大白牙家，跟丁家干喝两杯！怎么样？

大家嚷嚷着，都说好，纷纷跳上手扶拖拉机，往小崔庄开去了。

但是，丁家干还是失踪了——他让大伙儿扑了空。大家高兴而去，败兴而归，都骂丁家干不得好死！

丁家干的失踪，出乎所有人的意料，人们以为他真的在大白牙家的，真的在大白牙的热被窝里的。可是，直到大白牙找到植物园，到植物园来找丁家干，人们才确信，丁家干真的失踪了。

大白牙找丁家干，并不是知道他失踪才来找他的——她压根没想到丁家干会失踪，换句话说，她并不相信丁家干这样的人会失踪。她来找丁家干，是指望他出主意想办法的。因为她侄子崔二朋已经好多天没有任何音讯了。大白牙在下雪之夜做了一个梦，梦到了已经变成了鬼的崔二朋。崔二朋向大白牙诉苦，说他到冥司那里报到，冥司查的花名册上没有他，又查了鸳鸯谱，鸳鸯谱上他还应该有十年的婚姻，不该死。大白牙觉得这是二朋托梦给她，说他是叫豆叶害死的，让她替他申冤的。大白牙因此联想到，那天豆叶去认尸，其实尸体就是崔二朋，是她故意不认的。大白牙为此又去问了豆叶，问她那天看的尸体到底是谁。豆叶说是谁我怎么知道，反正不是死鬼崔二朋！大白牙说，不是崔二朋你怎么说他是死鬼？你是说漏嘴了吧？你不说是条狗吗？豆叶脸色就不好看了，就像外面的雪一样白了。豆叶说，我要去扫雪了。豆叶拖着扫帚就出去了。大白牙回家后，越想越觉得不对，就来找丁家干了。可丁家干的门却上了锁，问了好几个人都说不知道，老杨还跟她开玩笑说，你把老丁藏在被窝里，还来跟我们要人，你是故意不想让我们喝酒，对吧？大白牙说，老杨你去死吧，我凭什么要藏老丁！老杨笑着告诉大白牙，早上就没看到老丁，大家扫雪时还打听他呢。但是大白牙还是不相信丁家干能出什么事，依旧把门踢得轰轰响，还对着门大喊一通。

大白牙去找崔园长。

崔园长说，有人说去断魂岗了。

大白牙就往断魂岗找去了。大白牙深一脚浅一脚地踩着雪走了一会儿，觉得不对，这漫天遍地的大雪，光滑如镜，没有一个人的脚印，怎么会去断魂岗？丁家干不会插一双翅膀飞吧？再说了，这么个鬼天气，他去断魂岗干什么？大白牙越想越不对，又回到园部，又找到崔园长。大白牙说，你们放屁，雪地里没有一个脚印，连狗脚印都没有，丁家干怎么会去断魂岗！

崔园长也爱莫能助，说，砸门吧，你把他宿舍门砸开来，看他在不在。

我砸门？

砸吧砸吧，你有资格砸……

丁家干的门被砸开来了，屋里摆设依旧，就是不见丁家干。

崔园长终于意识到事情的严重了。他立即召集全体职工，让大家回忆最后一次见到丁家干是在什么时候。重点是问那个看到丁家干出门的园艺所的工人。他皱着眉，想一会儿才说，我记错了，丁家干是昨天去的断魂岗，是昨天早上。

在大家继续回忆中，事情终于有了眉目，丁家干昨天一清早，没吃早饭就出了门，然后就再也没有人看到他。

崔园长也问了我。如果在从前，丁家干在不在宿舍我是一清二楚的。丁家干的鼾声太特别了，太影响我睡觉了。后来，可能是我熟悉了他的鼾声，有没有鼾声已经对我的睡眠构不成影响了。所以无论我什么时候睡下，我都会随手抽一本床头堆积的书，随便翻几页，然后就香香甜甜进入梦乡了。

丁家干的失踪，确实给植物园带来不小的震动。因为大家都知道两年前失踪的秃耳朵老会计，至今还是一件无头案。崔园长安排小谢和老杨一起，开着手扶拖拉机，到丁家干的老家去看看。小谢不太乐意，但他还是去了。这边，崔园长又用电话向公安局报了案。

在大家纷纷寻找丁家干的过程中，张会计悄悄问我，你们一早找我的时候，是不是也怀疑过我失踪啦？怀疑我掉进西双湖了吧？

我跟张会计笑笑，没说什么。张会计也不再好奇了。因为崔园长正焦急地等待公安局的人。

工 作

春节临近的热闹气氛并没有因为大白牙天天到植物园闹事而变得冷清。大白牙到植物园吵吵闹闹已经变成她的专职了。她认定丁家干一定是被害死的，是被植物园的人害死的。植物园的人容不得他家丁家干，包括他崔园长。但是她也说不清是被植物园谁害死的。崔园长对她的吵闹实在看不下去了，说，公安局都来查过了，你不相信我们植物园，你还能不相信公安局？你这不是无理取闹吗？你再这样闹，影响我们植物园正常工作了。大白牙说，好啊，我影响你，你把我也除掉算了！大白牙就像一条疯狗，谁跟她说就咬谁，她张着大嘴，露出一嘴黑色的牙齿，脸色铁青地对崔园长说，公安局的人都被你买通了，他们查个屁！他们什么都查不出来，你们先前失踪的老会计呢，查出来啦？你先是撤了丁家干的职，后又害死丁家干，你说，是不是！崔园长无奈地跟她摆摆手，说，好，你好佬，我不跟你说了。大白牙跳上一步，连说带嚷，你当然不跟我说了，你心虚！可我要跟你说，活要交人，死要交尸，你不把丁家干交出来，我天天来找你！你一天不交出丁家干，我一天不收兵，你两天不交出丁家干，我两天不收兵，你一年不交出丁家干，我一年不收兵！我一个寡妇，我怕谁？大白牙的黑牙一闪一闪的，感觉她喷出的唾沫星都是黑的。

关于丁家干的失踪，我也深感疑惑。大白牙的话不是没有道理，丁家干太碍他们的事了。崔园长伙同老杨、崔老鳖一起偷药，而丁家干又发誓要逮住偷药贼，并且借了老杨的土枪。丁家干常常带着枪，昼夜潜伏在断魂岗。丁家干行为肯定惹怒了他们。丁家干简直就是他们眼里的沙珠子，能不除掉他吗？另外，崔园长和豆叶通奸的事，也是没有人知道的，崔园长做得很隐蔽。可丁家干在大白牙的唆使下，也要把豆叶的情妇查个水落石出。这也是让崔园长特别痛恨和担心的。痛恨，是丁家干多管闲事；担心，是怕真被丁家干查出来，弄得他很难看。但是丁家干一个大活人，崔园长他们又能把他弄到哪里呢？公安局虽然也派人来查了，我也是觉得太过草率，不过是找人谈谈话，做几张纸的笔录，就算完成任务了，就再也没有真刀真枪地查过。我想象中，应该调来大批刑警，围绕着植物园，梳头一样地查一遍，我甚至还想到警犬，想到电影上看到的那些镜头。另外，我还想到小谢，想到小胡。小谢和小胡的暧昧关系也是让人好奇的。别看小谢不声不响，他也是私心很重的人，而且野心很大。小胡为了让他当所长，不惜以身相许。小谢和小胡与丁家干的失踪有没有关系呢？

我知道，凭大白牙的一己之力，凭大白牙的蛮横和粗鲁，是根本找不到丁家干的。活要见人，死要见尸，她是做不到了。但是又有谁能帮助大白牙呢？大白牙的女儿银花，倒是常来植物园，不过她不是来帮她母亲吵闹的，她是来劝她母亲回家的。每次，大白牙拿出身上的钥匙，开了锁（大白牙自己给丁家干的门上换了把锁），在丁家干的宿舍里坐坐，跟想象中的丁家干说说话，再帮丁家干打扫一下室内卫生，然后，就鼓足劲头，到植物园的办公室门口，找崔园长要人。崔园长有时在，有时不在。有时是故意躲着大白牙，有时还没来得及走，就被大白牙堵在办公室了。每次吵闹，受害最重的是张会计和我。我们都在学习。张会计已经把她夜大的书借给我看了，我已经决定春节后就去报名参加夜大的入学考试了。大白牙的胡闹，让我的学习受到了很大的影响。而大白牙还真的没有收兵的意思。每次都是在大白牙吵累的时候，银花来了，银花脸色迷茫，眼睛忧郁，充满悲伤地说，回去吧妈，回去吧妈，别丢人现眼啦。大白牙说，我不丢人，我找我男人，丢什么人啊！我不走，我哪也不去！可大白牙还是跟着银花回小崔庄了。

在银花劝大白牙的时候，我有时候会看一眼银花。银花有时候也会看我一眼，但她看我一眼的目光躲得很快。我从银花的目光里看到了孤独和无助。有时候我真想跟银花聊聊，向她和盘说出我所了解的植物园里的桩桩怪事。但是我也只是想想而已，我还是没有胆量和勇气向她说，而且如此复杂的案子，我所知道的，也许并不是真相，万一公安局的人来找我调查就麻烦了，崔园长能饶过我？

有一天，大白牙的吵闹突然换了主题，她说，丁家干是你们植物园的人，他在你们植物园死了……失踪了，你们就不能白白算了。我大白牙跟丁家干……也不是一天两天了，大家都知道……我们就要结婚了……妈呀，我命苦啊，早知道丁家干说死就死了，我还不如早跟他结婚……世上真没有后悔药，要是有后悔药，我真要吃一箩筐！我就是和丁家干没结成婚，我们在一张床上睡，在一口锅里吃……我也是丁家干的人了，我们就是一家人了。丁家干在植物园的工作，我们家得有一个人顶上！得有人接丁家干的班！

大白牙闹了这些天，这句话是最实在的。

崔园长眼皮耷拉着，没有答她的话。张会计悄悄看看我。

大白牙大大咧咧地给火炉添煤，就好像她已经顶替丁家干成了植物园的工人。大白牙说，崔园长你看我都四十多岁了，算是死在丁家干手里了，给丁家干弄得不像个人了，谁还要我？我也没有几年好过头了，可我家银花你崔园长知道，到年才十八岁，要身条有身条，要貌相有貌相，嘴一套手一套，干什么像什么，要是能顶替丁家干在植物园干点什么，不会给你崔园长丢脸的。

大白牙夸她女儿漂亮，真是夸错了。我看到张会计捂着嘴在偷笑。

崔园长听到这时候，终于喝口水，说，正当要求，我们会考虑的，不过这个事情是大事，我还不能做主，我可以作为意见，向局里汇报，只要局里同意，我没有意见。

崔园长的话，让大白牙很满意，这次她没有连吵带骂，也没有等银花来劝，而是自己回去了。临走时，又帮火炉里添了一炉膛煤。

崔园长也少见地跟她说，这就对了，有问题提出来，我们研究解决。胡搅蛮缠解决不了问题，无理取闹更是行不通。植物园怎么说也是一个单位，也有一级组织，懂不懂？

大白牙服气地点着头，脸上甚至还有了笑容。大白牙说，我这不都是给丁家干那死鬼气糊涂了嘛！

大白牙走不多会儿，豆叶就来了。

豆叶突然来到植物园办公室，有点神气活现。可能要过年了，豆叶抹了口红，弹了胭脂，穿一身新衣服。新衣服好像不是她买的，穿在身上有些不合适，像是偷来的一样。当然，她的衣服不会是偷来的，一定是崔园长给她买的。崔园长对豆叶的突然来访也有些吃惊，当他看到她光艳的衣着和花哨的打扮时，脸上出现了少见的笑容。他端起大茶杯说，豆叶啊，不在家忙年啊，过来有事啊？

豆叶起先有点拘束，她看一眼张会计，又看一眼我，两腿并拢地坐在条椅上。但是，当崔园长话音一落，她脸上的拘谨立即就舒展开了，忽地一笑，说，我能有什么事啊。

豆叶说没有事，谁都能听出来，她是有事的。她不说，可能不好开口，在等着我和张会计离开。可是她和崔园长之间的事，张会计一点也不知道，我呢，也不好意思支走张会计。张会计正在抄笔记。自从工人文化宫的夜校改成夜大之后，张会计学习更加勤奋了。

喝水吧？过了一会儿，崔园长说。

不喝！要喝我自己倒！豆叶的话硬了起来。崔园长不理她，让她生气了。

崔园长说，有事就说事，这儿是办公的地方，不是闲坐的，下班以后，你来看电视没人说你，这是上班时间，你看张会计，还有小陈，他们都忙。

我知道。可我等不到晚上了。我要等到晚上，就憋死了。我来问崔园长一个事的。

说。

银花，她凭什么能进植物园当工人？

没有的事啊。

村上都传开了。

没有没有，我是园长，要增加人，我还能不知道？不过，大白牙提出过，园部还没向局里汇报。

她银花要是能进植物园当工人，我豆叶也能……我凭什么比银花差！我哪点不如她银花？我……

崔园长用眼神制止豆叶继续说下去。

豆叶便把下边的话咬住了。

崔园长说，这事情园部会考虑的，包括你说的事情。你想到我们植物园上班，是好事，说明我们植物园蒸蒸日上、欣欣向荣。不过，跟银花一样，这事我也不能答应你，县多种经营管理局是我们主管局，我要跟局里请示之后才能定，好不好？再说了，你的情况跟银花不一样，银花是顶丁家干的班，毕竟丁家干是我们园的老职工，他和大白牙……这个，算是事实婚姻吧，银花的要求更合理些。但是，你既然想到植物园上班，植物园也会考虑给你这个机会，好不好？今天就谈到这里，有什么进展，我会通知你的。

崔园长破例地把豆叶送出了办公室。在门拐那儿，豆叶抓住机遇，狠狠地拧了下崔园长的手。崔园长的另一只手抚摸着被豆叶拧疼的手，哼哼地笑两声，说，你走好。

送走了豆叶，崔园长拿起了电话机。电话机不是摇把式，是转盘式。这是我第一次看崔园长打电话。打通了电话，崔园长对着话机说，吴股长你好，你上午不开会吧？好，我去向你汇报汇报园里的工作啊……这不是要过年了吗？哈哈哈，那是那是……好好好，好好好……再见！

崔园长也不跟我们打招呼，拎上黑色人造革小包，出门了。很快，崔园长自行车的哗哗声就消失了。

办公室又剩下我和张会计两个人了。张会计抬起头说，植物园真热闹，成收容所了。

张会计的话也是我想说的。

小陈你可是要在植物园待下去的。张会计又说。

张会计的言外之意难道要离开植物园？张会计一直有野心，植物园早出晚归的工作方式并不适合她，而她在言谈中常常不经意透露出远大的理想来，也是有自己打算的吧？张会计的话，我没有接下去。我心里有些酸溜溜的。如果张会计不在植物园上班，植物园就没有谁是我的精神依托了。

果然如张会计所说的那样，春节以后，植物园又新添了两名职工，银花和豆叶。

这只是植物园发生了两件大事之一，另一件大事同样让人吃惊，老杨没有顺理成章地当上药材研究所所长，所长是名不见经传的小谢。

银花被安排在药材研究所，成了小谢的员工。豆叶被安排在园艺研究所。也好，豆叶和银花隔开来，也是最合理的安排了。

对于丁家干的失踪，已经没有人特意提起了。人们在提起丁家干的时候，大多是在澡堂里。洗澡水热了，烫屁股了，有人会说，这水烧的，比丁家干差远了，烫猪啊！洗澡水冷了，起鸡皮疙瘩了，有人会说，汪牛啊，又不是夏天，丁家干才烧不出这种水来了！洗澡水要是半边冷半边热了，也会有人说，我操，手残废啦？就不能把水搅搅匀？也不向丁家干学着点！

烧澡堂的是徐师傅。他才不想烧洗澡水了，他巴不得大家都说他不会烧澡堂，让崔园长另换一个人。可崔园长更是老奸巨猾，他烧不好也不换他。

我以为，崔园长没让老杨当所长，老杨心里一定疙疙瘩瘩的。但表面上，又看不出什么来。老杨的脸上成天还是笑呵呵的，而且，好像比从前更能笑了。见到我，会说，小陈，陈秘书。然后，笑笑，并没有话要说。见到张会计，也笑笑，也没有话。见到崔园长，依旧是笑笑。这是他问好的方式。他问好的方式，就是笑笑，或叫你一声职务。不过，他跟崔园长是有勾当的。他跟崔园长的笑，一定跟我们的笑不一样。他跟崔园长笑过了，跟崔园长还有话说，说些什么，我当然是不得而知了。但是，隐约的，我又知道，无非是分偷药的赃款。现在，我对于崔园长在植物园编织的这张网已经大致知道了其脉络。简单说吧，崔园长就是这张网上的蜘蛛王，在他周围的那些人，其实都让他粘在了网上，成了他随时饮用的美食。我有时候会想，春风得意的小谢所长，领着大家干活儿的时候，他能有多大的权力？成天在他身边的是小胡，他和小胡的那种关系，能不在干活儿中有所表现？小胡会听他的吗？小胡要跟他使使小性子，他又如何应对？小胡口口声声称她的丈夫是军官，在部队干秘密工作。小谢也不敢对小胡如何如何，她怕小胡翻眼，告他个破坏军婚的罪名。就凭这个，小胡不但能掌握小谢，实则上也掌握了崔园长。

而曾当过药材研究所负责人的老杨，更像一只修炼成精的千年老狐狸，他干活儿的时候，还是规规矩矩、任劳任怨，对当不当所长好像无所谓，至少，表面上没有让人看出来。对小谢所长的话，也是言听计从。有时候，小谢所长想不到的，他还能主动提醒他。看起来，药材所是空前的团结。但是，谁都没有想到，药材所暗藏的杀机，伤及了小谢所长的手指。那天，小谢所长领着大家包装白芽蒿。这是蔷薇科全草类中药，秋天收割上来的，不多，堆在仓库里，只有一小堆。小谢所长看它碍事，说干一样少一样，先把它解决了。老杨说，白芽蒿不值钱，扔了也不可惜。小谢所长自从当了所长，觉悟很高。他不赞成老杨的话，说，不值钱也是药，扔了就是浪费。干吧。于是，便由他续草，老杨掌握铡刀。刚铡有四五把，身后的银花叫小鬼针扎了手指，呀地尖叫一声。小谢所长不知发生了什么事，一扭头，问银花，怎么啦？他只听银花说没事，手指头就被老杨的铡刀铡下来了。小谢所长感觉不对劲，手指头唰唰地凉，一看，中指、食指和无名指不见了，齐刷刷的，茬口白白的，随即，血便喷涌出来。小谢所长哎呀一声叫，我的手指！

小谢的三根手指头和一节一节的白芽蒿混在一起，稍长一根手指头——那应该是中指了，似乎还在一跳一跳地抽搐。小谢看着和自己无关的手指头，号啕大哭。

就这么简单，事故在不经意中发生了。

老杨对自己的大意很是内疚，多次说过对不起小谢的话。但是，有人不这样认为。小胡就说，老杨，真是太阴了，他不过是没当上所长，就跟小谢下毒手。我看，他下面要跟崔园长下毒手了！崔园长听了，嘿嘿地笑两声，他心里有数。他问小胡，小谢那三根手指头，能接上？小胡说，谁知道，医院说，有百分之五十的可能。崔园长倒是很有信心，他说，人死了，还有还魂草，断了手指，医院肯定也有办法。在小谢所长住院期间，崔园长又让老杨成了临时负责人。崔园长盯着老杨的脸看，想从他脸上看出花样来。但是崔园长和老杨共事十多年，他还从未在老杨脸上发现什么秘密。老杨的脸上始终是一个表情，似笑非笑的。老杨说，我这时候当所长，人家不会说我是故意陷害小谢所长啊？崔园长说，人心隔肚皮，有人要说，就让他说去，你干你的。再说了，小谢也有责任，可能责任更大，正在铡药，你掉什么头啊，这一掉头，身子跟着动，手也跟着动，自己伸到铡刀下了。这下可好……不过你不是所长，你只是临时负责一下。就算是临时负责，你也要把工作干好。老杨点着头，说那是那是，就是不叫我负责，我也会干好工作的。老杨也不辱使命，带着大家干活儿，更是认真负责。不过，干活儿的人是越来越少了，小谢所长住院，植物园派了小胡去服侍（本来也许轮不上小胡，是她主动要求的），加上徐师傅隔三岔五去烧澡堂，干活儿的，只有大李和新职工银花。这期间，大白牙来过一次，她甩着屁股，脸上腿上都是欢笑。

她到干活儿的大仓库里，问老杨，银花干活儿怎么样啊？

老杨说，银花干活儿，没得说！

一边干活儿的银花，脸就红了。

大白牙咯咯咯笑着说，我就知道，银花干什么活都像样。哎，我说老杨，幸亏丁家干死了是不是？丁家干要是不死，我银花能到植物园来上班？

谁说丁家干死啦？老杨正色着脸。

失踪了，还不是跟死了一样？丁家干要是不死，我也想不起来到植物园闹事。闹了几天事，我才想起来，人死不能复活，闹事也闹不出人来了，闹了也白闹，还不如让银花顶替丁家干的班……哎——丁家干要是不死，银花又能到植物园当工人，那该多好啊，我们家就有两个工人了，两个工人，两份工资……我命苦啊……

大白牙说着说着就哭了。

银花对母亲的到来很不高兴，不知为什么，只觉得没面子。大白牙一哭，她又不知道如何劝她。好在大白牙也不用劝，哭了两声，不哭了，又笑了。她说，老杨，我家银花就交给你了，你要好好带带银花，银花还小，过这年才十八岁。

谁说我十八啊。银花终于找到反驳的机会了。

虚岁才十九嘛。

那周岁还不到十八啊。

这丫头，什么都跟我计较，我不是想让老杨多关心你吗？

老杨说，植物园的活，跟庄稼活一样，好干，不碍事，你家银花，有这模样，心灵手巧的……

大白牙还没等老杨夸完，就抢过话说，那是那是……我家银花，我最放心了，我不放心的，你知道是谁吧？是我那侄媳妇，豆叶。

她在园艺所那边，天天育树苗，你有什么不放心的。

你不懂！大白牙说，好啦，银花，好好干活儿，听领导的话，不懂就问，下班就回家，我走啦！

银花嘀咕一声，早走早好！

可大白牙又转回身了，说，老杨，我那天看到你了。

看到我？

是啊，在县城人民桥下的药材市场，早上，天才麻麻亮，我看到你在卖药，我喊你好几声你都不理我，我还以为认错了人呢？

不会吧，我上那里卖什么药，你眼睛叫裤裆遮住了吧？我们药材所的药又不到市场去卖。

啊？真认错人啦？

可不是，你什么眼神，是不是叫丁家干传染啦。

大白牙开心地笑了，这个死鬼，没把好事传给我……噢，那真是我看错了，我说嘛，我喊了好几声，你就是不理我，还以为你那药是偷来的，不敢理我呢。后来，我想，也是啊，老杨怎么会到药材市场去呢，我知道你们药材所的药都是卖到县药材收购站的。

就是就是，下回不能乱认啊。

那是那是，你忙啊，我回啦！

老杨好像还有话，他冲着大白牙的屁股说，你天麻麻亮，就到药材市场，干什么去啊？你有药卖啊？

大白牙停下了，回头说，我哪有药卖啊，我一个妇道人家，不能偷也不能抢的。我昼夜睡不着觉，刚一打盹，丁家干就托梦给我，说他到人民桥去抓偷药贼了，让我赶紧去帮他一把，我才赶着黑去的。我以为能在药材市场找到丁家干的，可我找了一大圈，哪有他鬼影子啊？丁家干常常托梦给我，让我干这干那的，就跟真的一样，我被他骗得东跑西颠的，唉，我迟早也要让他害死！

噢，是这样。老杨说，你放心，你家银花在我手里，会越来越进步。

放心，放心。大白牙讨好地赔着老杨笑，试探着说，赶有时间，我还要请你老杨到我家喝两杯哩，要赏脸啊老杨。

老杨答非所问地呵呵着，说，今天好天气啊。

崔老鳖

老杨是在路上让崔老鳖追上的。

老杨最后一个离开仓库。当仓库里只有老杨一个人时，他依旧是笑笑地四下打量几眼。空旷的大仓库里，除了一个个药垛和麻袋，没有别的生灵了——也许有，老鼠啊狐狸啊一类的。但它们有它们的工作，不会妨碍他的。他从容地从腰上取下一条特制的蓝布裤腰带，端过一只笆斗，像灌香肠一样把笆斗里的蛇床子灌进了裤腰带里。裤腰带就变成了一条口袋，然后他就把蛇一样的口袋勒在腰上。老杨腰上多了条蛇，走路就有些别扭。老杨别扭地走着，想着大白牙刚才的话。大白牙是什么意思呢？她把老杨我当成了丁家干？她以为我也吃她那一套？丁家干真的会托梦给她？她还说到了人民桥，莫非她真的在人民桥下看到了什么？这个丁家干，死了也叫人不清静。

老杨心里有事，走到一步桥时，崔老鳖突然从哪里冒了出来。

崔老鳖像一只硕大的水老鼠，滚到了老杨的面前，吓了老杨一跳。

你怎么……死在这里？老杨说。

……老杨啊……崔老鳖的声音里带着哭腔。

有话你快说！老杨看崔老鳖不对劲，脸上的笑意也凝固了。

……老杨啊……

快说啊！

……老杨啊……嘿……

你不会说话啦？

你叫我怎么说啊……老杨啊……

出什么事啦？老杨有些紧张了。

出大事啦……

啊？老杨下意识地摸摸腰，一想，不对，有崔园长保着，这方面出不了事。虽然他暗地里吃独食，到人民桥下的药材市场偷偷卖过药，但崔园长也未必知道。就算知道了，也未必因小失大，对他下手。

……老杨啊……嘿……你这个该杀的！

说话啊！老杨真想踢他一脚。

崔老鳖嘴一咧，呼的一声，哭了。崔老鳖眼泪鼻涕一大把，呼呼啕啕地说，我崔老鳖丢不起这人啊！我家洋玉，嫌肚子疼，我带她到县医院，一查，怀上了，七八个月了……死丫头，天天把裤腰勒得紧紧的，早产了……昨天晚上，给你生了个儿子！这下你狗日的笑吧，你嘴笑歪了吧？

老杨真想笑，可他这时候笑也不太妥，他看崔老鳖是真着急了。他立马安慰崔老鳖道，老崔你放心，我不会亏待你的。

你不亏待我有屁用！

我也不亏待洋玉。

你不亏待洋玉，洋玉亏待你了——你儿子没活成！

啊？

又早产，又畸形，活个屁！

死啦？

不死我来对你说？

死了你对我说，还还还……还找我……

洋玉还要不要做人？我不找你找谁？你不能就这样不管她，你要是不管她，我可不能饶过你！

你让我怎么管？你要多少钱？我可都给你了。

我不要钱。

那你要什么？

你睁眼看看，银花，豆叶，都到植物园当工人了，你要让我家洋玉也到植物园当工人。洋玉哪点比银花差，哪点比豆叶差，银花豆叶能干的工作，我家洋玉也能干。

老杨为难地说，银花和豆叶，是崔园长安排的，我可没有……

你可不要说没有本事安排。我对你说老杨，你不要看我崔老鳖不是个东西，我崔老鳖再不是个东西，你敢说我不是个男人？我可不是省油的灯，把我逼急了，我可是什么事都能做得出的！洋玉的事就交给你了，你找崔大个子，不信他不给你面子。

你找崔园长不行吗？

我？我的面子哪有你的面子大啊。老杨我告诉你，我崔老鳖就这一件事求你了，你看着办吧。

崔老鳖平时萎萎靡靡的，眼睛睁不开，眼角边都是一堆一堆的眼屎，脖子也一直缩着，两条胳膊天天耷拉着，可今天也睁着眼睛跟老杨说狠话了。崔老鳖说完，把脖子拧过去，看西边被落日烧红的晚霞。

老杨本想也说两句狠话，可说出来的却变了味。老杨说，洋玉要到植物园当工人，那是好事啊，豆叶能到植物园当工人，银花也能到植物园当工人，洋玉当然也能到植物园当工人了。豆叶在园艺所那边工作很好，银花在我们药材所也是好样的，你家洋玉要是到我们植物园，一定也不差给她俩。这事你放心，我一定跟崔园长说说，做做他的思想工作，让崔园长尽快安排。

崔老鳖笑了。崔老鳖说，这还像个人话老杨，拜托啦。

洋玉……真生个孩子？

你看你，老杨你怎么能这样问我？我还能给自家闺女头上扣屎盆子？我崔老鳖也不是不要脸的人，事都出了，这么大的事，我是没办法才来找你的。洋玉现在身体弱，你也不要去看她了，你就是去看她，空着手去就行了，也不要买什么贵重东西了，她现在吃什么，心里都难受……

我懂，我懂。老杨说，我天黑就去你家，去望望洋玉，你先回吧老崔。

那我回啦？

你回。

崔老鳖一边走一边笑。崔老鳖的笑，是从心里头发出的。晚霞已经从西边褪尽了，昏黄色的天，一眨眼就成了夜。星星也是一眨眼就布满了天。崔老鳖在夜色中一阵急走。崔老鳖顶头遇到一伙儿人，他们是到植物园看电视的人，都是小崔庄的，崔老鳖认得他们是谁，即便是夜里，崔老鳖的眼睛也好使。他在人群里没有看到洋玉。崔老鳖把心放到了肚子里。半道上，又遇到一伙儿人，他们也是去植物园看电视的。崔老鳖听到豆叶在大声地说话，豆叶说，咱们植物园……什么什么的。豆叶说话都是咱们咱们的了，俨然一个植物园职工的口气了。说完，又大声地笑，笑得特别嚣张。崔老鳖想，要不了多久，洋玉也要大声说话，也要大声笑了。

崔老鳖一到家，看到家里黑灯瞎火的，心便悬起来了，他冲着西厢房喊，洋玉！

西厢房的笆门里，传出一声，没死！

你吓死我了！

你胆子晒干有笆斗大，谁能吓得死你！

你这孩子，怎么跟我说话呢，你把门开开来，有好事。

你推门就进来了。

崔老鳖果然一推门，笆门就被推开了一条缝。崔老鳖闪身进屋，站在洋玉的床前，说，事情说妥了，老杨还算有点良心，他答应让你进植物园。

洋玉说，你是怎么败坏我的。

我跟你商量啦，你同意我那样说的。

我没同意，是你一定要说的！

好了好了，反正我是说了，进植物园重要，还是面子重要？面子算什么东西？掉了几斤肉啦？

我嫌丢人！

小姑奶奶，你就别硬了，银花豆叶在植物园当工人，把你都馋死了，你当我没看出来？没伤你骨没断你筋的，真的假的，他老杨也不晓得。你快别纳鞋底了，老杨一会儿就来了。他来看你，还要带礼品来，你可要装得像啊。把鞋底收起来！记好了，千万要说孩子一落地就死了。

这是短寿话，折我寿呢，我什么都不说！

崔老鳖一把夺过洋玉手里的鞋底，扔到了床里边，说，说什么呢，什么折寿？顶个屁！快上床躺下，要装得像啊。

洋玉生气地朝床上一躺，把被子拉到脸上了。崔老鳖就算是火眼金睛，他也看不到洋玉躲在被子里偷偷地笑哩。洋玉是真笑，她表面上生气，不过是给崔老鳖看的。

崔老鳖从洋玉的西厢房退出来，走到自家的堂屋，掌上灯，端出一盘冬瓜酱豆，给自己斟上满满一大碗酒，边喝边等着老杨。

崔老鳖的酒喝得差不多了，还不见老杨来。他便省着点，想着要给老杨留一口。又一想，也许老杨会带酒来，就又一口干了杯里的酒，把瓶里的全倒进杯子里了。崔老鳖就着瓜酱豆，哼哼地哼起了小曲。

崔老鳖以为他计谋巧妙，以为老杨一定会来。他哪里知道，老杨不但不来，还正想着如何对付崔老鳖呢。

邂 逅

春天很快降临到了植物园。植物园里所有植物在春风里蠢蠢欲动，性急的已经鼓出了新芽。园艺研究所的人，已经开始忙碌，他们整理苗圃，修剪枝叶，扦插树苗；药材研究所的人，更是为春播做着准备。

在张会计的不断鼓励下，我终于考上了夜大，如愿以偿地成为县工人文化宫一名夜大生了。这真是一个了不起的成就，对于我来说，尤其不易。虽然只考两张卷子，实际上是四门功课，语文、历史、地理（一张卷子）和政治，语史地十分难考，政治更是难上加难。虽然张会计再三说不难，把四本资料背完就肯定能过关。可这四本资料容易背吗？好在我读书时的成绩差，主要差在数理化上，靠死记硬背的课目，突击一下也能上去。就这样，我起早贪黑，一边背一边抄。张会计也会经常抽查。有时候，她主动把复习资料要过去，快乐地说，来，我提，你答。红军长征途中，在哪一次会议上，确立了以毛泽东为首的军事领导地位？我答，遵义会议。张会计又问，第一次国共合作始于哪一年？结束于哪一年？我答，第一次国共合作始于 1924 年 1 月，结束于 1927 年 7 月。张会计说，正确。请问文学研究会成立于哪年，请说出三个以上发起人姓名。我答，文学研究会成立于 1921 年，发起人有鲁迅、叶圣陶、巴金。张会计说，错，没有鲁迅和巴金，再想想。我又说朱自清。张会计还说错。我实在想不起来了。张会计把资料还给我，让我继续背。我查一下，资料上没有。我说怎么没这道题？张会计说，我借给你的《中国现代文学简史》上有啊，你没认真看对不对？我告诉你，有郑振铎、王统照、沈雁冰，沈雁冰就是茅盾，还有周作人，你只说对了一个叶圣陶。我让张会计等等，我要在学习资料上做笔记。张会计说，这道题有可能不考，因为太常见了，听我的，我估题很准的，这样吧，我在资料上画画重点，我画出的重点，你一定要会。张会计给我画出的重点还真起了大作用，入学考试基本上没有逃出张会计画出的范围。就这样，我顺利地考上了夜大。只是让我稍感泄气的是，我们不是一个班。张会计已经是夜大二年级了，我才是一年级。她还有一年就毕业了，我才起步。还好，我们在同一幢楼上，她在四楼，我在二楼。我们都是每周六晚上和周日上午上课。所以，每个周六和周日的上午，我都和张会计在同一幢楼里见面。周六下午下班后还一起骑车往城里赶。八十年代的第一个春天，对我有着非凡的意义，我不仅是在补充文化知识，和张会计一起要把失去的时间补回来（什么是失去的时间我还不明白，反正大家都这么说），因为张会计生活经历丰富，我还从她那里学到不少为人处世的经验。比如张会计就认真地告诉我，我们补习班里，也许并不是每个人都是来如饥似渴学习知识的，也许也有一小撮动机不良的人，有男的，也有女的。如果是男的，留着大分头、小胡须、穿喇叭裤的人，千万不能交，能离他多远就多远。如果是女的，涂口红、烫波浪发的人不能认识，她就是跟你打招呼，你也不能理她，多半是个女流氓、狐狸精。张会计还悄悄地告诉我，我们班前排靠门边那个矮瘦的、细腰尖屁股的女孩也住在县委家属院里，会跳霹雳舞，是个女流氓。还说谁谁谁，谁谁谁，都是来混文凭的，不要跟他们交往。张会计的话，我都记住了。

星期天下午没有课，张会计一般会让我陪她逛逛街。张会计都是用征询的口气说，我们下午逛街吧小陈，天气这么好。

我当然乐意啦。

张会计会请我喝一瓶汽水，或吃一片绿豆糯米糕，张会计喜欢吃带蜜枣的，我喜欢吃带火腿的。我们一边喝着汽水，一边吃着绿豆糯米糕，走在县城的柏油路街道上，路两边是高大的法国梧桐，新生的叶子鲜嫩而碧绿。张会计穿米色风衣，红色衬衫，蓝色长裤，黑色半高跟皮鞋，亭亭地走在我身边。我们相隔不到一尺的距离，有时会拉得远些，有时又会更近些，偶尔的，我们的胳膊会碰在一起。我会心生一种莫名的感动，觉得幸福也不过如此，和一个漂亮女孩走在街头，她还会买好东西给你吃，还会关心你的学习，关心你的工作，甚至关心你的前程。

我们当然也会闲聊，植物园的事基本上绝口不提了。她会说起她家里的事，说她妈妈在县医院工作，说她父亲，也说她小弟。说她小弟跟我年龄差不多，正在读高一，成绩特别好，是班里的尖子生。她已经不许我叫她张会计了。她是这么纠正我的，她说我们现在是同学关系啦，同学就应该互相叫名字。在植物园可以叫张会计，现在还叫，就生疏了。叫我张晓蕙吧，要不，叫小张也行。

我现在就叫张会计小张。我和小张在散步。中午刚放学，我们从夜大的教室走出来，向大门口走去。工人文化宫大院的一个角落里有块旱冰场，我曾和小张在旱冰场看过溜旱冰的追风少年，也有像我们一般大的青年，他们滑翔的姿势十分优美。我心里有些痒痒的，也想去学。但小张却不以为然地说，溜这玩意儿有什么意思？一点也不好玩。噢，你是想出风头吧小陈？你要有这种思想你就危险了，出什么风头？还不是想吸引女孩子的目光？要是被哪个小狐狸精勾上了，你就没魂了。所以我在工人文化宫的大院里，只去夜大的那幢楼。连去露天电影场看电影都没有主动提起过——当然，小张请我去看过几回电影的。

更多的时候还是在街上散步。

从工人文化宫大门出来，是一条东西向的海陵路。这是我们县城最繁华的路，路上有许多人，有进城的农民，但更多是县城的居民。小张会喜欢对迎面走来的人议论一两句，比如是一个穿中山装的人，她会说，这个人肯定是机关的干部。但同样穿中山装，她也能分辨出对方不同的岗位，她会说，这个人有可能是个医生或老师，这个人是在工厂的劳资科或生产处。她总是这样很有把握。说完后会问我是不是？我想想，确实是那么回事。有时我也会主动让她猜，比如我看到一个中年妇女，手里拎着一只布袋，我会问，这个女的是干什么的？她会说，有可能是百货公司的保管员。我也会对穿时尚服装的女孩多看几眼，请她猜一个穿黑色风衣的女青年的职业，她说，哈，这个人我认识，新华书店的营业员，是个文学青年，会写诗。

我们散步到人民饭店那儿时，向南拐，看到海鸥照相馆门前走着一个青年，戴一逼墨镜和一顶少见的蓝色鸭舌帽。我感到新鲜，说，小张，看。

小张说，你不要羡慕这个，小流氓才戴这种眼镜和帽子了！

我们散步到百货公司门前广场的时候，迎面遇到一个青年，穿花衬衫、喇叭裤。他和我们擦肩而过时，还吹了声嘹亮的口哨。小张说，这是小流氓！小流氓都是这样的。

说话间，我们看到一个穿喇叭裤的瘦高个子，嘴唇上有一抹小胡须，戴一副墨镜，一走一晃、一走一晃地向我们走来了。瘦高个子走到我们跟前，脖子一歪，甩了下头发，说，这不是夜大生张晓蕙吗？哈哈，和男朋友逛马路啊，怎么不手拉手啊？怎么怎么？不认识我啦？装的吧张晓蕙？你瞧瞧。

瘦高个子甩手把墨镜拿下来。

小张惊讶地说，袁春生！怎么是你啊？你不是在玻璃厂上班吗？

袁春生说，我不在玻璃厂，我是在玻璃制品厂，玻璃厂是王大雷和吴雪他们，我和李建军、葛丽丽都在玻璃制品厂，哈哈，介绍一下，呶，这位，男朋友吧？

小张脸红了，说，他是小陈，我们植物园的秘书。

袁春生跟我热情地拉拉手，说，你好你好陈秘书，有空到我们玻璃制品厂玩，打打篮球，我们玻璃制品厂有灯光球场。对了，打完球我可以带你去泡澡。我们厂的澡堂子很有名的。我一个哥们儿看大门，绝对免费。

我对袁春生的热情有些不适应。

什么呀，乱七八糟的！小张说，袁春生，你瞧瞧你这样子，你怎么穿小流氓的衣服？

袁春生说，不懂了吧，我的团委书记——陈秘书，你女朋友没向你介绍吧？她是我们班的团委书记。我说大书记，在郊区上班和在城里上班就是不一样，这叫时髦，懂不懂？女孩子要是穿喇叭裤，屁股勒得跟苹果一样，才叫好看。你瞧你这身衣服，一看就是郊区的，又土气又乡气，凭你这身材，真是亏透啦！

小张说，打死我也不穿！

袁春生说，你太不懂了，太落后了，这是我好朋友从广州带来的。好了好了，说了你也不懂，你们逛吧，我走啦，再见！

嗨，还没问你话呢？

袁春生又退回来了，大书记，请讲。

你跟葛丽丽的事……怎么样啊？

我们啊，那就不是谈恋爱，人家葛丽丽另攀高枝啦，和县委办张主任的儿子谈了，可能都快结婚了，怎么？你不知道？嗨，郊区的信息就是闭塞。放心大书记，葛丽丽结婚那天肯定请你的。

小张说，行啦行啦，你忙去吧。

袁春生很洋气地说了句英语：Goodbye。

我高中同学。看着对方的背影，小张说，他从前不是这样的，他从前是我们班的劳动委员，不是小流氓。

百货公司门前广场上的高音喇叭，正在唱《我们的生活充满阳光》：

幸福的花儿竞相开放，
爱情的鸟儿比翼飞翔，
我们的心儿飞向远方
憧憬那美好的革命理想
……

我们都喜欢这首歌，我听到小张也轻轻地哼唱。小张不由自主地挽住了我的胳膊。我感到脸热心跳，同时也有一种幸福感，觉得，我们就是幸福的花儿，就是爱情的鸟儿，我们正在蓝天白云下比翼飞翔。

在我们身边，有人往百货公司走去，也有人从百货公司出来，情侣们大多挽着胳膊牵着手。我们身边正好是自行车停车场，人更多些，有正在锁车的，也有取车的。看车的老太太一边发牌子一边收钱，手忙脚乱，满头是汗。

小张问我要不要逛逛百货公司。

我说逛逛也行。

这时候，我看到有人从我们身边挤过去停自行车。他很急的样子，还回身跟谁说一句什么。

我一眼就认出他是石湖粮管所的侍所长。在他身边，站着一个穿着臃肿、戴着洁白大口罩的姑娘。她也看到我了，正用好奇的目光看着我们。在我和她目光对视的一刹那，她笑了，眼睛眯了起来，大声地叫我的名字，陈文江！

她的声音很特别。我听出她是谁了，一下子感到特别难为情。没错，她就是侍红。她半年多没有见过我了。虽然她戴着口罩、遮住半张脸，虽然穿着臃肿的、不适时宜的衣服，但我还是感觉到了侍红的兴奋和惊喜，感觉到她内心的狂跳，甚至看到了她的脸红。

侍红不用取下口罩，我也能知道她是什么样子。在这样的时候邂逅，我突然感到不自然和难为情，主要来自于小张还在挽着我的胳膊，贴着我的身体，我们就像亲密已久的恋人。可小张并没有把手松开的意思，反而挽得更紧了。侍红把眼睛笑成了一条缝，她对锁好车的侍所长说，我同学，陈文江。

侍所长脸色憔悴、目光无神地看我一眼，似乎还笑一下，但事实上只是微微点一下头。

我没有向侍红介绍小张。小张正紧紧地挽着我，我能感觉到小张身体贴得柔软和力度。我想，不用介绍，侍红也能知道我们的关系了。

陈文江……我休学了。可能是口罩的缘故吧，侍红的声音听起来有些闷，也有些低，有些喑哑。她又重复了一句，声音低了很多，我休学了……我，我得了肝炎病，要休学一年。

我听到了，啊啊地应着，又用可惜的口气说，休学一年啊？

她点一下头。

我看她眼圈突然红了，眼睛透出一丝忧郁和悲哀。

我一直处在尴尬的境地（小张紧紧挽着我），同时我也有隐隐的内疚和凄凉感。我没再和她多说一句话。她也只是看着我，眼睛里饱含泪水，略略低下了头，仿佛她的生病是多么不应该，多么不合时宜，多么对不起我。

小张在我的胳膊上加把力地带一下——似乎对我呆滞的样子表示不满。

我看到侍红嘴唇动了动，到底还是没有再说什么。

就这样，又过了片刻，只是片刻，那个高大的粮管所所长锁好车，拿了车牌，带着他的女儿走了。他们走进了百货大楼。他们走得不快，缓缓的，我感觉到侍红脚步的沉重。她的心肯定也是沉重的。

我待在原地，看着他们，在侍红消失的那一刻，我希望侍红能回头看我一眼。但她终究没有回头，倒是她父亲，回头看了看我们——倒像是确定他车子的方位。

小张哧地一笑，蔑视地说，她就是侍红吧？那么乡气，土死了，还戴个大口罩，怪怪的。

我想替侍红辩解，说她病了。但我没有说。

小张又在我胳膊上带把劲，说我不想逛百货公司了，我请你到跨塘桥头吃小馄饨吧。

我们离开广场的时候，大喇叭里还在深情地歌唱：

啊，亲爱的人啊携手前进，
我们的生活充满阳光……

白　狐

夜风呼啸，把门都撞得砰砰响。我掌灯夜读已经至深夜了。夜大有很多门课，每一本教材都厚厚的，大家的学习积极性普遍很高，在那种氛围的感染下，我也和小张一样，抓紧一切时间学习。可以毫不讳言地说，我的学习的动力完全来自小张的影响。我在灯下苦读的时候会想着，小张此时也在灯下苦读。她有那么好的家庭，都能潜心苦读，我为什么不抓紧时间读书呢？我想起侍红，她病了，就是想读书，也要等病好了才能读啊。所以我没有理由懈怠自己。

这夜的风真的很大，它已经影响到我的学习了。

而且，隔壁还响起砰砰声。

我觉得隔壁的砰砰声，不像是风撞门。或者，在风撞门的声音里，还夹杂着另外的声音，不规则的，时急时缓的砰砰声，像是人在拍打着棉衣。隔壁曾是丁家干的宿舍，他失踪已经三四个月了，莫非是丁家干回到了宿舍？还是丁家干的宿舍里住进了别人？我放下书，走到门边，掀起玻璃后的帘子，透过玻璃向外看。外边是一地月光，惨白的月光，水银泻地般冷清。风很大，树影在地上大幅度地摇晃。我看不到什么。而隔壁的声音似乎也随之而消失。难道声音制造者发现了我的窥探？我把目光别过来，朝丁家干的门口看。丁家干门口的走廊上干干净净的，既没有灯光照出来，也没有别的影子。就在我准备放下门帘继续看书时，突然，白光一闪，一件东西，像是从丁家干的宿舍扔出来一样，落在走廊里。我下意识地后退一步，倒吸一口气，心一下子蹿到嗓门。我又小心凑近玻璃，看到它，那是一只猫吗？它动了一下，在地上打一个滚，站起来，像人一样站立，似乎长叹一声。它的确是长叹一声，然后，用另一只前爪搭在脑门上，对着中天的月亮望。我认出它了，它不是猫，是一只白狐。在院子里，我见过黄狐，像黄鼠狼一样一大群，有时候在墙头上排成队，有时候在水塔上拜天拜月，有时候结伴从林子里走进走出，旁若无人的样子。而白狐，我还是头一次看见。莫非它就是传说中的大仙？千年黑万年白，真要有一万年的寿命，的确应该得道成仙了。白狐要是转眼变成一个人，我会被吓死的。但是，我并没有被吓死，白狐也还是白狐，它没有变成仙女，它继续把手（权且这样说吧）搭在脑门上，原地转一圈（或许两圈），像是故意表演给我看，然后，跳下走廊，大摇大摆地走了。它走到林子边上的时候，回头望我一眼。它是在等我吗？我放下门帘，不再看它，心想，如果我再掀起门帘的时候，它还没走，我就跟它走，看看它要把我带到哪里。不知过了几分钟——也许连一分钟都没有——但我感觉时间很长了，我用手指，把门帘挑起一条缝。它居然还在。它打着眼罩在望我。好吧。我说。我走到床边，拿起电棒，心想，如果它还在，就确认它是在等我，我就打开门，跟它去看个究竟。看什么？我并没有想。但是，我一直觉得，植物园隐藏着许多鲜为人知的秘密，包括丁家干的失踪。

我悄悄拉开门，站在走廊上，看着它。我本不想惊动它，但还是惊动它了。它一闪就钻进树林了。我的电棒一直夹在腋下。我想当然地觉得白狐讨厌电棒的白色光亮。因此，即便它消失在林子里，我也没有打开电棒去寻找它。我想，如果它真有灵气，它还会再度出现的。它果然就在我前边出现了。它从林子里跳出来，让我看见它，然后又钻进了林子。就这样，它时隐时现地在前边引导着我，带着我向前走。

水塔下边的这间红砖红瓦的小屋，我从来没有来过。如果不是白狐的引导，我基本上忽略了它的存在。可以说，我的记忆里，没有它丝毫的痕迹。但是，白狐在它的附近消失了。它是钻进了小屋，还是躲在了附近？周围全是树木，林林总总，高高矮矮，重重叠叠，风声呼啸里，这些树木东倒西歪，像站立不稳的醉汉。我站在林木中间，我也成为它们的一部分了。但是我还能站住，虽然我的心也是东倒西歪极不安宁。我站了一会儿，确认白狐不会再出现了，便有些后怕，觉得不该出来看一只白狐。在我正欲回去的时候，风声里夹杂着怪异的声音，似乎还有一种腥臭味，也是怪异的。我脑子里被冲一下，不会是白狐的味吧？它那么洁白，那么干净，怎么会有这种味？

不错，气味是从小屋里冲出来的。

我向小屋靠近几步。我知道小屋是水塔的配电房，是水塔的配套设施。谁会到小屋里来我不知道。我知道经常拉电闸、给水塔上水的，是食堂的崔师傅。但他是不用到配电房的，电闸就在水塔下边，他只要从水塔下的小门进去，就可以完成他的工作了。我竭力回忆谁和这间小屋有关系。可惜我回忆不出来，风把我的脑子刮乱了。我继续向小屋靠近几步，并把电棒举起来。有一团黑影，哧溜从我脚边蹿过。我知道它是水老鼠。又一只水老鼠蹿过去了。我没有顾及它们，再走一步，就到小屋的窗户前了。腥臭味，就是从小屋的窗户里蹿出来的。小屋的窗户还算整齐，窗户上的玻璃却支离破碎了，风正灌进去，发出啾啾声。我把电棒对着窗户按亮了。一大堆硕大无比的黑色水老鼠在灯光下集体愣了神，旋即便哇哇叫着，四散狂奔。小屋四周的墙壁下，大大小小全是洞，水老鼠奔逃不及，在洞口拥挤成一团，有几只一头撞到墙上。我的电棒没有跟踪这些水老鼠，而是回到它们聚集的地方。我惊呆了，不知是手腕一软还是心一软，电棒差点掉下来。在电棒所照之处，是一具残缺不全、面目全非的人尸，衣服不知哪去了，水老鼠不会连衣服也吃掉吧，但水老鼠毫无秩序的啃咬，已经让尸体失去了人形，许多地方露出了骨头。这是谁啊？不会是丁家干吧？丁家干失踪这么长时间了，如果是丁家干，他早该被水老鼠啃光了。那么，他是谁呢？水老鼠显然已经适应了电棒的光亮，又纷纷从洞里钻出来，扑到尸体上。片刻之后，尸体已经被水老鼠覆盖，只看到圆鼓鼓肥嘟嘟的水老鼠在尸体上蠕动。

我不相信这是真的。但这的确是真的。

我不知道是如何离开这间令人恐惧的小屋的。我的小腿肚抽筋似的疼。我害怕我站立不稳，摔倒在地，那样肯定也会被水老鼠撕撕吃了。当我在风声中回望小屋的时候，在小屋的屋顶上，站立着黑压压的黄鼠狼（或者狐狸吧，夜色中，很难分辨出这两种动物，它们体形相似，习性相近），它们也是被血腥味引去的吗？它们在等食水老鼠吃剩的残羹吗？它们是在帮水老鼠望风吗？

回到宿舍，我看不下书了。我不知道尸体是如何来到小屋的，也不知道他是谁。我想找谁说一说，老杨呢，他在吗？还有小谢所长，还有大李、徐师傅，是谁都行，无论他是药材所还是园艺所的。我要让他们去看个究竟。可我腿肚子发软，再也不敢出门了。

我没有上床睡觉。我是和衣趴在桌子上睡着的。当麻雀的啾叫声惊醒我的时候，有一个人正在敲我的门。谁呀？我问。对方说，我，你怎么没起来？你该起来背书了。我没听到你背书。你天天不是背书的吗？我听出来，对方是老杨。我噢一声，看一眼桌子上的闹钟，这是小张送给我的闹钟，我把它调在早上六点半的时间上。显然，闹钟已经闹过了，现在是七点半了，而我并没有听到闹钟声。我揉揉眼睛，想起夜里的奇遇。我喊道，老杨。门外没有人应我。老杨可能已经走了。我跑过去，掀起门帘，阳光晃一下我的眼——门外没有老杨。风也停了，树梢很安静。我打开门，看到老杨已经走到走廊的尽头了。我没有再喊他。我在想，是不是我夜里做了一个噩梦？梦到了白狐？梦到了水塔下的小屋？这是完全有可能的。可是，梦境不可能如此清晰啊。不，不是梦，我夜里看到的都是真实的。可梦和真实又是如此的切近，就像孪生的兄弟，让我一时糊涂了。

我决定再到小屋去看看。

小屋完全被树木覆盖，我走到它跟前，需要穿越好几丛林木。小屋的砖墙上爬满了藤蔓性植物，如果是夏秋季节，小屋应该全部穿上绿衣。现在还是早春，叶长才长出来，绿色的势力还没有形成。小屋上的阳光被周围的树条划成碎块。我走近小屋，走近窗户。从窗户望进去，屋里很暗，看不清楚。我又靠近一步，我想看看那具残破的尸体是否还在。让我惊异的是，潮湿、阴暗的小屋里并没有尸体的存在，除了靠近里侧的配电板箱，小屋里空空如也。有一些水老鼠还在小屋里交叉跑动，它们从墙根拳头大的洞穴里钻出来，在地上寻找什么，在曾经是尸体存在的地方交头接耳，窃窃私语，抑或是在地上吮吸，然后又哧溜钻进洞穴。小屋的地面上，没有血迹，没有残骸，有的，是无数个水老鼠的爪印。水老鼠竟然连骨头都吃掉了吗？水老鼠居然有如此强大的威力？可书上为什么说它是素食动物呢？莫非素食动物到了植物园也会异化成凶猛的怪物？太让人恐惧了。我悄悄后退，后退。我想离开这里，越快越好。但是我眼睛一扫，看到一堆灰黑色的水老鼠，挤在小屋边上的一丛灌木下，它们睁着亮晶晶的眼睛，一动不动。它们的肚子都是圆圆鼓鼓的，毛发晶莹滑亮。在离它们不远的地方，还有更大的一堆。我还看到第三堆、第四堆……它们都撑得走不动了。

我快速离开小屋，一路狂奔，向办公室方向跑去。

在食堂门口，我差点撞到了洗碗的老杨的身上。老杨碗里的水因为躲闪我而泼到了我的衣服上。

老杨吃惊地说，陈秘书，你跑什么？你怎么从那边跑来？

我大口喘着气，看着老杨。我要告诉他我看到的一切吗？

老杨比我还吃惊，我第一次看到老杨的脸上失去他标志性的微笑。老杨说，陈秘书怎么从那边跑来？你你……你看到什么啦？你脸都跑青了。

没……没……我……哦……水老鼠，我看到水老鼠了……

是吗？那有什么好怕的，我们植物园，水老鼠多了。老杨又微笑了，他说，水老鼠也让陈秘书怕成这样啊，到底是书生啊，哈哈……吃饭去吧。

我吃不下去，我没有吃饭的欲望，但我又不知说什么好。水老鼠确实没什么好说的，可水老鼠在夜里的活动我是看到的。我该怎么办呢？

我沉默着，早早到办公室坐着了。

我的桌子上摊着书，那是夜大的教材，可我没有心情去读它了。

洋玉在植物园大院里走来走去。洋玉围一条红围巾。她用红围巾包住了嘴巴，很招眼。这个季节，很少有人围围巾了。她是来找老杨的吧？老杨上班去了，她应该到老杨上班的地方找他。她在办公室门口，是找不到老杨的，这个简单的道理难道她不知道？

小张注意到我的茫然和愣神了。她定睛看看我，张张嘴，用气声跟我说话。她一点声音都没有发出来，而且又能跟我说话，是我们发明的一种特殊的交流方式。因为崔园长就在办公室里。他的存在制约了我们很多的交流，我们有时候递纸条，有时候对暗号。但大多数时候，小张动着嘴唇，无声地跟我说话。只有我能听（看）懂她的话。她现在是说，是不是生病啦？我点点头。我觉得小张的话是对我最好的提醒。我的不快，只有装病才是我目前最好的状态。小张又说，吃药没有？我摇摇头。小张朝我鼓鼓嘴，意思是让我早点吃药。我又点点头。她笑了。但我还一直处在恶心的状态中。恐怖和害怕已经悄悄远离了我，剩下的只有恶心。张会计觉得我的反应过大，几次放下手里的书，打量我。我只好向她摆手，表示没什么。还表示，崔园长就在身后，我们不能让他看出我们在躲着他做小动作。

我知道我身后几米远就是崔园长，他就是什么话不说，也会关注着我们的一举一动的。当然我也知道他继续在研究他的药饮——他现在杯中的药饮不是黑褐色而是淡黄色的了，不知是什么中药炮制的。崔园长照例把药饮喝出很大的声响，然后也终于说话了，这是谁家的女人？

崔园长也看到在办公室门前徘徊的洋玉了。

洋玉。我说。

崔老鳖的女儿吧？干什么啊？崔园长继续问。

不知道。

贼头贼脑的，跟崔老鳖一个样。崔园长说着，站起来，离开座位，走到门边，喊道，洋玉，找人的吧？找谁啊？

还能找谁？

找崔老鳖啊？

是啊……

到别处找吧，这是植物园。

知道是植物园，我就是到植物园来找的。

哦？几天没见到啦？

两天啦，前天和昨天，算上今天就三天啦。洋玉说。

崔园长说，那也只是两天，今天不算……你在园部找不到他的，他不到园部来，你要找到断魂岗去找，找迟了，就被水老鼠吃了，哈哈哈，吓唬你小孩子的，没事洋玉，你回家吧，你爸不会丢的。

可是可是……我爸这几天找老杨有事……他说到园部来的。洋玉的眼睛盯着崔园长，她想从崔园长脸上看出点什么。

噢，你爸没过来啊，他要是过来我会看到的。我这几天没出门，天天坐办公室，要是看到他，我会跟他打招呼的，我会请他吃支烟的，我会请他喝杯茶的，我没看到他，说明他没来。这样吧，老杨去县城卖药了，你等他回来，问问他去。

我不问他，洋玉眼一阴，说，他是个挨千刀的！

什么？崔园长不知是没听清，还是对洋玉的话不理解。

我会问他的。洋玉又说，我想问问，老杨没跟你说什么？

崔园长尝一口药饮，说，老杨？老杨要说什么？

没说就算了。洋玉一扭身，走了。

洋玉，老杨要说什么？你告诉我。

洋玉跑着走了。

崔园长看着渐渐走远的洋玉，愣了一会儿，像是自言自语地说，这孩子怎么和别人不一样？

洋玉走了，我却心里有了数。不，简直是豁然开朗了。我想起在水塔下的小屋里目睹的怪状，想起被水老鼠吃光了的尸体，莫非就是崔老鳖？我还想到了此前失踪的丁家干，还有更早失踪的老会计，他们是不是和崔老鳖一样，喂了水老鼠呢？这是完全有可能的。我觉得，植物园里这股邪恶的力量越发有了眉目，这就是，以崔园长和老杨为轴心的偷盗集团，他们控制了植物园，也控制了生杀大权，对于那些知道太多的人，或者有碍于他们行为的人，就拿去喂水老鼠了。是的，就这么简单。我心里惊悚一下，感到腿在抽搐，心也跟着抽搐起来。如果他们知道我知道的一切，我也会成为水老鼠口中的美味的。还有张会计，她难道真的什么都不懂？她也许真的什么都不懂吧。她把书翻过去一页，轻轻的。她低睑着眉眼，继续认真地读书，对已经走远的洋玉表现得漠不关心、充耳不闻。而我却紧张了。我想起早饭时老杨看到我从水塔那边跑来时，那神色慌张的样子。天哪，他已经怀疑我看到什么啦……

洋玉的刀

洋玉在家磨刀。天一黑，洋玉就在家磨刀了。洋玉的刀，是她父亲切猪蹄子时用的，形状有些奇怪，呈弓形，背上带着把子，握在手里，切东西很得力。这是崔老鳖特制的刀，别的地方没有卖的。洋玉把院门关起来，认真地磨刀。洋玉把刀磨得唰唰响。洋玉对着月光，看着寒光闪闪的刀，在刀锋上吹一口气。"嗖——"黑乎乎的刀锋上，像响起一阵风声，嗡嗡嗡的，余音袅袅。

洋玉把刀藏在自己的枕头底下，开始洗脸、化妆，还穿上最好看的衣裳。洋玉晚上没有到植物园去看电视。她不去看电视，老杨就会来。每次都是这样的——这是他们约好的暗号。可今天，洋玉担心老杨不会来。他不会不来吧。洋玉想。洋玉把耳朵竖起来，听屋外的风声。屋外没有风声，她听到了月光洒在地上的声音。她有些担心，便在院里仰天看月亮。看了月亮，她就知道时辰了，原来是她性急了，这天刚黑不久，老杨不会这么快的。也许好看的电视剧还没有开始，小崔庄看电视的人还没有出动呢。果然，洋玉听到隔几家的大白牙家响起的声音了。大白牙是在喊银花。现在，最开心的就是大白牙家了。丁家干死了，因祸得福，银花成了植物园的园艺工人。丁家干不过是大白牙的野男人，还算不上坐山招夫。就算是坐山招夫，银花也不是丁家干的亲女儿。就算是亲女儿，丁家干死得也不明不白的。再说了，也许压根就没死，说不定在哪里躲起来了，目的就是让银花去植物园上班，等目标实现了，丁家干说不定就会从哪里冒出来。银花觉得别人的命都是好命，别人的心机都很多，傻就傻她爸崔老鳖，就傻她自己，老杨也不聪明——老杨聪不聪明已经无关紧要了，他已经不是个东西了。洋玉没听清大白牙说什么，她喊了声银花就没了动静。银花现在神气活现了，天天打扮得像一朵花，人模狗样上班了，说话也拽起来了，一口一个咱植物园咱植物园。植物园成了她家的了。洋玉最受不了就是银花讲话的口气了。洋玉一心也想像银花那样成为植物园的工人，可是……可是，洋玉鼻子一酸。大白牙的声音更响了，大白牙说，还磨蹭还磨蹭，又不是去相亲，打扮叫谁看啊，再不吃我喂猪啦！听话听音，银花还没吃晚饭，还在化妆。是啊，又不是相亲，天又黑了，打扮给谁看啊？大白牙的话无意中透露了信息，银花肯定有人了。洋玉的鼻子就更酸了。正在这时候，豆叶又喊银花了。豆叶的声音没有大白牙那么大，却更是神气活现的，豆叶说，银花银花，你还没吃饭吧？我不等你啦，我有事先走啦。洋玉气不打一处来，有事有事，你能有什么事，还不是去找你那野男人！洋玉不想再听这些声音了。她心里发堵，觉得人人都跟她过不去。她恨恨地走进屋里，从枕头下拿出刀，在屋里挥舞着，比画着，还在枕头上狂切几刀，嘴里叨叨着，老杨！老杨！老杨！然后，就抱着刀，坐在床上发呆了。

老杨还是来了。

老杨学一声猫叫——这是给洋玉发的一个暗号。

洋玉赶快把刀藏在枕头下，给老杨开了门。

你怎么才来。洋玉有些哀怨地说。

不迟啊，我怕你去看电视嘛。老杨坐在洋玉的床上，说，我在路上等了你一会儿。

你在路上等，不怕小崔庄去看电视的人撞到？

我怎么等的你还不知道？

你们植物园的人啊，就是干鬼事比干正事漂亮。

老杨知道洋玉这是表扬他的话，心里得意，美美地把洋玉往怀里揽。洋玉顺从地听他摆布。老杨把嘴巴贴在洋玉的耳朵上，小声说，听说你一早就去植物园啦？

是啊……

找你爸的？

是啊，都两天了，也不知死哪去啦。

老杨说，崔老鳖也真是的，出门也不跟自家人说一声，多叫人担心啊。

烦死人了，我也不找他了，他不管我，我还去管他干什么啊。他就是去死了，我也不哭一声，我恨死他了！洋玉在老杨的怀里跺着脚说，死了才活该！

你恨他干吗啊？

我就是恨！

看不出来洋玉性子这么烈。老杨吃惊地说。

还不都是你呀，他不让我跟你好么。洋玉有些娇气地说。

原来是这样。老杨心里想，暗自得意着，觉得洋玉今天和往常不一样，她什么时候变得这样温顺啦，一定是她父亲失踪了，她生活中没了依靠了，才变成这样的。老杨心里越发喜滋滋的，把洋玉搂得更紧了。老杨说，崔老鳖不回来，我就天天来陪你。你就把我当成崔老鳖好了。

你比他好……

老杨更是惊喜了。

可是，洋玉说，就怕他这辈子不回来了。

老杨又愣一下，说，不会吧？

洋玉说，什么不会啊，你老杨心里能没数？

老杨更是一惊，觉得洋玉是不是觉察到了什么。

洋玉知道说漏了嘴，又说，你们一起偷药，一起干鬼事，你还不了解他？他那种人，就是死在哪里，怕是也没人知道的。

老杨说不会，崔老鳖比鬼还精，不会有事的，要不了几天，他就回家了。他就算一辈子不回家，还有我呢，我不会不管你啊……

洋玉说，说话可要算数啊，我可就指望你了。

中国人，哪有说话不算数的道理？老杨两条胳膊把洋玉圈得更紧了。

老杨，有你这话，我……我就放心了……你要喝水吗？

什么？

喝水……

不喝……那就来一碗。老杨心里笑笑。

你倒会使唤人了。

洋玉从他怀里游出来，给他倒来一碗水，看着他，小声道，你一来就急，巴不得一口吞了我……今天我还有话要说呢。

老杨心里有数，坐到了床上，端着碗里的开水，看着昏黄的煤油灯光下，洋玉那黑白分明的清纯的眼睛，翘挺的鼻梁，饱满而湿润的双唇，心里想，不急，反正不需要防崔老鳖这个老鬼了。洋玉就像到了狼口的小绵羊，迟早是嘴里的美味，得要好好品尝啊。老杨干干地笑两声，答非所问地说，你爸那么老土的人，怎么给你起这么好听的名字？真是怪了。

洋玉惦记着枕头底下的刀，不想跟他多废话，但也不能急。洋玉心里咚咚地跳，对自己说，不要看枕头，不要看枕头。洋玉朝老杨身边蹭蹭，羞羞地说，这叫什么好名字啊，难听死了，洋玉，唏，我讲给你听听，我出生时，家里没有一根吃的，我妈说，家后不是还有洋芋嘛。我妈让我爸去挖几个来。我是半簸箕洋玉养活的，我妈就叫我洋玉了，以后图省事，就没起大名字。

这个名字好，洋玉，洋玉好，你妈真是英明！老杨又要去揽洋玉。

洋玉说，你水还没喝哩……

老杨把水放到地上，说，不喝啦。

洋玉知道老杨要搂她了，就干脆靠到他身上，说，你跟崔园长说啦？

老杨说，说了，崔园长说，洋玉也不比银花差，也不比豆叶差，怎么不能来植物园上班？

洋玉惊喜地说，崔园长同意啦？

还没，他说原则上同意，下一步就是跟上级请示了。

洋玉说，那就是差不多啦？

应该是吧？

你亲自问崔园长的？

当然……

你撒谎！

不撒谎，老杨说，你就要成为植物园工人了。

还不撒谎，洋玉心里想，洋玉没说她问过崔园长了。她知道这话不能说。

这一次，洋玉没有下手。洋玉其实是有机会下手的。老杨就像老鹰逮小鸡一样，把洋玉折腾得很狠。他在洋玉的身上忙活完了，翻身滚在一边，点上了一支烟。老杨把烟抽了一半就睡着了，是洋玉把他的烟头拿下来的。洋玉拿他烟头时，吓了他一跳。洋玉说，你烧着手了。老杨没吭声，没有翻身，又睡了。在老杨打着鼾声的时候，洋玉想从枕头底下摸出刀，在他的脖子上切一下。洋玉知道，这事做起来很简单，就像切鸡脖子一样，不，比切鸡脖子还省力气。但是，洋玉没敢，一方面，是洋玉怕了，另一方面，是枕头叫老杨的头压住了。老杨的头沉沉的。洋玉要是拿刀，会把老杨弄醒的。洋玉就坐在老杨的身边，披着衣服，看着老杨睡觉。真是奇怪得很，洋玉竟然不困，她脑子里翻江倒海的，一直到下半夜还是睡意全无。洋玉感觉有些冷。洋玉缩着身子，把自己抱得更紧了。洋玉知道父亲不会回来了。她听崔老鳖说过，如果他三天不回家，就成了水老鼠的美味了，每年清明节，别忘了烧刀纸钱给他。崔老鳖话里有话，洋玉能听出来。但是，如果老杨真能把她弄进植物园，像豆叶、银花那样成为植物园的工人，她也许会原谅老杨的。但是，她已经从豆叶嘴里套出话了。她在豆叶和银花面前说了许多肉麻的羡慕的话，豆叶听懂了，对她说，知道你眼馋，你只能眼馋馋了，植物园不会再进新工人了，就算进人，也不会再从小崔庄进了。银花也说，崔园长说了，他已经挨了局长狠批了，说植物园成了小崔庄的天下了，真不像话！哈哈，我和豆叶真是幸运啊！洋玉当时就觉得豆叶很可憎可恨，银花可憎可恨，崔园长可憎可恨，老杨更是可憎可恨，整个植物园也可憎可恨。

老杨突然醒了。

几点啦？老杨忽地坐起来，天快亮了吧？洋玉你怎么没睡？洋玉你睡吧，我要回去了。

洋玉不准备杀老杨，就是想杀，她现在也没有机会了。既然如此，她巴不得他早点滚回去，就说，天快亮了。

老杨醒得快，下床却摸摸索索的。他一边穿衣服，一边说，我下次来，带点肉带点酒来，陪你喝一盅，好不好？

好。洋玉说，你带酒来啊，我要跟你一起喝。

好，我明晚就来。老杨说，你家没了狗，还怪不习惯的。

狗不是叫你打死啦！

老杨笑笑，心里想，不是说那条狗，是说崔老鳖这条老狗。

老杨的笑，洋玉没有看到，老杨心里的话，洋玉也没有听到。洋玉想，让你多活一天也无妨，明年清明节，也给你烧刀纸钱！

告 别

我在这年的初夏离开了植物园，表面原因很简单，我父亲给我找了更好的工作，县磷肥厂宣传员，负责厂里七块黑板报的出版工作。而更深的原因，是我害怕了。在白狐诱导下，我目睹的惨状，让我真的惶惶不可终日。我读书兴味大减，张会计都感觉到了。

我离开植物园还有一个原因，就是张会计也离开了植物园。

是的，在我离开植物园之前，张会计上调到县多种经营管理局人秘科担任打字员了。这是一份清闲的工作，很适合女孩子。同时，这也是一份很有前途的工作。在临报到之前，张会计悄悄告诉我，说打字员转干的机会很多，许多干部都是打字员出身。她还口气自豪地对我说，你要好好表现啊小陈。听口气，她俨然是我的领导了。张会计上调之后，我们接触的机会少了，在夜大读书的时候，我们偶尔还会在楼道或文化宫的院子里相遇，我们只像老熟人一样地打声招呼了，她不再请我喝苏打汽水，也不再请我吃绿豆糕了，更没有邀请我陪她散步，我感觉出来，她已经不像先前那么对我亲密和友好了，就像普通的夜大同学那样了，但是她对我在植物园的前途还是看好的。我不知她为什么有这样的印象，按说她已经在局机关了，又是打字员这样能了解核心机密的工作，对植物园的情况就算不了解，也会听多管局的人议论或谈起吧？但是她却还像是生活在桃花源里，认为我也生活在桃花源里。有一天，在夜大教室楼的楼梯上，我们再次巧遇了，本来只是相视一笑，但她却像突然想起什么地又叫住了我。她说，陈秘书，有个事情，我得告诉你。我昨天收到一份文件，是省厅的。张会计突然前后望望，小声说，省多管局和南京农业大学要合招一个大专进修班，脱产学习两年，南农大发正式文凭，咱们县有一个名额，领导的意思是在局机关派一个，但也有人建议让植物园派人去。这是个好机会啊，你得争取一下。这真是一个重要的信息，太重要了，尤其对我更加重要。如果我真的去南农大读书两年，一来我可以逃避植物园腐烂而复杂的环境，二来，我也可以成为一名真正的大学生了。我得感谢张会计。但是，我怎么争取呢？先找崔园长吗？还是直接找局领导？局领导我是一个都不认识的。好在张会计很快又给我传达了一个让人泄气的消息，去省里进修的人员定下来了，不是局机关的，也不是植物园的。张会计说，你都不知道是谁，早知道这样，我也争取了，告诉你你都能气死了，是养鸡场一个饲养员，据说她是局长的远房小姨子。不知为什么，听了这个消息我松一口气，因为我父亲刚刚找我谈话了，他说植物园在郊外，也没什么前途，县磷肥厂有个机会，问我去不去。和我进植物园时的决定一样，我毫不犹豫就答应了。

这样，我成了县磷肥厂一名宣传员。

我开始了新的工作，学写新闻稿件，摘抄黑板报。我还继续坚持到夜大读书。但奇怪的是，小张突然就不参加夜大的学习了，原因我不得而知——她根本就没有跟我告别。接下来，我们虽然同在一个县城，见面的机会就很难了。我只是在夜大时，才偶尔想一下她。

我们再次的见面，是在电影院门口，已经是盛夏了。小张挽着一个高个子青年的胳膊，正从电影院正门台阶拾级而上。我见过那个青年，他就是县玻璃制品厂的袁春生。袁春生穿着喇叭裤，曾被小张说成是小流氓。现在，袁春生依然穿着喇叭裤，穿着花衬衫，戴着太阳镜。而让我吃惊的是，小张也穿一条白色的喇叭裤了，喇叭裤包紧了她的屁股，裤脚一直扫到地上，连高跟鞋的后跟都被遮严了。看来，被小张称着小流氓的袁春生，还是捕获了小张的芳心。小张看到了我，脸顿时红了，身体抖动一下，继续挽着袁春生的胳膊，明媚地笑着说，是你呀……介绍一下，袁春生，县玻璃制品厂篮球队的。陈文江，我从前的同事。

袁春生没有伸出手来跟我握手，只是嘴上说，见过见过，郊区植物园的秘书。

小张的胳膊抖一下，什么呀，现在人家也调动了。

是吗？不在郊区啦？

在磷肥厂。我说，声音还是没有袁春生那样理直气壮。

磷肥厂是县属大集体企业，挺不错，不过你们厂的篮球队不行，和我们玻璃制品厂打过，不是我们对手。

小张又抖动一下，意思是要制止袁春生的话。

看电影的吧？小张说。

是啊。我说。

就你一个人？

就一人。

马上就散场了。

是的。

你票买了吗？小张歪一下头，像是在盘查我。

买了。

几排？

我拿出票，看看，说，三十四排，不好，偏了，又靠后。

我们是十二排的。小张说。

我以为，我们就这样，随便说几句无趣的话，然后擦肩而过就此告别的。没想到，小张突然说，知道吧，植物园出事了！

哦？

出大事了，真没想到！小张脸上出现惊恐的样子。

我突然紧张起来，心里发出轰轰蹦跳声，等着小张说下去。

你没听说？小张说。

没有啊。

我等着小张继续说下去。恰巧这时候，电影散场了，许多人冲出来。电影院门前台阶上，突然潮水一样涌满了人。我和小张、袁春生被人群挤开了。我只听到小张大声地说，你以后会知道的。

是的，没过多久，我就知道了，老杨在洋玉家和洋玉做爱的时候，遭到了洋玉的砍杀。老杨的喉咙差点被切断。洋玉以为老杨死了，便投案自首。没想到他只是身负重伤，喉咙没有断，又活了回来。公安局迅速插手此案。老杨没死成，给公安机关的破案提供了方便，顺藤摸瓜，植物园的许多怪事才真相大白。崔老鳖是被老杨勒死的，丁家干是被老杨勒死的，就连此前的老会计，也同样死在老杨的手里。前者，是老杨自己的行为，而后两者，是在崔园长授意下干的。还有一件事情也被牵扯了出来，这就是小胡，谁能想到，小胡一直生活在谎言中呢，她给自己设计一个子虚乌有的部队丈夫，仅仅就是为了满足虚荣心而已。小谢算是有心计的人，他后来当了植物园的园长，已经是后话了。

尾　声

我的植物园的故事就这样结束了。可我心里的植物园依然存在。随着时间的推移，青春的流逝，植物园越来越是我的依恋之地。如果把生活比作一条河流，植物园就是河流的源头。我人生之路的第一步，就是从植物园起步的。我的许多经验、生活、感悟，都可从植物园那段短暂的生活里找到源头，看到影子，每每想起植物园，臆想中走进植物园，就有种抑制不住的流泪的冲动，无知、轻狂、单纯、忧伤，还有年少的梦想和无序的爱情，像一阵烟、一缕风、一湾流水，游弋在漫漫时光中，枯藤老树昏鸦，水洼边落落野花……如同发黄的黑白老照片，记录着生命中欢乐的青春、忧郁的回忆、光阴的故事……

2015 春修订于北京草房

告别与序曲
——评《植物园的恋情》

李昌鹏

陈武的长篇小说《植物园的恋情》，对“八十年代”如何到来做出了别致、准确的描摹。众所周知，七十年代末和八十年代初，是一个特殊的时代，“文革”刚刚结束，改革刚刚开始，旧有的观念和崭新的思潮尚在冲撞和急变中。小说正是在这样的背景下，以植物园为舞台，向读者徐徐拉开了大幕。具体地说，这部作品写的是一九七九年秋至一九八〇年夏发生的故事，小说描写了一个少年在一座植物园做一名园艺工人的亲身经历和情感遭遇，故事潜含着反思、寻根，预示着改革、反腐，写的是底层植物园的工作和生活，落实在一个少年隐隐战栗中的成长。王德威说“没有晚清何来五四”，我们也可以说“没有七十年代何来八十年代”。少年的成长、时代的推进，具有告别和序曲的双重性，是在写告别，也是在写一个并不真正崭新的开始。

“小说的形式是叙述，叙述是在一维时间里进行的。”（王安忆《小说课堂》）现在，让我们从《植物园的恋情》的叙事时间开始介入这部作品。这部作品中的时间，以季节计，这是一个特别之处。秋天是《植物园的恋情》时间的起点，故事的结束时间在次年的夏天，中间经历了一冬一春。这个时间段中，该衰败的已经衰败，该成长的已经成长，该滋生的正在滋生，这是一个草木枯荣的过程。这是“有意味的形式”（克莱夫·贝尔《艺术作为有意味的形式》），时间作为叙述这项形式的支撑，是形式的一部分，还是这部小说的一项重要内容。

除了谈论时间，也就是小说中标注的季节，更应该谈论的是小说中的时代，即背景。《植物园的恋情》中，陈武创造性地完成了时代背景和自然背景的巧妙融合，作家将自然背景即植物园意象化。在改革开放之前，中国公开倡导的价值核心，“公”是其非常重要的一环，一切与“私”有关的像私利、私心，甚至个人的欲望如性欲——都与“公”敌对。不同的作家对那个时代有不同的描述，笔者发现陈武是以“植物”，以“植物园”来作为时代隐喻的。

植物是没有欲望的，一起沐浴太阳，是最和睦的集体。陈武小说中的植物园，笔墨主要是写一个药材研究所，里面交代的植物因此很多都是中草药：益母草、龙葵等。植物园里面是不是只有植物和良药呢？显然不是。陈武工笔描摹的植物只有银杏树等少数几种，出现的植物名倒是不少，可对待动物显然要耐心得多，他细致描写过水老鼠、青梢蛇，还写黄鼠狼拜月，尤其对水老鼠、青梢蛇的描写非常独特，能给读者留下深刻印象。动物就不像植物那样了，动物之间有明显的竞争，相互猎杀，充满欲望，动物显然更具有个体能动性。

如果说“七十年代”及以前的公开属性是植物属性，那么从“八十年代”开始该小说则是以动物属性来对应的。这座植物园，是以植物命名的园，同时作家细致描写的却有动物们。植物在植物园的秋天，就是植物成熟的季节，其实也就是开始走向衰败的季节。植物要退场了，那动物就上场。从植物属性到动物属性，是一个从集体到个体的过程，是个体能动被激发的过程。

陈武从一座植物园，从对植物和动物的描写中，让我们感受到告别与序曲的意味。告别一个旧时代时，一个新时代就响起了序曲。告别和序曲，都在这个植物园里面。一座植物园，它不可能只有植物，它也不可能变成动物园。一个新时代，它也没法是真正全新的时代，它来自旧时代带着旧时代，这也就像陈武笔下的植物园，它有动物也有植物，在季节转变中被呈现。

米兰·昆德拉在《小说的艺术》中写道："作家位于他的时代、他的民族以及思想史的精神地图上。"作家是要给自己找一个位置的，这个位置以时代、民族、思想史为坐标来确定。作家要给自己找位置，先要让自己的作品找到位置，一部作品，它也应该在时代、民族以及思想史的精神地图上。如前所述，陈武的《植物园的恋情》是一部坐标清晰的作品，是一部有着自己位置的作品。陈武笔下的动植物，是植物园的动植物，更是"思想史的精神地图上"的动植物。

陈武不仅以"植物园"隐喻时代，还以"恋情"预示了新的时代，因为"恋情"是私人的，是个体的。老丁与大白牙，老年与老年，冬天取暖般简陋的鳏寡之恋；小谢与小胡，青年与青年，夏天般燠热的、异化的恋情；园长与豆叶、老杨与洋玉，老与少之间，秋天般散发酸腐味的不伦之恋……如果不从这座植物园的秩序中跳出来，回到春天般充满希望的、美好的爱恋中，无疑是一种沉沦苦海。可是，那种最美好的恋情，这座植物园里有吗？小说主人公陈文江和张晓蕙的关系和感情，缘起于孤独者间的相互慰藉，他们是走出植物园的同谋者，离开植物园后自会分道扬镳；银花，不过是陈文江缓释生命能量力比多的一个对象。《植物园的恋情》写出了禁忌悄悄破解后的私欲爆发、私情爆发。

侍红是陈文江对爱欲和爱恋进行想象的对象——柏拉图式的爱恋，陈文江和侍红之间的感情自然不会"可怜金玉质，终陷泥淖中"。陈武在小说中多次表达了同一个意思：张晓蕙是另一个侍红。作家陈武期许精神之恋美妙，并不对尘世之恋做过高估量。如果侍红和陈文江有一场真正的恋情，也不过是张晓蕙和陈文江的恋情——这样的恋情是尘世之花，已经够美，但永远比不上镜花水月，比不上人们对空中巴比伦的想象。爱情，是少年陈文江在植物园生活时，最美好的想象。

当"植物园"作为修饰的时候，"恋情"应该像植物园一样蓊郁葱茏，散发草木清芬；当“植物园”是一个地点，“恋情”也还是一个美好的向往。“植物园的恋情”，将“植物园”和“恋情”两个词语组接起来，还有把“集体主义”和“儿女私情”拼贴在一起的意思，这是作家对时代精神、时代气象的一种提取，一种浓缩。笔者赏识作家陈武的思辨及独具匠心的表达，这是一部描述别致的、晚到的却是率先发起的——重新摹写时代转型的作品。

陈文江最终离开了一九八〇年的植物园，这个十七岁的少年（离开时是十八岁）终于觉察到那座植物园危机四伏，他无意间窥破了几桩失踪案。植物园里的人内外勾结，中饱私囊，每当危机出现，即以水老鼠食肉噬骨毁尸灭迹，让带给他们危机的人从此失踪。

《旧约·约伯记》中有个故事：有一天，约伯的儿女正在他们长兄的家里吃饭喝酒。有三个人闯进来，先后告诉约伯，家中的牲畜被掠，仆人被杀，房屋遭袭。他们都强调“我是唯一一个逃出来向你报信的人”。“唯一一个逃出来”不是事实，却突出了灾难的惨重。少年陈文江是从那座植物园中出来的，但他并没有充当信使。这位少年离开时已是植物园的一个“旧人”，他保持沉默，永远不会再有机会成为那“唯一一个逃出来向你报信的人”。

告别一九七九，一九八〇来了，一个少年已经变成了“旧人”。在描绘时代变化时道出这样的真相，作家陈武才真正是那个“唯一一个逃出来向你报信的人”。